民国大师散文精选集

故乡的野菜

周作人 著

图书在版编目（CIP）数据

故乡的野菜 / 周作人著 . -- 北京 : 九州出版社 , 2018.5

ISBN 978-7-5108-6861-0

Ⅰ . ①故… Ⅱ . ①周… Ⅲ . ①散文集－中国－现代 Ⅳ . ① I266

中国版本图书馆 CIP 数据核字（2018）第 073336 号

故乡的野菜

作　　者　周作人　著
出版发行　九州出版社
地　　址　北京市西城区阜外大街甲 35 号（100037）
发行电话　（010）68992190/3/5/6
网　　址　www.jiuzhoupress.com
电子信箱　jiuzhou@jiuzhoupress.com
印　　刷　山东华立印务有限公司
开　　本　880 毫米 ×1230 毫米　32 开
印　　张　9.75
字　　数　250 千字
版　　次　2018 年 6 月第 1 版
印　　次　2018 年 6 月第 1 次印刷
书　　号　ISBN 978-7-5108-6861-0
定　　价　36.00 元

编者说明

本书系民国作家作品，人名、地名、纪年及语言表述略有不同于今日之处，为尊重著作原貌及语言文字自身发展流变的规律计，未对篇目文字进行现代汉语规范化处理。提请读者阅读时注意！

九州出版社

目录

学校生活的一叶

一九〇一年的夏天考入江南水师学堂，读“印度读本”，才知道在经史子集之外还有“这里是我的新书”。但是学校的功课重在讲什么锅炉——听先辈讲话，只叫“薄厄娄”，不用这个译语，——或经纬度之类，英文读本只是敲门砖罢了。所以那印度读本不过发给到第四集，此后便去专弄锅炉，对于“太阳去休息，蜜蜂离花丛”的诗很少亲近的机会，字典也只发给一本商务印书馆的《华英字典》（还有一本那泰耳英文字典），表面写着“华英”，其实却是英华的，我们所领到的大约还是初板，其中有一个训作娈童的字，——原文已忘记了，——他用极平易通俗的一句话作注解，这是一种特别的标征，比我们低一级的人所领来的书里已经没有这一条了。因为是这样的情形，大家虽然读了他们的“新书”，却仍然没有得着新书的趣味，有许多先辈一出了学堂便把字典和读本全数遗失，再也不去看他，正是当然的事情。

我在印度读本以外所看见的新书，第一种是从日本得来的一本《天方夜谈》，这是伦敦纽恩士公司发行三先令半的插画本，其中有亚拉廷拿着神灯，和亚利巴巴的女奴拿了短刀跳舞的图，我还约略记得。当时这一本不但在我是一种惊异，便是丢掉了字典在船上供职的老同学见了也以为得未曾有，借去传观，后来不知落在什么人手里，没有法追寻，想来即使不失落也当看破了。但是在这本书消灭之前，我便利用了它，做了我的“初出手”。《天方夜谈》里的《亚利巴巴与四十个强盗》是世界上有名的故事，我看了觉得很有趣味，陆续把它译了出来，——当然是用古文而且带着许多误译与删节。当时我一个同班的朋友陈君定阅苏州出板的《女子世界》，我就把译文寄到那里去，题上一个“萍云”的女子名字，不久居然登出，而且后来又印成单行本，书名是《侠女奴》。这回既然成功，我便高兴起来，又将美国亚伦坡（E.Allan Poe）的小说《黄金虫》译出，改名《山羊图》，再寄给女子世界社的丁君。他答应由《小说林》出板，并且将书名换作《玉虫缘》。至于译者的名字则为“碧罗女士！”这大约都是一九〇四年的事情。近来常见青年在报上通讯喜用姊妹称呼，或者自署称什么女士，我便不禁独自微笑，这并不是嘲弄的意思，不过因此想起十八九年前的旧事，仿佛觉得能够了解青年的感伤的心情，禁不住同情的微笑罢了。

此后我又得到几本文学书，但都是陀勒插画的《神曲·地狱篇》，凯拉尔（Caryle）的《英雄崇拜沦》之类，没有法子可以利用。那时苏子谷在上海报上译登《惨世界》，梁任公又在《新小说》上常讲起“嚣俄”，我们就成了嚣俄的崇拜者，苦心孤诣的搜求他的著作，好容易设法凑了十六块钱买到一部八册的美国版的《嚣俄选集》。这是不曾见过的一部大书，但是因为太多太长了，却也就不能多看，只有《死囚的末日》和《Claude Gueux》这两篇时常拿来翻阅。一九〇六年的夏天住在鱼雷堂的空屋里，忽然发心想做小说，定名曰《孤儿记》，叙述孤儿的生活；上半是创造的，全凭了自己的贫弱的想象支撑过去，但是到了孤儿做贼以后便支持不住了，于是把嚣俄的文章尽量的放进去，孤儿的下半生遂成为 Claude 了：这个事实在例言上有没有声明，现在已经记不清楚，连署名用那两个字也忘记了。这篇小说共约二万字，直接寄给《小说林》，承他收纳，而且酬洋二十圆。这是我所得初次的工钱，以前的两种女性的译书只收到他们的五十部书罢了。这二十块钱我拿了到张季直所开的洋货公司里买了一个白帆布的衣包，其余的用作归乡的旅费了。

以上是我在本国学校读书和著作的生活。那三种小书侥幸此刻早已绝板，就是有好奇的人恐怕也不容易找到了：这是极好的事，因为他们实在没有给人看的价值。但是在我自己却不是如此，这并非什么敝帚自珍，因为他们是我过去的出产，表示我的生活的过程的，所以在回想中还是很有价值，而且因了自己这种经验，略能理解现在及未来的后生的心情，不至于盛气的去呵斥他们，这是我所最喜欢的。我想过去的经验如于我们有若干用处，这大约是最重要的一点罢。

十一年十一月

（选自《雨天的书》，一九二五年初版）

父亲的病

上

我于甲午年往三味书屋读书，但细想起来，又似乎是正月上的学，那么是乙未年了，不过这已经记不清楚了，所还记得的是初上学时的情形。我因为没有书桌，就是有抽屉的半桌，所以从家里叫用人背了一张八仙桌去，很是不像样，所读的书是“中庸”上半本，普通叫做“上中”，第一天所上的“生书”，我还记得清清楚楚的是“哀公问政”这一节，因为里边有“夫政也者蒲芦也”这一句，觉得很是好玩，所以至今不曾忘记。回想起来，我的读书成绩实在是差得很，那时我已是十二岁，在本家的书房里也混过了好几年，但是所读的书总计起来，才只得“大学”一卷和“中庸”半卷罢了。本来这两种书是著名的难读的，小时候所熟知的儿歌有一首说得好：

大学大学，
屁股打得烂落！
中庸中庸，
屁股打得好种葱！

本来大学者“大人之学”，中庸者“以其记中和之为用”，不是小学生所能懂得的事情；我刚才拿出“中庸”来看，那上边的两句即“人道敏政，地道敏树”，还不能晓得这里讲的是什么，觉得那时的读不进去是深可同情的。现今的小学生从书房里解放了出来，再不必愁因为读书不记得，屁股会打得稀烂，可以种葱的那样，这实在是很可庆幸的。

现在话分两头，一边是我在三味书屋读书，由“上中”读到论语、孟子，随后诗经，刚读完了“国风”，就停止了。一边是父亲也生了病，拖延了一年半的光景，于丙申（一八九七）年的九月弃世了。

父亲的病大概是在乙未年的春天起头的，这总不会是甲午，因为这里有几件事可以作为反证。第一个是甲午战争：当时乡下没有新闻，时事不能及时报道，但是战争大事，也是大略知道的；八月里黄海战败之后，消息传到绍兴，我记得他有一天在大厅明堂里，同了两个本家兄弟谈论时事，表示忧虑，可见他在那时候还是健康的。在同一年的八月中，嫁在东关金家的小姑母之丧，也是他自己去吊的，而且由他亲自为死者穿衣服；这是一件极其不易的工作，须得很细心谨慎，敏捷而又亲切的人，才能胜任。小姑母是在产后因为“产褥热”而死的，所以母家的人照例要求做法事“超度”；这有两种方法，简单一点的叫道士们来做“炼度”，凡继续三天；其一种是和尚们的“水陆道场”，前后时间共要七天。金家是当地的富家，所以就答应“打水陆”，而这道场便设在长庆寺，离我们的家只有一箭之路，来去非常方便，但那时的事情已都忘记了。小姑母是八月初十日去世的，法事的举行当在“五七”，计时为九月十五日左右，这也足以证明他那时还没有生病。有一天从长庆寺回来，伯宜公在卧室的前房的小榻上，躺着抽烟，鲁迅便说那佛像有好多手，都拿着种种东西，里边也有骷髅；当时我不懂骷髅的意义，经鲁迅说明了就是死人头骨之后，我感到非常的恐怖，以后到寺里去对那佛像不敢正眼相看了。关于水陆道场，我所记得的就只是这一点事，但这佛像是什么佛呢，我至今还未了然，因为“大佛”就是释迦牟尼的像，不曾见有这个样子的，但是他那丈六金刚，坐在大殿上，倒的确是伟大得很呢。

中

伯宜公生病的开端，我推定在乙未年的春天，至早可以提前到甲午年的冬天，不过很难确说了。最早的病象乃是突然的吐狂血。因为是吐在北窗外的小天井里，不能估量其有几何，但总之是不很少，那时大家狼狈情形，至今还能记得。根据旧传的学说，说陈墨可以止血，于是赶紧在墨海研起墨来，倒在茶杯里，送去给他喝。小孩在尺八纸上写字，屡次舔笔，弄得“乌嘴野猫”似的满脸漆黑，极是平常。他那时也有这样情形，想起来时还是悲哀的，虽是朦胧地存在眼前。这乃是中国传统的“医者，意也”的学说，是极有诗意的，取其黑色可以盖过红色之意；不过于实际毫无用处，结果与“水肿”的服用“败鼓皮丸”一样，从他生病的时候起，便已经定要被那唯心的哲学所牺牲的了。

父亲的病虽然起初来势凶猛，可是吐血随即停止了，后来病情逐渐平稳，得了小康。当初所请的医生，乃是一个姓冯的，穿了古铜色绸缎的夹袍，肥胖的脸总是醉醺醺的。那时我也生了不知什么病，请他一起诊治，他头一回对我父亲说道：

“贵恙没有什么要紧，但是令郎的却有些麻烦。”等他隔了两天第二次来的时候，却说的相反了，因此父亲觉得他不能信赖，就不再请他。他又说有一种灵丹，点在舌头上边，因为是“舌乃心之灵苗”，这也是“医者，意也”的流派；盖舌头红色，像是一根苗从心里长出来，仿佛是“独立一支枪”一样；可是这一回却不曾上他的当，没有请教他的灵丹，就将他送走完事了。

这时伯宜公的病还不显得怎么严重，他请那位姓冯的医生来看的时候，还亲自走到堂前的廊下的。晚饭时有时还喝点酒，下酒物多半是水果，据说这是能喝酒的人的习惯，平常总是要用什么肴馔的。我们在那时便团围着听他讲聊斋的故事，并且分享他的若干水果。水果的好吃后来是不记得，但故事却并不完全忘记，特别是那些可怕的鬼怪的故事。至今还鲜明的记得的，是“聊斋志异”里所记的“野狗猪”，一种人身狗头的怪物，兵乱后来死人堆中，专吃人的脑髓，当肢体不全的尸体一起站起，惊呼道：

“野狗猪来了，怎么好！”的时候，实在觉得阴惨得可怕，至今虽然现在已是六十年后，回想起来与佛像手中的骷髅都不是很愉快的事情。

不过这病情的小康，并不是可以长久的事，不久因了时节的转变，大概在那一年的秋冬之交，病势逐渐的进于严重的段落了。

下

伯宜公的病以吐血开始，当初说是肺痈，现在的说法便是肺结核；后来腿肿了，便当作膨胀治疗，也究竟不知道是哪里的病。到得病症严重起来了，请教的是当代的名医，第一名是姚芝仙，第二名是他所荐的，叫做何廉臣，鲁迅在《朝花夕拾》把他姓名颠倒过来写作“陈莲河”，姚大夫则因为在篇首讲他一件赔钱的故事，所以故隐其名了。这两位名医自有他特别的地方，开方用药，外行人不懂得，只是用的“药引”，便自新鲜古怪，他们绝不用那些陈腐的什么生姜一片，红枣两颗，也不学叶天士的梧桐叶，他们的药引，起码是鲜芦根一尺。这在冬天固然不易得，但只要到河边挖掘总可到手；此外是经霜三年的甘蔗或萝卜菜，几年陈的陈仓米，那搜求起来就煞费苦心了。前两种不记得是怎么找到的，至于陈仓米则是三味书屋的寿鉴吾先生亲自送来，我还记得背了一只“钱褡”（装铜钱的褡裢），里边大约装了一升多的老米，其实医方里需用的才是一两钱，多余的米不晓得是如何处分了。还有一件特别的，那是何先生的事，便是药里边外加一种丸药，而这丸药又是不易购求的，要配合又不值得，因为所需要的不过是几钱罢了。普通要购求药材，最好往大街的震元堂去，那里的药材最是道地可靠，但是这种丸药偏又没有；后来打听得在轩亭上有天保堂药店，与医生有些关系，到那里去买，果然便顺利的得到了。名医出诊的医例是“洋四百”，便是大洋一元四角，一元钱是诊资，四百文是给那三班的轿夫的。这一笔看资，照例是隔日一诊，在家里的确是沉重的负担；但这与小孩并无直接关系，我们忙的是帮助找寻药引，例如有一次要用蟋蟀一对，且说明须要原来同居一穴的，这才算是“一对”，随便捉来的雌雄两只不能算数。在“百草园”的菜地里，翻开土地，同居的蟋蟀随地都是，可是随即逃走了，而且各奔东西，不能同时抓到。幸亏我们有两个人，可以分头追赶，可是假如运气不好捉到了一只，那一只却被逃掉了，那么这一只捉着的也只好放走了事。好容易找到了一对，用绵线缚好了，送进药罐里，说时虽快，那时却不知道要花若干工夫呢。幸喜药引时常变换，不是每天要去捉整对的蟋蟀的，有时换成“平地木十株”，这就毫不费寻找的工夫了。《朝花夕拾》说寻访平地木怎么不容易，这是一种诗的描写，其实平地木见于《花镜》，家里有这书，说明这是生在山中树下的一种小树，能结红子如珊瑚珠的。我们称它作“老弗大”，扫墓回来，常拔了些来，种在家里，在山中的时候结子至多一株树不过三颗，家里种的往往可以多到五六颗，拔来就是了。这是一切药引之中，可以说是访求最不费力的了。

经过了两位“名医”一年多的治疗，父亲的病一点不见轻减，而且日见沉重，结果终于在丙申年（一八九六）九月初六日去世了。时候是晚上，他躺在里房的大床上，我们兄弟三人坐在里侧旁边，四弟才四岁，已经睡熟了，所以不在一起。他看了我们一眼，问道：

“老四呢？”于是母亲便将四弟叫醒，也抱了过来。未几即入于弥留状态，是时照例有临终前的一套不必要的仪式，如给病人换衣服，烧了经卷把纸灰给他拿着之类，临了也叫了两声，听见他不答应，大家就哭起来了。这里所说都是平凡的事实，一点儿都没有诗意，没有“衍太太”的登场，很减少了小说的成分。因为这是习俗的限制，民间俗言，凡是“送终”的人到“转煞”当夜必须到场，因此凡人临终的时节，只是限于平辈以及后辈的亲人，上辈的人绝没有在场的。“衍太太”于伯宜公是同曾祖的叔母，况且又在夜间，自然更无特地光临的道理，《朝花夕拾》里请她出台，鼓励作者大声叫唤，使得病人不得安稳，无非想当她做小说里的恶人，写出她阴险的行为来罢了。

（原载于《新晚报》，后收入《知堂回想录》，一九六四年八月）

若子的病

《北京孔德学校旬刊》第二期于四月十一日出版，载有两篇儿童作品，其中之一是我的小女儿写的。

晚上的月亮

周若子

晚上的月亮，很大又很明。我的两个弟弟说："我们把月亮请下来，叫月亮抱我们到天上去玩。月亮给我们东西，我们很高兴。我们拿到家里给母亲吃，母亲也一定高兴。"

但是这张旬刊从邮局寄到的时候，若子已正在垂死状态了。她的母亲望着摊在席上的报纸又看昏沉的病人，再也没有什么话可说，只叫我好好地收藏起来——做一个将来决不再寓目的纪念品。我读了这篇小文，不禁忽然想起六岁时死亡的四弟椿寿，他于得急性肺炎的前两三天，也是固执地向着佣妇追问天上的情形，我自己知道这都是迷信，却不能禁止我脊梁上不发生冰冷的奇感。

十一日的夜中，她就发起热来，继之以大吐，恰巧小儿用的摄氏体温表给小波波（我的兄弟的小孩）摔破了，土步君正出着第二次种的牛痘，把华氏的一具拿去应用，我们房里没有体温表了，所以不能测量热度，到了黎明从间壁房中拿来表一量，乃是四十度三分！八时左右起了痉挛，妻抱住了她，只喊说："阿玉惊了，阿玉惊了！"弟妇（即是妻的三妹）走到外边叫内弟起来，说："阿玉死了！"他惊起不觉坠落床下。

这时候医生已到来了，诊察的结果说疑是“流行性脑脊髓膜炎”，虽然征候还未全具，总之是脑的故障，危险很大，十二时又复痉挛，这回脑的方面倒少在其次了，心脏中了霉菌的毒非常衰弱，以致血行不良，皮肤现出黑色，在臂上捺一下，凹下白色的痕好久还不回复。这一日里，院长山本博士，助手蒲君，看护妇永井君白君，前后都到，山本先生自来四次，永井君留住我家，帮助看病。第一天在混乱中过去了，次日病人虽不见变坏，可是一昼夜以来每两小时一回的樟脑注射毫不见效，心脏还是衰弱，虽然热度已减至三八至九度之间。这天下午因为病人想吃可可糖，我赶往哈达门去买，路上时时为不祥的幻想所侵袭，直到回家看见毫无动静这才略略放心。第三天是火耀日，勉强往学校去，下午三点半正要上课，听说家里有电话来叫，赶紧又告假回来，幸而这回只是梦呓，并未发生什么变化。夜中十二时山本先生诊后，始宣言性命可以无虑。十二日以来，经了两次的食盐注射，三十次以上的樟脑注射，身上拥着大小七个的冰囊，在七十二小时之末总算离开了死之国土，这真是万幸的事了。

山本先生后来告诉川岛君说，那日曜日他以为一定不行的了。大约是第二天，永井君也走到弟妇的房里躲着下泪，她也觉得这小朋友怕要为了什么而辞去这个家庭了。但是这病人竟从万死中逃得一生，不知是哪里来的力量。医呢，药呢，她自己或别的不可知之力呢？但我知道，如没有医药及大家的救护，她总是早已不在了。我若是一种宗派的信徒，我的感谢便有所归，而且当初的惊怖或者也可减少，但是我不能如此，我对于未知之力有时或感着惊异，却还没有致感谢的那么深密的接触。我现在所想致感谢者在人而不在自然，我很感谢山本先生与永井君的热心的帮助，虽然我也还不曾忘记四年前给我医治肋膜炎的劳苦。川岛斐君二君每日殷勤的访问，也是应该致谢的。

整整地睡了一星期，脑部已经渐好，可以移动，遂于十九日午前搬往医院，她的母亲和“姊姊”陪伴着，因为心脏尚须疗治，住在院里较为便利，省得医生早晚两次赶来诊察，现在温度复原，脉搏亦渐恢复，她卧在我曾经住过两个月的病室的床上，只靠着一个冰枕，胸前放着一个小冰囊，伸出两只手来，在那里唱歌。妻同我商量，若子的兄妹十岁的时候，都花过十来块钱，分给用人并吃点东西当作纪念，去年因为筹不出这笔款，所以没有这样办。这回病好之后，须得设法来补做并以祝贺病愈。她听懂了这会话的意思，便反对说：“这样办不好。倘若今年做了十岁，那么明年岂不还是十一岁吗？”我们听了不禁破颜一笑。唉，这个小小的情景，我们在一星期前哪里敢梦想到呢？

紧张透了的心一时殊不容易松放开来。今日已是若子病后的第十一日，下午因为稍觉头痛告假在家，在院子里散步，这才见到白的紫的丁香都已盛开，山桃烂漫得开始憔悴了，东边路旁爱罗先珂君回俄国前手植作为纪念的一株杏花已经零落净尽，只剩有好些绿蒂隐藏嫩叶的底下。春天过去了，在我们彷徨惊恐的几天里，北京这好像敷衍人似的短促的春天早已偷偷地走过去了。这或者未免可惜，我们今年竟没有好好地看一番桃杏花。但是花明年会开的，春天明年也会再来的，不妨等明年再看：我们今年幸而能够留住了别个一去将不复来的春光，我们也就够满足了。

今天我自己居然能够写出这篇东西来，可见我的凌乱的头脑也略略静定了，这也是一件高兴的事。

一九二五年四月二十二日雨夜

（选自《雨天的书》，一九二五年四月）

唁辞

昨日傍晚，妻得到孔德学校的陶先生的电话，只是一句话，说："齐可死了。"齐可是那边的十年级学生，听说因患胆石症（？）往协和医院乞治，后来因为待遇不亲切，改进德国医院，于昨日施行手术，遂不复醒。她既是校中高年级生，又天性豪爽而亲切，我家的三个小孩初上学校，都很受她的照管，好像是大姊一样，这回突然死别，孩子们虽然惊骇，却还不能了解失却他们老朋友的悲哀，但是妻因为时常往学校也和她很熟，昨天闻信后为茫然久之，一夜都睡不着觉，这实在是无怪的。

死总是很可悲的事，特别是青年男女的死，虽然死的悲痛不属于死者而在于生人。照常识看来，死是还了自然的债，与生产同样地严肃而平凡，我们对于死者所应表示的是一种敬意，犹如我们对于走到标竿下的竞走者，无论他是第一者或是中途跌过几交而最后走到。在中国现在这样状况之下，"死之赞美者"（Peisithanatos）的话未必全无意义，那么"年华虽短而忧患亦少"也可以说是好事，即使尚未能及未见日光者的幸福。然而在死者纵使真是安乐，在生人总是悲痛。我们哀悼死者，并不一定是在体察他灭亡之苦痛与悲哀，实在多是引动追怀，痛切地发生今昔存殁之感。无论怎样地相信神灭，或是厌世，这种感伤恐终不易摆脱。日本诗人小林一茶在《俺的春天》里记他的女儿聪女之死，有这几句：

……她遂于六月二十一日与蕣华同谢此世。母亲抱着死儿的脸荷荷的大哭，这也是难怪的了。到了此刻，虽然明知逝水不归，落花不再返枝，但无论怎样达观，终于难以断念的，正是这恩爱的羁绊。诗曰：

露水的世呀，
虽然是露水的世，
虽然是如此。

虽然是露水的世，然而自有露水的世的回忆，所以仍多哀感。美忒林克在《青鸟》上有一句平庸的警句曰："死者生存在活人的记忆上。"齐女士在世十九年，在家庭学校，亲族友朋之间，当然留下许多不可磨灭的印象，随在足以引起悲哀，我们体念这些人的心情，实在不胜同情，虽然别无劝慰的话可说。死本是无善恶的，但是它加害于生人者却非浅鲜，也就不能不说它是恶的了。

我不知道人有没有灵魂，而且恐怕以后也永不会知道，但我对于希冀死后生活之心情觉得很能了解。人在死后倘尚有灵魂的存在如生前一般，虽然推想起来也不免有些困难不易解决，但因此不特可以消除灭亡之恐怖，即所谓恩爱的羁绊，也可得到适当的安慰。人有什么不能满足的愿望，辄无意地投影于仪式或神话之上，正如表示在梦中一样。传说上李夫人、杨贵妃的故事，民俗上童男女死后被召为天帝使者的信仰，都是无聊之极的，却也是真的人情之美的表现：我们知道这是迷信，但我确信这样虚幻的迷信里也自有美与善的分子存在。这于死者的家人亲友是怎样好的一种慰藉，倘若他们相信——只要能够相信，百岁之后，或者乃至梦中夜里，仍得与已死的亲爱者相聚，相见！然而，可惜我们不相应地受到了科学的灌洗，既失却先人的可祝福的愚蒙，又没有养成画廊派哲人（Stoics）的超绝的坚忍，其结果是恰如牙根里露出的神经，因了冷风热气随时益增其痛楚。对于幻灭的现代人之遭逢不幸，我们于此更不得不特别表示同情之意。

我们小女儿若子生病的时候，齐女士很惦念她；现在若子已经好起来，还没有到学校去和老朋友一见面，她自己却已不见了。日后若子回忆起来时，也当永远是一件遗恨的事吧。

十四年五月二十六日夜

（选自《雨天的书》，一九二五年五月）

若子的死

若子字霓荪，生于民国四年十月二十三日午后十时，以民国十八年十一月二十日午前二时死亡，年十五岁。

十六日若子自学校归，晚呕吐腹痛，自知是盲肠，而医生误诊为胃病，次日复诊始认为盲肠炎，十八日送往德国医院割治，已并发腹膜炎，遂以不起。用手术后痛苦少已，而热度不减，十九日午后益觉烦躁，至晚忽啼曰“我要死了”，继以昏呓，注射樟脑油，旋清醒如常，迭呼兄姊弟妹名，悉为招来，唯兄丰一留学东京不得相见，其友人亦有至者，若子一一招呼，唯痛恨医生不置，常以两腕力抱母颈低语曰，“姆妈，我不要死。”然而终于死了。吁！可伤已。

若子遗体于二十六日移放在西直门外广通寺内，拟于明春在西郊购地安葬。

我自己是早已过了不惑的人，我的妻是世奉禅宗之教者，也当可减少甚深的迷妄，但是睹物思人，人情所难免，况临终时神志清明，一切言动，历在心头，偶一念及，如触肿疡，有时深觉不可思议，如此景情，不堪回首，诚不知当时之何以能担负过去也。如今才过七日，想执笔记若子的死之前后，乃属不可能的事，或者竟是永久不可能的事亦未可知。我以前写《若子的病》，今日乃不得不来写《若子的死》，而这又总写不出，此篇其终有目无文乎。只记若子生卒年月以为纪念云尔。

十一月二十六日送殡回来之夜，岂明附记

（选自《雨天的书》，一九二五年十一月二十六日）

初　恋

那时我十四岁，她大约是十三岁吧。我跟着祖父的妾宋姨太太寄寓在杭州的花牌楼，间壁住着一家姚姓，她便是那家的女儿。她本姓杨，住在清波门头，大约因为行三，人家都称她作三姑娘。姚家老夫妇没有子女，便认她做干女儿，一个月里有二十多天住在他们家里，宋姨太太和远邻的羊肉店石家的媳妇虽然很说得来，与姚宅的老妇却感情很坏，彼此都不交口，但是三姑娘并不管这些事，仍旧推进门来游嬉。她大抵先到楼上去，同宋姨太太搭讪一回，随后走下楼来，站在我同仆人阮升公用的一张板桌旁边，抱着名叫“三花”的一只大猫，看我映写陆润庠的木刻的字帖。

我不曾和她谈过一句话，也不曾仔细的看过她的面貌与姿态。大约我在那时已经很是近视，但是还有一层缘故，虽然非意识的对于她很是感到亲近，一面却似乎为她的光辉所掩，开不起眼来去端详她了。在此刻回想起来，仿佛是一个尖面庞，乌眼睛，瘦小身材，而且有尖小的脚的少女，并没有什么殊胜的地方，但是在我的性的生活里总是第一个人，使我于自己以外感到对于别人的爱着，引起我没有明了的性之概念的，对于异性的恋慕的第一个人了。

我在那时候当然是“丑小鸭”，自己也是知道的，但是终不以此而减灭我的热情。每逢她抱着猫来看我写字，我便不自觉的振作起来，用了平常所无的努力去映写，感着一种无所希求的迷蒙的喜乐。并不问她是否爱我，或者也还不知道自己是爱着她，总之对于她的存在感到亲近喜悦，并且愿为她有所尽力，这是当时实在的心情，也是她所给我的赐物了。在她是怎样不能知道，自己的情绪大约只是淡淡的一种恋慕，始终没有想到男女关系的问题。有一天晚上，宋姨太太忽然又发表对于姚姓的憎恨，末了说道：

“阿三那小东西，也不是好货，将来总要流落到拱辰桥去做婊子的。”

我不很明白做婊子这些是什么事情，但当时听了心里想道：

“她如果真是流落做了，我必定去救她出来。”

大半年的光阴这样的消费过去了。到了七八月里因为母亲生病，我便离开杭州回家去了。一个月以后，阮升告假回去，顺便到我家里，说起花牌楼的事情，说道：

“杨家的三姑娘患霍乱死了。”

我那时也很觉得不快，想象她的悲惨的死相，但同时却又似乎很是安静，仿佛心里有一块大石头已经放下了。

一九二二年九月

（选自《雨天的书》，一九二二年九月）

关于失恋

王品青君是阴历八月三十日在河南死去的，到现在差不多就要百日了，春蕾社诸君要替他出一个特刊，叫我也来写几句。我与品青虽是熟识，在孔德学校上课时常常看见，暇时又常同小峰来苦雨斋闲谈，夜深回去没有车雇，往往徒步走到北河沿，但是他没有对我谈过他的身世，所以关于这一面我不很知道，只听说他在北京有恋爱关系而已。他的死据我推想是由于他的肺病，在夏天又有过一回神经错乱，从病院的楼上投下来，有些人说过这是他的失恋的结果，或者是真的也未可知，至于是不是直接的死因我可不能断定了，品青是我们朋友中颇有文学的天分的人，这样很年青地死去，是很可惜也很可哀的，这与他的失不失恋本无关系，但是我现在却就想离开了追悼问题而谈谈他的失恋。

品青平日大约因为看我是有须类的人，所以不免有点歧视，不大当面讲他自己的事情，但是写信的时候也有时略略提及。我在信堆里找出品青今年给我的信，一共只有八封，第一封是用“隋高子玉造象碑格”笺所写，文曰：

> 这几日我悲哀极了，急于想寻个躲避悲哀的地方，曾记有一天在苦雨斋同桌而食的有一个朋友是京师第一监狱的管理员，先生可以托他设法开个特例把我当作犯人一样收进去度一度那清素的无情的生活么？不然，我就要被柔情缠死了呵！品青，一月二十六日夜十二时。

我看了这封信有点摸不着头脑，不知所说的是凶是吉，当时就写了一点回复他，此刻也记不起是怎么说的了。不久品青就患盲肠炎，进医院去，接着又是肺病，到四月初才出来寄住在东皇城根友人的家里。他给我的第二封信便是出医院后所写，日期是四月五日，共三张，第二张云：

这几日我竟能起来走动了，真是我的意料所不及。然到底像小孩学步，不甚自然。得闲肯来寓一看，亦趣事也。

在床头，我的世界只有床帐以内，以及与床帐相对的一间窗户。头一次下地，才明白了我的床的位置，对于我的书箱书架，书架上的几本普通的破书，都仿佛很生疏，还得从新认识一下。第二回到院里晒太阳，明白了我的房的位置，依旧是西厢，这院落从前我没有到过，自然又得认识认识。就这种情形看来，如生命之主不再太给我过不去，则于桃花落时总该能去重新认识凤皇砖和满带雨气的苦雨斋小横幅了吧？那时在孔德教员室重新共吃瓦块鱼自然不成问题。

这时候他很是乐观，虽然末尾有这样一节话，文曰：

这信刚写完，接到四月一日的《语丝》，读第十六节的《闲话拾遗》，颇觉畅快。再谈。

所谓《闲话拾遗》十六是我译的一首希腊小诗，是无名氏所作，戏题曰《恋爱偈》，译文如下：

不恋爱为难，恋爱亦复难。一切中最难，是为能失恋。

四月二十日左右我去看他一回，觉得没有什么，精神兴致都还好，二十二日给我信说，托交民卫生试验所去验痰，云有结核菌，所以“又有点悲哀”，然而似乎不很厉害。

信中说：

> 肺病本是富贵人家的病，却害到我这又贫又不贵的人的身上。肺病又是才干的病，而我却又不像□□诸君常要把它写出来。真是病也倒楣，我也倒楣。
>
> 今天无意中把上头这一片话说给□□，她深深刺了我一下，说我的脾气我的行为简直是一个公子，何必取笑才子们呢？我接着说，公子如今落魄了，听说不久就要去作和尚去哩。再谈。

四月三十日给我的第六封信还是很平静的，还讲到维持《语丝》的办法，可是五月初的三封信（五日两封，八日一封）忽然变了样，疑心友人们（并非女友）对他不好，大发脾气。五日信的起首批注道：“到底我是小孩子，别人对我只是表面，我全不曾理会。”八日信末云：“人格学问，由他们骂去吧，品青现在恭恭敬敬地等着承受。”这时候大约神经已有点错乱，以后不久就听说他发狂了，这封信也就成为我所见的绝笔。那时我在《世界日报》附刊上发表一篇小文，论曼殊与百助女史的关系，品青见了说我在骂他，百助就是指他，我怕他更要引起误会，所以一直没有去看他过。

品青的死的原因我说是肺病，至于发狂的原因呢，我不能知道。据他的信里看来，他的失恋似乎是有的罢。倘若他真为失恋而发了狂，那么我们只能对他表示同情，此外没有什么说法。有人要说这全是别人的不好，本来也无所不可，但我以为这一半是品青的性格的悲剧，实在是无可如何的。我很同意于某女士的批评，友人“某君”也常是这样说，品青是一个公子的性格，在戏曲小说上公子固然常是先落难而后成功，但是事实上却是总要失败的。公子的缺点可以用圣人的一句话包括起来，就是“既不能令，又不受命”。在旧式的婚姻制度里这原不成什么问题，然而现代中国所讲的恋爱虽还幼稚到底带有几分自由性的，于是便不免有点不妥：我想恋爱好像是大风，要当得她住只有学那橡树（并不如伊索所说就会折断）或是芦苇，此外没有法子。譬如有一对情人，一个是希望正式地成立家庭，一个却只想浪漫地维持他们的关系，如不在适当期间有一方面改变思想，迁就那一方面，我想这恋爱的前途便有障碍，难免不发生变化了。品青的优柔寡断使他在朋友中觉得和善可亲，但在恋爱上恐怕是失败之原，我们朋友中之□□大抵情形与品青相似，他却有决断，所以他的问题就安然解决了。本来得恋失恋都是极平常的事，在本人当然觉得这是可喜或是可悲，因失恋的悲剧而入于颓废或转成超脱也都是可以的，但这与旁人可以说是无关，与社会自然更是无涉，别无大惊小怪之必要；不过这种悲剧如发生在我们的朋友中间，而且终以发狂与死，我们自不禁要谈论叹息，提起他失恋的事来，却非为他声冤，也不是加以非难，只是对于死者表示同情与悼惜罢了。至于这事件的详细以及曲直我不想讨论，第一是我不很知道内情，第二因为恋爱是私人的事情，我们不必干涉，旧社会那种萨满教的风化的迷信我是极反对的；我所要说的只在关于品青的失恋略述我的感想，充作纪念他的一篇文字而已。——但是，照我上边的主张看来，或者我写这篇小文也是不应当的；是的，这个错我也应该承认。

民国十六年十二月二十七日于北京

（选自《永日集》，一九二七年十二月）

故乡的野菜

我的故乡不止一个，凡我住过的地方都是故乡。故乡对于我并没有什么特别的情分，只因钓于斯游于斯的关系，朝夕会面，遂成相识，正如乡村里的邻舍一样，虽然不是亲属，别后有时也要想念到他。我在浙东住过十几年，南京东京都住过六年，这都是我的故乡；现在住在北京，于是北京就成了我的家乡了。

日前我的妻往西单市场买菜回来，说起有荠菜在那里卖着，我便想起浙东的事来。荠菜是浙东人春天常吃的野菜，乡间不必说，就是城里只要有后园的人家都可以随时采食，妇女小儿各拿一把剪刀一只"苗篮"，蹲在地上搜寻，是一种有趣味的游戏的工作。那时小孩们唱道："荠菜马兰头，姊姊嫁在后门头。"后来马兰头有乡人拿来进城售卖了，但荠菜还是一种野菜，须得自家去采。关于荠菜向来颇有风雅的传说，不过这似乎以吴地为主。《西湖游览志》云："三月三日男女皆戴荠菜花。谚云：三春戴荠花，桃李羞繁华。"顾禄的《清嘉录》上亦说，"荠菜花俗呼野菜花，因谚有三月三蚂蚁上灶山之语，三日人家皆以野菜花置灶陉上。以厌虫蚁。侵晨村童叫卖不绝。或妇女簪髻上以祈清目，俗号眼亮花。"但浙东人却不很理会这些事情，只是挑来做菜或炒年糕吃罢了。

黄花麦果通称鼠曲草，系菊科植物，叶小微圆互生，表面有白毛，花黄色，簇生梢头。春天采嫩叶，捣烂去汁，和粉做糕，称黄花麦果糕。小孩们有歌赞美之云：

黄花麦果韧结结，

关得大门自要吃；
半块拿弗出，一块自要吃。

清明前后扫墓时，有些人家——大约是保存古风的人家——用黄花麦果作供，但不作饼状，做成小颗如指顶大，或细条如小指，以五六个作一攒，名曰茧果，不知是什么意思，或因蚕上山时设祭，也用这种食品，故有是称，亦未可知。自从十二三岁时外出不参与外祖家扫墓以后，不复见过茧果，近来住在北京，也不再见黄花麦果的影子了。日本称作“御形”，与荠菜同为春的七草之一，也采来做点心用，状如艾饺，名曰“草饼”，春分前后多食之，在北京也有，但是吃去总是日本风味，不复是儿时的黄花麦果糕了。

扫墓时候所常吃的还有一种野菜，俗称草紫，通称紫云英。农人在收获后，播种田内，用作肥料，是一种很被贱视的植物，但采取嫩茎瀹食，味颇鲜美，似豌豆苗。花紫红色，数十亩接连不断，一片锦绣，如铺着华美的地毯，非常好看，而且花朵状若蝴蝶，又如鸡雏，尤为小孩所喜，间有白色的花，相传可以治痢，很是珍重，但不易得。日本《俳句大辞典》云：“此草与蒲公英同是习见的东西，从幼年时代便已熟识。在女人里边，不曾采过紫云英的人，恐未必有罢。”中国古来没有花环，但紫云英的花球却是小孩常玩的东西，这一层我还替那些小人们欣幸的。浙东扫墓用鼓吹，所以少年常随了乐音去看“上坟船里的姣姣”；没有钱的人家虽没有鼓吹，但是船头上篷窗下总露出些紫云英和杜鹃的花束，这也就是上坟船的确实的证据了。

一九二四年二月

（原载于《晨报副刊》，一九二四年四月五日）

北京的茶食

在东安市场的旧书摊上买到一本日本文章家五十岚力的《我的书翰》，中间说起东京的茶食店的点心都不好吃了，只有几家如上野山下的空也，还做得好点心，吃起来馅和糖及果实浑然融合，在舌头上分不出各自的味来。想起德川时代江户的二百五十年的繁华，当然有这一种享乐的流风余韵留传到今日，虽然比起京都来自然有点不及。北京建都已有五百余年之久，论理于衣食住方面应有多少精微的造就，但实际似乎并不如此，即以茶食而论，就不曾知道什么特殊的有滋味的东西。固然我们对于北京情形不甚熟悉，只是随便撞进一家饽饽铺里去买一点来吃，但是就撞过的经验来说，总没有很好吃的点心买到过。难道北京竟是没有好的茶食，还是有而我们不知道呢？这也未必全是为贪口腹之欲，总觉得住在古老的京城里吃不到包含历史的精炼的或颓废的点心是一个很大的缺陷。北京的朋友们，能够告诉我两三家做得上好点心的饽饽铺么？

我对于二十世纪的中国货色，有点不大喜欢，粗恶的模仿品，美其名曰国货，要卖得比外国货更贵些。新房子里卖的东西，便不免都有点怀疑，虽然这样说好像遗老的口吻，但总之关于风流享乐的事我是颇迷信传统的。我在西四牌楼以南走过，望着异馥斋的丈许高的独木招牌，不禁神往，因为这不但表示他是义和团以前的老店，那模糊阴暗的字迹又引起我一种焚香静坐的安闲而丰腴的生活的幻想。我不曾焚过什么香，却对于这件事很有趣味，然而终于不敢进香店去，因为怕他们在香盒上已放着花露水与日光皂了。我们于日用必需的东西以外，必须还有一点无用的游戏与享乐，生活才觉得有意思。我们看夕阳，看秋河，看花，听雨，闻香，喝不求解渴的酒，吃不求饱的点心，都是生活上必要的——虽然是无用的装点，而且是愈精炼愈好。可怜现在的中国生活，却是极端的干燥粗鄙，别的不说，我在北京徬徨了十年，终未曾吃到好点心。

十三年二月

（选自《雨天的书》，一九二四年二月）

吃 菜

偶然看书讲到民间邪教的地方，总常有吃菜事魔等字样。吃菜大约就是素食，事魔是什么事呢？总是服侍什么魔王之类罢，我们知道希腊诸神到了基督教世界多转变为魔，那么魔有些原来也是有身分的，并不一定怎么邪曲，不过随便地事也本可不必，虽然光是吃菜未始不可以，而且说起来我也还有点赞成。本来草的茎叶根实只要无毒都可以吃，又因为有维他命某，不但充饥还可养生，这是普通人所熟知的，至于专门地或有宗旨地吃，那便有点儿不同，仿佛是一种主义，现在我所想要说的就是这种吃菜主义。

吃菜主义似乎可以分作两类。第一类是道德的。这派的人并不是不吃肉，只是多吃菜，其原因大约是由于崇尚素朴清淡的生活。孔子云，“饭疏食，饮水，曲肱而枕之，乐亦在其中矣”，可以说是这派的祖师。《南齐书·周颙传》云，“颙清贫寡欲，终日长蔬食。文惠太子问颙菜食何味最胜，颙曰，春初早韭，秋末晚菘。”黄山谷题画菜云，“不可使士大夫不知此味，不可使天下之民有此色。”——当作文章来看实在不很高明，大有帖括的意味，但如算作这派提倡咬菜根的标语却是颇得要领的。李笠翁在《闲情偶寄》卷五说：

“声音之道，丝不如竹，竹不如肉，为其渐近自然，吾谓饮食之道，脍不如肉，肉不如蔬，亦以其渐近自然也。草衣木食，上古之风，人能疏远肥腻，食蔬蕨而甘之，腹中菜园不使羊来踏破，是犹作羲皇之民，鼓唐虞之腹，与崇尚古玩同一致也。所怪于世者，弃美名不居，而故异端其说，谓佛法如是，是则谬矣。吾辑《饮馔》一卷，后肉食而首蔬菜，一以崇俭，一以复古，至重宰割而惜生命，又其念兹在兹而不忍或忘者矣。”笠翁照例有他的妙语，这里也是如此，说得很是清脆，虽然照文化史上讲来吃肉该在吃菜之先，不过笠翁不及知道，而且他又那里会来斤斤地考究这些事情呢。

吃菜主义之二是宗教的，普通多是根据佛法，即笠翁所谓异端其说者也。我觉得这两类显有不同之点，其一吃菜只是吃菜，其二吃菜乃是不食肉，笠翁上文说得蛮好，而下面所说念兹在兹的却又混到这边来，不免与佛法发生纠葛了。小乘律有杀戒而不戒食肉，盖杀生而食已在戒中，唯自死鸟残等肉仍在不禁之列，至大乘律始明定食肉戒，如《梵网经》菩萨戒中所举，其辞曰：

“若佛子故食肉，——一切众生肉不得食：夫食肉者断大慈悲佛性种子，一切众生见而舍去。是故一切菩萨不得食一切众生肉，食肉得无量罪，——若故食者，犯轻垢罪。”贤首疏云，“轻垢者，简前重戒，是以名轻，简异无犯，故亦名垢。又释，渎污清净行名垢，礼非重过称轻。”因为这里没有把杀生算在内，所以算是轻戒，但话虽如此，据《目莲问罪报经》所说，犯突吉罗众学戒罪，如四天王寿，五百岁堕泥犁中，于人间数九百千岁，此堕等活地狱，人间五十年为天一昼夜，可见还是不得了也。

我读《旧约·利未记》，再看大小乘律，觉得其中所说的话要合理得多，而上边食肉戒的措辞我尤为喜欢，实在明智通达，古今莫及。《入楞伽经》所论虽然详细，但仍多为粗恶凡人说法，道世在《诸经要集》中《酒肉部》所述亦复如是，不要说别人了。后来讲戒杀的大抵偏重因果一端，写得较好的还是莲池的《放生文》和周安士的《万善先资》，文字还有可取，其次《好生救劫编》《卫生集》等，自郐以下更可以不论，里边的意思总都是人吃了虾米再变虾米去还吃这一套，虽然也好玩，难免是幼稚了。我以为菜食是为了不食肉，不食肉是为了不杀生，这是对的，再说为什么不杀生，那么这个解释我想还是说不欲断大慈悲佛性种子最为得体，别的总说得支离。众生有一人不得度的时候自己决不先得度，这固然是大乘菩萨的弘愿，但凡夫到了中年，往往会看轻自己的生命而尊重人家的，并不是怎么奇特的现象。难道肉体渐近老衰，精神也就与宗教接近么？未必然，这种态度有的从宗教出，有的也会从唯物论出的。或者有人疑心唯物论者一定是主张强食弱肉的，却不知道也可以成为大慈悲宗，好像是《安士全书》信者，所不同的他是本于理性，没有人吃虾米那些律例而已。

据我看来，吃菜亦复佳，但也以中庸为妙，赤米白盐绿葵紫蓼之外，偶然也不妨少进三净肉，如要讲净素已不容易，再要彻底便有碰壁的危险。《南齐书·孝义传》纪江泌事，说他“食菜不食心，以其有生意也”，觉得这件事很有风趣，但是离彻底总还远呢。英国柏忒勒（Samuel Butler）所著《有何无之乡游记》（Erewhon）中第二十六七章叙述一件很妙的故事，前章题曰《动物权》，说古代有哲人主张动物的生存权，人民实行菜食，当初许可吃牛乳鸡蛋，后来觉得挤牛乳有损于小牛，鸡蛋也是一条可能的生命，所以都禁了，但陈鸡蛋还勉强可以使用，只要经过检查，证明确已陈年臭坏了，贴上一张“三个月以前所生”的查票，就可发卖。次章题曰《植物权》，已是六七百年过后的事了，那时又出了一个哲学家，他用实验证明植物也同动物一样地有生命，所以也不能吃，据他的意思，人可以吃的只有那些自死的植物，例如落在地上将要腐烂的果子，或在深秋变黄了的菜叶。他说只有这些同样的废物人们可以吃了于心无愧。“即使如此，吃的人还应该把所吃的苹果或梨的核，杏核，樱桃核及其他，都种在土里，不然他就将犯了堕胎之罪。至于五谷，据他说那是全然不成，因为每颗谷都有一个灵魂像人一样，他也自有其同样地要求安全之权利。”结果是大家不能不承认他的理论，但是又苦于难以实行，逼得没法了便索性开了荤，仍旧吃起猪排牛排来了。

这是讽刺小说的话，我们不必认真，然而天下事却也有偶然暗合的，如《文殊师利问经》云：

“若为己杀，不得啖。若肉林中已自腐烂，欲食得食。若欲啖肉者，当说此咒：如是，无我无我，无寿命无寿命，失失，烧烧，破破，有为，除杀去。此咒三说，乃得啖肉，饭亦不食。何以故？若思惟饭不应食，何况当啖肉。”这个吃肉林中腐肉的办法岂不与陈鸡蛋很相像，那么烂果子黄菜叶也并不一定是无理，实在也只是比不食菜心更彻底一点罢了。

二十年十一月十八日，于北平

（选自《看云集》，一九三一年十一月）

窝窝头的历史

北方杂粮以玉米为主，玉米粉称为棒子面，亦称杂和面。因为俗称玉米为棒子，故得此名。南方人不懂，故有误解。从前的小说上，说穷苦妇女流着眼泪，把棒子面一根根往嘴里送。玉米面中掺和豆面在内，故称杂和，其实这如三七比例的掺入，就特别显得香甜，所以不算是什么粗粮，不过做成窝窝头，乃有似黑面包，普通当作穷人的食粮罢了。南方如浙东台州等处，老百姓也通常吃玉米面，却称作六谷糊。光绪丁酉年距今刚刚一周甲，我住在杭州，一个姓宋的保姆是台州人，经常带来吃，里边加上白薯，小时候倒觉得是很好吃的。普通做了饼来吃，便是所谓窝窝头，乃是做成圆锥形，而空其中，有拳头那么大，因为底下是个窝，故得是名。老百姓吃这东西，大概起源很早，历史上找不着纪录，当起于有玉米的时候了。本来这些事用不着努力去找它的缘起，现在不过偶尔找到一点纪录，知道有什么时代，已经有过，那也未始不是很有意思的事吧。

窝窝头起源的历史是不可考了，但我们知道至少在明朝已经有这个名称，即是去今有三百多年的历史了。李光庭著《乡言解颐》卷五，载刘宽夫《日下七事诗》，末章中说及“爱窝窝”，小注云，“窝窝以糯米粉为之，状如元宵粉荔，中有糖馅，蒸熟外糁薄粉，上作一凹，故名窝窝。田间所食则用杂粮面为之，大或至斤许，其下一窝如旧而复之。茶馆所制甚小，曰爱窝窝，相传明世中富有嗜之者，因名御爱窝窝，今但曰爱而已”。照这样说，爱窝窝由于御爱窝窝的缩称，那末可见窝窝头的名称在明朝那时候已经有了。这也就是说，农民用玉米面做这种食品，用这个名称，也已经很久了。

天下事无独有偶，窝窝头的故事还有下文。北海公园有一家饭馆名叫“仿膳”，是仿御膳房的做法的意思。他们的有名食品里边，便有一种“小窝窝头”，据说是从前做来“供御”的，用栗子粉和入，现在则只以黄豆玉米粉加糖而已。所以北京市面上除真正窝窝头以外，还有两种爱窝窝与小窝窝头，留下一点历史的痕迹。“窝窝头”极是微小的东西，但不料有这么一段有意思的历史，可见在有些吃食东西上如加以考究，也一定有许多事情可以发现的。

（选自《知堂集外文·四九年以后》，一九五七年十月）

喝　茶

前回徐志摩先生在平民中学讲“吃茶”——并不是胡适之先生所说的“吃讲茶”——我没有工夫去听，又可惜没有见到他精心结构的讲稿，但我推想他是在讲日本的“茶道”（英文译作 Teaism），而且一定说的很好。茶道的意思，用平凡的话来说，可以称作“忙里偷闲，苦中作乐”，在不完全的现世享乐一点美与和谐，在刹那间体会永久，是日本之“象征的文化”里的一种代表艺术。关于这一件事，徐先生一定已有透彻巧妙的解说，不必再来多嘴，我现在所想说的，只是我个人的很平常的喝茶观罢了。

喝茶以绿茶为正宗。红茶已经没有什么意味，何况又加糖——与牛奶？葛辛（George Gissing）的《草堂随笔》（原名 *Private Papers of Henry Ryecroft*）确是很有趣味的书，但冬之卷里说及饮茶，以为英国家庭里下午的红茶与黄油面包是一日中最大的乐事，支那饮茶已历千百年，未必能领略此种乐趣与实益的万分之一，则我殊不以为然。红茶带“土斯”未始不可吃，但这只是当饭，在肚饥时食之而已；我的所谓喝茶，却是在喝清茶，在赏鉴其色与香与味，意未必在止渴，自然更不在果腹了。中国古昔曾吃过煎茶及抹茶，现在所用的都是泡茶，冈仓觉三在《茶之书》（*Book of Tea*，1919）里很巧妙的称之曰“自然主义的茶”，所以我们所重的即在这自然之妙味。中国人上茶馆去，左一碗右一碗的喝了半天，好像是刚从沙漠里回来的样子，颇合于我的喝茶的意思（听说闽粤有所谓吃工夫茶者自然更有道理），只可惜近来太是洋场化，失了本意，其结果成为饭馆子之流，只在乡村间还保存一点古风，唯是屋宇器具简陋万分，或者但可称为颇有喝茶之意，而未可许为已得喝茶之道也。

喝茶当于瓦屋纸窗之下，清泉绿茶，用素雅的陶瓷茶具，同二三人共饮，得半日之闲，可抵十年的尘梦。喝茶之后，再去继续修各人的胜业，无论为名为利，都无不可，但偶然的片刻优游乃正亦断不可少，中国喝茶时多吃瓜子，我觉得不很适宜；喝茶时可吃的东西应当是轻淡的“茶食”。中国的茶食却变了“满汉饽饽”，其性质与“阿阿兜”相差无几，不是喝茶时所吃的东西了。日本的点心虽是豆米的成品，但那优雅的形色，朴素的味道，很合于茶食的资格，如各色的“羊羹”（据上田恭辅氏考据，说是出于中国唐时的羊肝饼），尤有特殊的风味。江南茶馆中有一种“干丝”，用豆腐干切成细丝，加姜丝酱油，重汤炖热，上浇麻油，出以供客，其利益为“堂倌”所独有。豆腐干中本有一种“茶干”，今变而为丝，亦颇与茶相宜。在南京时常食此品，据云有某寺方丈所制为最，虽也曾尝试，却已忘记，所记得者乃只是下关的江天阁而已。学生们的习惯，平常“干丝”既出，大抵不即食，等到麻油再加，开水重换之后，始行举箸，最为合适，因为一到即罄，次碗继至，不遑应酬，否则麻油三浇，旋即撤去，怒形于色，未免使客不欢而散，茶意都消了。

吾乡昌安门外有一处地方名三脚桥（实在并无三脚，乃是三出，因以一桥而跨三叉的河上也），其地有豆腐店曰周德和者，制茶干最有名。寻常的豆腐干方约寸半，厚可三分，值钱二文，周德和的价值相同，小而且薄，才及一半，黝黑坚实，如紫檀片。我家距三脚桥有步行两小时的路程，故殊不易得，但能吃到油炸者而已。每天有人挑担设炉镬，沿街叫卖，其词曰：

辣酱辣，
麻油炸，
红酱搽，辣酱拓；

周德和格五香油炸豆腐干。

其制法如上所述，以竹丝插其末端，每枚三文。豆腐干大小如周德和，而甚柔软，大约系常品。唯经过这样烹调，虽然不是茶食之一，却也不失为一种好豆食。——豆腐的确也是极好的佳妙的食品，可以有种种的变化，唯在西洋不会被领解，正如茶一般。

日本用茶淘饭，名曰“茶渍”，以腌菜及“泽庵”（即福建的黄土萝葡，日本泽庵法师始传此法，盖从中国传去）等为佐，很有清淡而甘香的风味。中国人未尝不这样吃，唯其原因，非由穷困即为节省，殆少有故意往清茶淡饭中寻其固有之味者，此所以为可惜也。

十三年十二月

（选自《雨天的书》，一九二四年十二月）

吃　茶

吃茶是一个好题目，我想写一篇文章来看。平常写文章，总是先有了意思，心里组织起来，先写些什么，后写什么，腹稿粗定，随后就照着写来，写好之后再加，一题目，或标举大旨，如《逍遥游》，或只拣文章起头两个字，如“马蹄秋水”，都有。有些特别是近代的文人，是有定了题目再做，英国有一个姓密棱的人便是如此，印刷所来拿稿子，想不出题目，便翻开字典来找，碰到金鱼就写一篇金鱼。这办法似乎也有意思，但那是专写随笔的文人，自有他一套本事，假如别人妄想学步，那不免画虎类狗，有如秀才之做赋得的试帖诗了。我写这一篇小文，却是预先想好了意思，随后再写它下来，还是正统的写法，不过自为觉得这题目颇好，所以跑了一点野马，当作一个引子罢了。

其实我的吃茶是够不上什么品位的，从量与质来说都够不上标准，从前东坡说饮酒饮湿，我的吃茶就和饮湿相去不远。据书上的记述，似乎古人所饮的分量都是很多，唐人所说喝过七碗觉腋下习习风生，这碗似乎不是很小的，所以六朝时人说是“水厄”。

我所喝的只是一碗罢了，而且他们那时加入盐姜所煮的茶也没有尝过，不晓得是什么滋味，或者多少像是小时候所喝的伤风药午时茶吧。讲到质，我根本不讲究什么茶叶，反正就只是绿茶罢了，普通就是龙井一种，什么有名的罗岕，看都没有看见过，怎么够得上说吃茶呢?

一直从小就吃本地出产本地制造的茶叶，名字叫作本山，叶片搓成一团，不像龙井的平直，价钱很是便宜，大概好的不过一百六十文一斤吧。近年在北京这种茶叶又出现了，美其名曰平水珠茶，后来在这里又买不到，——结果仍旧是买龙井，所能买到的也是普通的种类，若是旗枪雀舌之类却是没有见过，碰运气可以在市上买到碧螺春，不过那是很难得遇见的。从前曾有一个江西的朋友，送给我好些六安的茶，又在南京一个安徽的朋友那里吃到太平猴魁，都觉得很好，但是以后不可再得了。最近一个广西的朋友，分给我几种他故乡的茶叶，有横山细茶，桂平西山茶和白毛茶各种，都很不差，味道温厚，大概是沱茶一路，有点红茶的风味。他又说西南有苦丁茶，一片很小的叶子可以泡出碧绿的茶来，只是味很苦。我曾尝过旧学生送我的所谓苦丁茶，乃是从市上买来，不是道地西南的东西，其味极苦，看泡过的叶子很大而坚厚，茶色也不绿而是赭黄，原来乃是故乡的坟头所种的狗朴树，是别一种植物。我就是不喜欢北京人所喝的“香片”，这不但香无可取，就是茶味也有说不出的一股甜熟的味道。

以上是我关于茶的经验，这怎么够得上来讲吃茶呢？但是我说这是一个好题目，便是因为我不会喝茶可是喜欢玩茶，换句话说就是爱玩要这个题目，写过些文章，以致许多人以为我真是懂得茶的人了。日前有个在大学读书的人走来看我，说从前听老师说你怎么爱喝茶，怎么讲究，现在看了才知道是不对的。我答道：“可不是吗？这是你们贵师徒上了我的文章的当。孟子有言，尽信书则不如无书。现在你从实验知道了真相，可以明白单靠文字是要上当的。”我说吃茶是好题目，便是可以容我说出上面的叙述，我只是爱要笔头讲讲，不是捧着茶缸一碗一碗的尽喝的。

（原载于《新晚报》，一九六四年一月二十七日）

关于苦茶

去年春天偶然做了两首打油诗，不意在上海引起了一点风波，大约可以与今年所谓中国本位的文化宣言相比，不过有这差别，前者大家以为是亡国之音，后者则是国家将兴必有祯祥罢了。此外也有人把打油诗拿来当作历史传记读，如字的加以检讨，或者说玩骨董那必然有些钟鼎书画吧，或者又相信我专喜谈鬼，差不多是蒲留仙一流人。这些看法都并无什么用意，也于名誉无损，用不着声明更正，不过与事实相远这一节总是可以奉告的。其次有一件相像的事，但是却颇愉快的，一位友人因为记起吃苦茶的那句话，顺便买了一包特种的茶叶拿来送我。这是我很熟的一个朋友，我感谢他的好意，可是这茶实在太苦，我终于没有能够多吃。

据朋友说这叫作苦丁茶。我去查书，只在日本书上查到一点，云系山茶科的常绿灌木，干粗，叶亦大，长至三四寸，晚秋叶腋开白花，自生山地间，日本名曰唐茶（Tocha），一名龟甲茶，汉名皋芦，亦云苦丁。赵学敏《本草拾遗》卷六云：

“角刺茶，出徽州。土人二三月采茶时兼采十大功劳叶，俗名老鼠刺，叶曰苦丁，和匀同炒，焙成茶，货与尼庵，转售富家妇女，云妇人服之终身不孕，为断产第一妙药也。每斤银八钱。”案十大功劳与老鼠刺均系五加皮树的别名，属于五加科，又是落叶灌木，虽亦有苦丁之名，可以制茶，似与上文所说不是一物，况且友人也不说这茶喝了可以节育的。再查类书关于皋芦却有几条，《广州记》云：

“皋卢，茗之别名，叶大而涩，南人以为饮。”又《茶经》有类似的话云：

“南方有瓜芦木，亦似茗，至苦涩，取为屑茶饮亦可通夜不眠。”《南越志》则云：

“茗苦涩，亦谓之过罗。”此木盖出于南方，不见经传，皋卢云云本系土俗名，各书记录其音耳。但是这是怎样的一种植物呢，书上都未说及，我只好从茶壶里去拿出一片叶子来，仿佛制腊叶似的弄得干燥平直了，仔细看时，我认得这乃是故乡常种的一种坟头树，方言称作枸朴树的就是，叶长二寸，宽一寸二分，边有细锯齿，其形状的确有点像龟壳。原来这可以泡茶吃的，虽然味大苦涩，不但我不能多吃，便是且将就斋主人也只喝了两口，要求泡别的茶吃了。但是我很觉得有兴趣，不知道在白菊花以外还有些什么叶子可以当茶？《毛诗草木鸟兽虫鱼疏》“山有樗”一条下云：

“山樗生山中，与下田樗大略无异，叶似差狭耳，吴人以其叶为茗。”《五杂组》卷十一云：

“以绿豆微炒，投沸汤中倾之，其色正绿，香味亦不减新茗，宿村中觅茗不得者可以此代。”此与现今炒黑豆作咖啡正是一样。又云：

“北方柳芽初茁者采之入汤，云其味胜茶。曲阜孔林楷木其芽可烹。闽中佛手柑橄榄为汤，饮之清香，色味亦旗枪之亚也。”卷十《记孔林楷木》条下云：

“其芽香苦，可烹以代茗，亦可干而茹之，即俗云黄连头。”孔林吾未得瞻仰，不知楷木为何如树，惟黄连头则少时尝茹之，且颇喜欢吃，以为有福建橄榄豉之风味也。关于以木芽代茶，《湖雅》卷二亦有二则云：

“桑芽茶，案山中有木俗名新桑荑，采嫩芽可代茗，非蚕所食之桑也。”

“柳芽茶，案柳芽亦采以代茗，嫩碧可爱，有色而无香味。”汪谢城此处所说与谢在杭不同，但不佞却有点左袒汪君，因为其味胜茶的说法觉得不大靠得住也。

许多东西都可以代茶，咖啡等洋货还在其外，可是我只感到好玩，有这些花样，至于我自己还只觉得茶好，而且茶也以绿的为限，红茶以至香片嫌其近于咖啡，这也别无多大道理，单因为从小在家里吃惯本山茶叶耳。口渴了要喝水，水里照例泡进茶叶去，吃惯了就成了规矩，如此而已。对于茶有什么特别了解，赏识，哲学或主义么？这未必然。一定喜欢苦茶，非苦的不喝么？这也未必然。那么为什么诗里那么说，为什么又叫作庵名，岂不是假话么？那也未必然。今世虽不出家亦不打诳语。必要说明，还是去小学上找罢。吾友沈兼士先生有诗为证，题曰《又和一首自调》，此系后半首也：

端透于今变澄澈，
鱼模自古读歌麻。
眼前一例君须记，
茶苦原来即苦茶。

二十四年二月

（选自《苦茶随笔》，一九三五年二月）

谈　酒

这个年头儿，喝酒倒是很有意思的。我虽是京兆人，却生长在东南的海边，是出产酒的有名地方。我的舅父和姑父家里时常做几缸自用的酒，但我终于不知道酒是怎么做法，只觉得所用的大约是糯米，因为儿歌里说，“老酒糯米做，吃得变 nionio”——末一字是本地叫猪的俗语。做酒的方法与器具似乎都很简单，只有煮的时候的手法极不容易，非有经验的工人不办，平常做酒的人家大抵聘请一个人来，俗称“酒头工”，以自己不能喝酒者为最上，叫他专管鉴定煮酒的时节。有一个远房亲戚，我们叫他“七斤公公”，——他是我舅父的族叔，但是在他家里做短工，所以舅母只叫他作“七斤老”，有时也听见她叫“老七斤”，是这样的酒头工，每年去帮人家做酒；他喜吸旱烟，说玩话，打马将，但是不大喝酒（海边的人喝一两碗是不算能喝，照市价计算也不值十文钱的酒，）所以生意很好，时常跑一二百里路被招到诸暨嵊县去。据他说这实在并不难，只须走到缸边屈着身听，听见里边起泡的声音切切察察的，好像是螃蟹吐沫（儿童称为蟹煮饭）的样子，便拿来煮就得了；早一点酒还未成，迟一点就变酸了。但是怎么是恰好的时期，别人仍不能知道，只有听熟的耳朵才能够断定，正如骨董家的眼睛辨别古物一样。

大人家饮酒多用酒钟，以表示其斯文，实在是不对的。正当的喝法是用一种酒碗，浅而大，底有高足，可以说是古已有之的香槟杯。平常起码总是两碗，合一“串筒”，价值似是六文一碗。串筒略如倒写的凸字，上下部如一与三之比，以洋铁为之，无盖无嘴，可倒而不可筛，据好酒家说酒以倒为正宗，筛出来的不大好吃。唯酒保好于量酒之前先“荡”

（置水于器内，播荡而洗涤之谓）串筒，荡后往往将清水之一部分留在筒内，客嫌酒淡，常起争执，故喝酒老手必先戒堂倌以勿荡串筒，并监视其量好放在温酒架上。能饮者多索竹叶青，通称曰“本色”，“元红”系状元红之略，则着色者，唯外行人喜饮之。在外省有所谓花雕者，唯本地酒店中却没有这样东西。相传昔时人家生女，则酿酒贮花雕（一种有花纹的酒坛）中，至女儿出嫁时用以饷客，但此风今已不存，嫁女时偶用花雕，也只临时买元红充数，饮者不以为珍品。有些喝酒的人预备家酿，却有极好的，每年做醇酒若干坛，按次第埋园中，二十年后掘取，即每岁皆得饮二十年陈的老酒了。此种陈酒例不发售，故无处可买，我只有一回在旧日业师家里喝过这样好酒，至今还不曾忘记。

我既是酒乡的一个土著，又这样的喜欢谈酒，好像一定是个与“三酉”结不解缘的酒徒了。其实却大不然。我的父亲是很能喝酒的，我不知道他可以喝多少，只记得他每晚用花生米水果等下酒，且喝且谈天，至少要花费两点钟，恐怕所喝的酒一定很不少了。但我却是不肖，不，或者可以说有志未逮，因为我很喜欢喝酒而不会喝，所以每逢酒宴我总是第一个醉与脸红的。自从辛酉患病后，医生叫我喝酒以代药饵，定量是勃兰地每回二十格阑姆，葡萄酒与老酒等倍之，六年以后酒量一点没有进步，到现在只要喝下一百格阑姆的花雕，便立刻变成关夫子了。有些有不醉之量的，愈饮愈是脸白的朋友，我觉得非常可以欣羡，只可惜他们愈能喝酒便愈不肯喝酒，好像是美人之不肯显示她的颜色，这实在是太不应该了。

黄酒比较的便宜一点，所以觉得时常可以买喝，其实别的酒也未尝不好。白干于我未免过凶一点，我喝了常怕口腔内要起泡，山西的汾酒与北京的莲花白虽然可喝少许，也总觉得不很和善。日本的清酒我颇喜欢，只是仿佛新酒模样，味道不很静定。蒲桃酒与橙皮酒都很可口，但我以为最好的还是勃兰地。我觉得西洋人不很能够了解茶的趣味，至于酒则很有工夫，决不下于中国。天天喝洋酒当然是一个大的漏厄，正如吸烟卷一般，但不必一定进国货党，咬定牙根要抽净丝，随便喝一点什么酒其实都是无所不可的，至少是我个人这样的想。

喝酒的趣味在什么地方？这个我恐怕有点说不明白。有人说，酒的乐趣是在醉后的陶然的境界。但我不很了解这个境界是怎样的，因为我自饮酒以来似乎不大陶然过，不知怎的我的醉大抵都只是生理的，而不是精神的陶醉。所以照我说来，酒的趣味只是在饮的时候，我想悦乐大抵在做的这一刹那，倘若说是陶然，那也当是杯在口的一刻罢。醉了，困倦了，或者应当休息一会儿，也是很安舒的，却未必能说酒的真趣是在此间。昏迷，梦魇，呓语，或是忘却现世忧患之一法门；其实这也是有限的，倒还不如把宇宙性命都投在一口美酒里的耽溺之力还要强大。我喝着酒，一面也怀着“杞天之虑”，生恐强硬的礼教反动之后将引起颓废的风气，结果是借醇酒妇人以避礼教的迫害，沙宁时代的出现不是不可能的。但是，或者在中国什么运动都未必彻底成功，青年的反拨力也未必怎么强盛，那么杞天终于只是杞天，仍旧能够让我们喝一口非耽溺的酒也未可知。倘若如此，那时喝酒又一定另外觉得很有意思了罢？

民国十五年六月二十日，于北京

（选自《泽泻集》，一九二六年六月）

南北的点心

中国地大物博，风俗与土产随地各有不同，因为一直缺少人纪录，有许多值得也是应该知道的事物，我们至今不能知道清楚，特别是关于衣食住的事项。我这里只就点心这个题目，依据浅陋所知，来说几句话，希望抛砖引玉，有旅行既广，游历又多的同志们，从各方面来报道出来，对于爱乡爱国的教育，或者也不无小补吧。

我是浙江东部人，可是在北京住了将近四十年，因此南腔北调，对于南北情形都知道一点，却没有深厚的了解。据我的观察来说，中国南北两路的点心，根本性质上有一个很大的区别。简单的下一句断语，北方的点心是常食的性质，南方的则是闲食。我们只看北京人家做饺子馄饨面总是十分茁实，馅决不考究，面用芝麻酱拌，最好也只是炸酱；馒头全是实心。本来是代饭用的，只要吃饱就好，所以并不求精。若是回过来走到东安市场，往五芳斋去叫了来吃，尽管是同样名称，做法便大不一样，别说蟹黄包干，鸡肉馄饨，就是一碗三鲜汤面，也是精细鲜美的。可是有一层，这决不可能吃饱当饭，一则因为价钱比较贵，二则昔时无此习惯。抗战以后上海也有阳春面，可以当饭了，但那是新时代的产物，在老辈看来，是不大可以为训的。我母亲如果在世，已有一百岁了，她生前便是绝对不承认点心可以当饭的，有时生点小毛病，不喜吃大米饭，随叫家里做点馄饨或面来充饥，即使一天里仍然吃过三回，她却总说今天胃口不开，因为吃不下饭去，因此可以证明那馄饨和面都不能算是饭。这种论断，虽然有点儿近于武断，但也可以说是有客观的佐证，因为南方的点心是闲食，做法也是趋于精细鲜美，不取茁实一路的。

上文五芳斋固然是很好的例子，我还可以再举出南方做烙饼的方法来，更为具体，也有意思。

我们故乡是在钱塘江的东岸，那里不常吃面食，可是有烙饼这物事。这里要注意的，是烙不读作者字音，乃是“洛”字入声，又名为山东饼，这证明原来是模仿大饼而作的，但是烙法却大不相同了，乡间卖馄饨面和馒头都分别有专门的店铺，唯独这烙饼只有摊，而且也不是每天都有，这要等待哪里有社戏，才有几个摆在戏台附近，供看戏的人买吃，价格是每个制钱三文，油条价二文，葱酱和饼只要一文罢了。做法是先将原本两折的油条扯开，改作三折，在鏊盘上烤焦，同时在预先做好的直径约二寸，厚约一分的圆饼上，满搽红酱和辣酱，撒上葱花，卷在油条外面，再烤一下，就做成了。

它的特色是油条加葱酱烤过，香辣好吃，那所谓饼只是包裹油条的东西，乃是客而非主，拿来与北方原来的大饼相比，厚大如茶盘，卷上黄酱与大葱，大嚼一张，可供一饱，这里便显出很大的不同来了。

上边所说的点心偏于面食一方面，这在北方本来不算是闲食吧。此外还有一类干点心，北京称为饽饽，这才当作闲食，大概与南方并无什么差别。但是这里也有一点不同，据我的考察，北方的点心历史古，南方的历史新，古者可能还有唐宋遗制，新的只是明朝中叶吧。点心铺招牌上有常用的两句话，我想借来用在这里，似乎也还适当，北方可以称为“官礼茶食”，南方则是“嘉湖细点”。

我们这里且来作一点烦琐的考证，可以多少明白这时代的先后。查清顾张思的《土风录》卷六，“点心”条下云：小食曰点心，见《吴曾漫录》。唐郑傪为江淮留后，家人备夫人晨馔，夫人谓其弟曰：“治妆未毕，我未及餐，尔且可点心。”俄而女仆请备夫人点心，傪诟曰：“适已点心，今何得又请！”由此可知点心古时即是晨馔。同书又引周辉《北辕录》云：“洗漱冠栉毕，点心已至。”后文说明点心中馒头馄饨包子等，可知说的是水点心，在唐朝已有此名了。茶食一名，据《土风录》云："干点心曰茶食，见宇文懋《昭金志》：'婿先期拜门，以酒馔往，酒三行，进大软脂小软脂，如中国寒具，又进蜜糕，人各一盘，曰茶食。'"《北辕录》云："金国宴南使，未行酒，先设茶筵，进茶一盏，谓之茶食。"茶食是喝茶时所吃的，与小食不同，大软脂，大抵有如蜜麻花，蜜糕则明系蜜饯之类了。从文献上看来，点心与茶食两者原有区别，性质也就不同，但是后来早已混同了。本文中也就混用，那招牌上的话也只是利用现代文句，茶食与细点作同意语看，用不着再分析了。

我初到北京来的时候，随便在饽饽铺买点东西吃，觉得不大满意，曾经埋怨过这个古都市，积聚了千年以上的文化历史，怎么没有做出些好吃的点心来。老实说，北京的大八件小八件，尽管名称不同，吃起来不免单调，正和五芳斋的前例一样，东安市场内的稻香春所做的南式茶食，并不齐备，但比起来也显得花样要多些了。过去时代，皇帝向在京里，他的享受当然是很豪华的，却也并不曾创造出什么来，北海公园内旧有"仿膳"，是前清御膳房的做法，所做小点心，看来也是平常，只是做得小巧一点而已。南方茶食中有些东西，是小时候熟悉的，在北京都没有，也就感觉不满足，例如糖类的酥糖、麻片糖、寸金糖，片类的云片糕、椒桃片、松仁片，软糕类的松子糕、枣子糕、蜜仁糕、桔红糕等。此外有缠类，如松仁缠、核桃缠，乃是在干果上包糖，算是上品茶食，其实倒并不怎么好吃。南北点心粗细不同，我早已注意到了，但这是怎么一个系统，为什么有这差异？那我也没有法子去查考，因为孤陋寡闻，而且关于点心的文献，实在也不知道有什么书籍。但是事有凑巧，不记得是哪一年，或者什么原因了，总之见到几件北京的旧式点心，平常不大碰见，样式有点别致的，这使我忽然大悟，心想这岂不是在故乡见惯的"官礼茶食"么？故乡旧式结婚后，照例要给亲戚本家分"喜果"，一种是干果，计核桃、枣子、松子、榛子，讲究的加荔枝、桂圆。又一种是干点心，记不清它的名字。查范寅《越谚》饮食门下，记有金枣和珑缠豆两种，此外我还记得有佛手酥、菊花酥和蛋黄酥等三种。这种东西，平时不通销，店铺里也不常备，要结婚人家订购才有，样子虽然不差，但材料不大考究，即使是可以吃得的佛手酥，也总不及红绫饼或梁湖月饼，所以喜果送来，只供小孩们胡乱吃一阵，大人是不去染指的。可是这类喜果却大抵与北京的一样，而且结婚时节非得使用不可。云片糕等虽是比较要好，却是决不使用的。这是什么理由？这一类点心是中国旧有的，历代相承，使用于结婚仪式。一方面时势转变，点心上发生了新品种，然而一切仪式都是守旧的，不轻易容许改变，因此即使是送人的喜果，也有一定的规矩，要定做现今市上不通行了的物品来使用。同是一类茶食，在甲地尚在通行，在乙地已出了新的品种，只留着用于“官礼”，这便是南北点心情形不同的缘因了。

上文只说得“官礼茶食”，是旧式的点心，至今流传于北方。至于南方点心的来源，那还得另行说明。“嘉湖细点”这四个字，本是招牌和仿单上的口头禅，现在正好借用过来，说明细点的起源。因为据戊的了解，那时期当为前明中叶，而地点则是东吴西浙，嘉兴湖州正是代表地方。我没有文书上的资料，来证明那时吴中饮食丰盛奢华的情形，但以近代苏州饮食风靡南方的事情来作比，这里有点类似。明朝自永乐以来，政府虽是设在北京，但文化中心一直还是在江南一带。那里官绅富豪生活奢侈，茶食一类也就发达起来。就是水点心，在北方作为常食的，也改作得特别精美，成为以赏味为目的的闲食了。这南北两样的区别，在点心上存在得很久，这里固然有风俗习惯的关系，一时不易改变；但在“百花齐放”的今日，这至少该得有一种进受了吧。其实这区别不在于质而只是量的问题，换一句话即是做法的一点不同而已，我们前面说过，家庭的鸡蛋炸酱面与五芳斋的三鲜汤面，固然是一例。此外则有大块粗制的窝窝头，与“仿膳”的一碟十个的小窝窝头，也正是一样的变化。北京市上有一种爱窝窝，以江米煮饭捣烂（即是糍粑）为皮，中裹糖馅，如元宵大小。李光庭在《乡言解颐》中说明它的起源云：相传明世中官有嗜之者，因名御爱窝窝，今但曰爱而已。这里便是一个例证，在明清两朝里，窝窝头一件食品，便发生了两个变化了。本来常食闲食，都有一定习惯，不易轻轻更变，在各处都一样是闲食的干点心则无妨改良一点做法，做得比较精美，在人民生活水平日益提高的现在，这也未始不是切合实际的事情吧。国内各地方，都富有不少有特色的点心，就只因为地域所限，外边人不能知道，我希望将来不但有人多多报道，而且还同上产果品一样，陆续输到外边来，增加人民的口福。

（选自《知堂集外文·四九年以后》，一九五六年七月）

立春以前

我很运气，诞生于前清光绪甲申季冬之立春以前。甲申这一年在中国史上不是一个好的年头儿，整三百年前流寇进北京，崇祯皇帝缢死于煤山，六十年前有马江之役，事情虽然没有怎么闹大，但是前有咸丰庚申之烧圆明园，后有光绪庚子之联军入京，四十年间四五次的外患，差不多甲申居于中间，是颇有意思的一件事。我说运气，便即因为是生于此年，尝到了国史上的好些苦味，味虽苦却也有点药的效用，这是下一辈的青年朋友所没有得到过的教训，所以遇见这些晦气也就即是运气。我既不是文人，更不会是史家，可是近三百年来的史事从杂书里涉猎得来，占据了我头脑的一隅，这往往使得我的意见不能与时式相合，自己觉得也很惶恐，可以说是给了我一种障碍，但是同时也可以说是帮助，因为我相信自己所知道的事理很不多，实在只是一部分常识，而此又正是其中之一分子，有如吃下石灰质去，既然造成了我的脊梁骨，在我自不能不加以珍重也。

其次我觉得很是运气的是，在故乡过了我的儿童时代。在辛丑年往南京当水兵去以前，一直住在家乡，虽然其间有过两年住在杭州，但是风土还是与绍兴差不多少，所以其时虽有离乡之感，其实仍与居乡无异也。本来已是破落大家，本家的景况都不大好，不过故旧的乡风还是存在，逢时逢节的行事仍旧不少，这给我留下一个很深的印象。自冬至春这一段落里，本族本房都有好些事要做，儿童们参加在内，觉得很有意思，书房放学，好吃好玩，自然也是重要的原因。这从冬至算起，祭灶，祀神，祭祖，过年拜岁，逛大街，看迎春，拜坟岁，随后跳到春分祠祭，再下去是清明扫墓了。这接连的一大串，很有点劳民伤财，从前讲崇俭的大人先生看了，已经要摇头，觉得大可不必如此铺张，如以现今物价来计算，一方豆腐四块钱，那么这糜费更是骇人听闻，幸而从前也还可以将就过去，让我在旁看学了十几年，着实给了我不少益处。简单的算来，对于鬼神与人的接待，节候之变换，风物之欣赏，人事与自然各方面之了解，都由此得到启示，我想假如那十年间关在教室里正式的上课，学问大概可以比现在多一点吧，然而这些了解恐怕要减少不少了。这一部分知识，在乡间花了很大的工夫学习来的，至今还是于我很有用处，许多岁时记与新年杂咏之类的书我也还是爱读不置。

上边所说冬季的节候之中，我现在只提出立春来说，这理由是很简单的，因为我说诞生于立春以前，而现今也正是这时节，至于今年是甲申，我又正在北京，那还是不大成为理由的理由。说到这里，我想起别的附带的一个原因，这便是我所受的古希腊人对于春的观念之影响。这里又可以分开来说，第一是希腊春祭的仪式。我涉猎杂书，看中了弗来若博士哈理孙女士讲古代宗教的著作，其中有《古代艺术和仪式》一册小书，给我作希腊悲剧起原的参考，很是有用，其说明从宗教转变为艺术的过程又特别觉得有意义。话似乎又得说回去。《礼运》云：

“饮食男女，人之大欲存焉，死亡贫苦，人之大恶存焉。”古今中外人情都不相远，各民族宗教要求无不发生于此。哈理孙女士在《希腊神话论》的引言里说：

“宗教的冲动单向着一个目的，即是生命之保存与发展。宗教用两种方法去达到这个目的，一是消极的，除去一切于生命有害的东西，一是积极的，招进一切于生命有利的东西。全世界的宗教仪式不出这两种，一是驱除的，一是招纳的。饥饿与无子是人生的最重要的敌人，这个他要设法驱逐他。食物与多子是他最大的幸福。希伯来语的福字原意即云好吃。食物与多子这是他所想要招进来的。冬天他赶出去，春夏他迎进来。”因此无论天上或地下是否已有天帝在统治着，代表生命之力的这物事在人民中间总是极被尊重，无论这是春，是地，是动植物，或是女人。西亚古文明国则以神人当之，叙利亚的亚陀尼斯，弗吕吉亚的亚帖斯，埃及的阿施利斯皆是，忒拉开的迭阿女索斯后起，却盛行于希腊，由此祭礼而希腊悲剧乃以发生，神人初为敌所杀，终乃复生，象征春天之去而复返，一切生命得以继续，故其礼式先号咷而后笑。中国人民驱邪降福之意本不后人，唯宗教情绪稍为薄弱，故无此种大规模的表示，但对于春与阳光之复归则亦深致期待，只是多表现在节候上，看不出宗教的形式与意味耳。冬至是冬天的顶点，民间于祭祖之外又特别看重，语云，冬至大如年，其前夕称为冬夜，与除夕相并，盖为其是季节转变之关捩也。立春有迎春之仪式，其意义与各民族之春祭相同，不过中国祀典照例由政府举办，民众但立于观众的地位，仪式已近于艺术化，而春官由乞丐扮演，末了有打板子脱晦气之说，则更流入滑稽，唯民间重视立春的感情也还是存在，如前一日特称之曰交春，又推排八字者定年分以立春为准则，假如生于新正而在立春之前，则仍不算是改岁。由此可知春的意义在中国也比新年为重大，老百姓念诵九九等候寒冬的过去，最后云，九九八十一，犁耙一齐出，欢喜之情如见，此盖是农业国民之常情，不分今昔者也。但是乡间又有一句俗语云，春梦如狗屁。冬夜的梦特别有效验，一过立春便尔如此，殊不可解，岂以春气发动故，乱梦颠倒，遂悉虚妄不实欤。

希腊人对于春的观念我觉得喜欢的，第二是季节影响的道德观。这里恐怕没有绝对的真理，只是由环境而生的自然的结论，假如我们生在严寒酷暑，或一年一日夜的那种地方，感想当然另是一样，只有在中国或希腊，四时正确的迭代，气候平均的变化，这才感觉到他仿佛有意义，把他应用到人生上来。中国平常多讲五行，这个我很有点讨厌，但是如孔子所说，四时行焉，百物生焉，天何言哉，却觉得颇有意思，由此引伸出儒家的中庸思想来，倒也极是自然，这与希腊哲人的主张正相合，盖其所根据者亦相同也。人民看见冬寒到了尽头，渐复暖过来，觉得春天虽然死去，却总能复活，不胜欣喜，哲人则因了寒来暑往而发见盛极必衰之理，冬既极盛，春自代兴，以此应用于人生，故以节为至善，纵为大过，而以格言总之则曰勿为已甚。此在中国亦正可通用，大抵儒道二家于此意见一致，推之于民间一般莫不了解此义，由于教训之传达者半，由于环境之影响盖亦居其半也。老子曰，飘风不终朝，骤雨不终日。鄙人甚喜此语，但是此亦须以经历为本，如或山陬海隅，天象有特殊者，则将不能理会，而其主张或将相反也未可料。昔者赫洛陀多斯著《史记》，记希腊波斯之战，波斯败绩，都屈迭台斯继之，记雅典斯巴达之战，雅典败绩，在史家之意皆以为由于犯了纵肆之过，初不外波斯而内雅典，特别有什么曲笔，此种中正的态度真当得史家之父的称号，若其意见不知学者以为如何，在鄙人则觉得殊有意趣，深与鄙怀相合者也。

上边的话说的有点凌乱，但总可以说明因了家乡以及外国的影响，对于春天我保有着农业国民共通的感情。春天与其力量何如，那是青年们所关心的问题，这里不必多说，在我只是觉得老朋友又得见面的样子，是期待也是喜悦，总之这其间没有什么恋爱的关系。天文家曰，春打六九头，冬至后四十五日是立春，反正一定的。这是正话，但是春天固然自来，老百姓也只是表示他的一种希望，田家谚云，五九四十五，穷汉街头舞，是也。我不懂诗，说不清中国诗人对于春的感情如何，如有祈望春之复归说得如此深切者，甚愿得一见之，匆促无可考问，只得姑且阁起耳。

民国三十四年一月十日，甲申小寒节中

（原载于《文艺》第九—十二期，一九四一年十二月）

中　年

虽然四川开县有二百五十岁的胡老人，普通还只是说人生百年。其实这也还是最大的整数，若是人民平均有四五十岁的寿，那已经可以登入祥瑞志，说什么寿星见了。我们乡间称三十六岁为本寿，这时候死了，虽不能说寿考，也就不是夭折。这种说法我觉得颇有意思。日本兼好法师曾说，“即使长命，在四十以内死了最为得体，”虽然未免性急一点，却也有几分道理，

孔子曰，“四十而不惑。”吾友某君则云，人到了四十岁便可以枪毙。两样相反的话，实在原是盾的两面。合而言之，若曰，四十可以不惑，但也可以不不惑，那么，那时就是枪毙了也不足惜云尔。平常中年以后的人大抵胡涂荒谬的多，正如兼好法师所说，过了这个年纪，便将忘记自己的老丑。想在人群中胡混，执着人生，私欲益深，人情物理都不复了解，“至可叹息”是也。不过因为怕献老丑，便想得体地死掉，那也似乎可以不必。为什么呢？假如能够知道这些事情，就很有不惑的希望，让他多活几年也不碍事。所以在原则上我虽赞成兼好法师的话，但觉得实际上还可稍加斟酌，这倒未必全是为自己道地，想大家都可见谅的罢。

我决不敢相信自己是不惑，虽然岁月是过了不惑之年好久了。但是我总想努力不至于不惑，不要人情物理都不了解。本来人生是一贯的，其中却分几个段落，如童年，少年，中年，老年，各有意义，都不容空过。譬如少年时代是浪漫的，中年是理智的时代，到了老年差不多可以说是待死堂的生活罢。然而中国凡事是颠倒错乱的，往往少年老成，摆出道学家超人志士的模样，中年以来重新来秋冬行春令，大讲其恋爱等

等，这样地跟着青年跑，或者可以免于落伍之讥，实在犹如将昼作夜，“拽直照原”，只落得不见日光而见月亮，未始没有好些危险。我想最好还是顺其自然，六十过后虽不必急做寿衣，唯一只脚确已踏在坟里，亦无庸再去请斯坦那赫博士结扎生殖腺了，至于恋爱则在中年以前应该毕业，以后便可应用经验与理性去观察人情与物理，即使在市街战斗或示威运动的从伍里少了一个人，实在也有益无损，因为后起的青年自然会去补充，（这是说假如少年不是都老成化了，不在那里做各种八股，）而别一队伍里也就多了一个人，有如退伍兵去研究动物学，反正于参谋本部的作战计划并无什么妨害的。

话虽如此，在这个当儿要使它不发生乱调，实在是不大容易的事。世间称四十左右曰危险时期，对于名利，特别是色，时常露出好些丑态，这是人类的弱点，原也有可以容忍的地方。但是可容忍与可佩服是绝不相同的事情，尤其是无惭愧地，得意似地那样做，还仿佛是我们的模范似地那样做，那么容忍也还是我们从数十年的世故中来最大的应许，若鼓吹护持似乎可以无须了罢。我们少年时浪漫地崇拜好许多英雄，到了中年再一回顾，那些旧日的英雄，无论是道学家或超人志士，此时也都是老年中年了，差不多尽数地不是显出泥脸便即露出羊脚，给我们一个不客气的幻灭。这有什么办法呢？自然太太的计划谁也难违拗它。风水与流年也好，遗传与环境也好，总之是说明这个的可怕。这样说来，得体地活着这件事或者比得体地死要难得多，假如我们过了四十却还能平凡地生活，虽不见得怎么得体，也不至于怎样出丑，这实在要算是侥天之幸，不能不知所感谢了。

人是动物，这一句老实话，自人类发生以至地球毁灭，永久是实实在在的，但在我们人类则须经过相当年龄才能明白承认。所谓动物，可以含有科学家一视同仁的“生物”与儒教徒骂人的“禽兽”这两种意思，所以对于这一句话人们也可以有两样态度。其一，以为既同禽兽，便异圣贤，因感不满，以至悲观。其二，呼铲曰铲，本无不当，听之可也。我可以说就是这样地想，但是附加一点，有时要去纵核名实言行，加以批评。本来棘皮动物不会肤如凝脂，怒毛上指栋的猫不打着呼噜，原是一定的理，毋庸怎么考核，无如人这动物是会说话的，可以自称什么家或主唱某主义等，这都是别的众生所没有的。我们如有闲一点儿，免不得要注意及此。譬如普通男女私情我们可以不管，但如见一个社会栋梁高谈女权或社会改革，却照例纳妾等等，那有如无产首领浸在高贵的温泉里命令大众冲锋，未免可笑，觉得这动物有点变质了。我想文明社会上道德的管束应该很宽，但应该要求诚实，言行不一致是一种大欺诈，大家应该留心不要上当。我想，我们与其伪善还不如真恶，真恶还是要负责任，冒危险。

我这些意思恐怕都很有老朽的气味，这也是没有法的事情。年纪一年年的增多，有如走路一站站的过去，所见既多，对于从前的意见自然多少要加以修改。这是得呢失呢，我不能说。不过，走着路专为贪看人物风景，不复去访求奇遇，所以或者比较地看得平静仔细一点也未可知。然而这又怎么能够自信呢？

十九年三月

（选自《看云集》，一九三一年十一月）

苦口甘口

平常接到未知的青年友人的来信，说自己爱好文学，想从这方面努力做下去，我看了当然也喜欢，但是要写回信却觉得颇难下笔，只好暂时放下，这一搁就会再也找不出来，终于失礼了。为什么呢？这正合于一句普通的成语，叫做“一言难尽”。对于青年之弄文学，假如我是反对的，或者完全赞成的，那么回信就不难写，只须简单的一两句话就够了。但是我自己是曾经弄过一时文学的，怎么能反对人家，若是赞成却又不尽然，至少也总是很有条件的，说来话长，不能反复的写了一一寄去。可是老不回复人家也不是办法，虽然因年岁经验的差异，所说的话在青年听了多是落伍的旧话，在我总是诚意的，说了也已尽了诚意，总胜于不说，听不听别无关系，那是另一问题。现今在这里总答几句，希望对于列位或能少供参考之用。

第一件想说的是，不可以文学作职业。本来在中国够得上说职业的，只是农工商这几行，士虽然位居四民之首，为学乃是他的事业，其职业却仍旧别有所在，达则为官，现在也还称公仆，穷则还是躬耕，或隐于市井，织屦卖艺，非工则商耳。若是想以学问文章谋生，惟有给大官富贾去做门客，呼来喝去，与奴仆相去无几，不惟辱甚，生活亦不安定也。我还记得三十五六年前，大家在东京从章太炎先生听讲小学，章先生常教训学生们说，将来切不可以所学为谋生之具，学者必须别有职业，借以糊口，学问事业乃能独立，不至因外界的影响而动摇以至堕落。章先生自己是懂得医道的，所以他的意思以为学者最好也是看点医书，将来便以中医为职业，不但与治学不相妨，而且读书人去学习也很便利容易。

章先生的教训我觉得很对，虽然现今在大学教书已经成了一种职业，教学相长，也即是做着自己的事业，与民国以前的情形很有不同了，但是这在文学上却正可应用，所以引用在这里。中国出版不发达，没有作家能够靠稿费维持生活，文学职业就压根儿没有，此其一。即使可以有此职业了，而作家须听出版界的需要，出版界又要看社会的要求。新旧左右，如猫眼睛的转变，亦实将疲于奔命，此其二。因此之故，中国现在有志于文学的最好还是先取票友的态度，为了兴趣而下手，仍当十分的用心用力，但是决心不要下海，要知正式唱戏不是好玩的事也。

第二，弄文学也并不难，却也很不容易。古人说写文章的秘诀，是多读多作。现在即使说是新文学了，反正道理还是一样。要成为一个文学家，自然要先有文学而后乃成家，决不会有不写文学而可称文学家的，这是一定的事，所以要弄文学的人要紧的是学写文学作品，多读多作，此外并无别的方法。简单的一句话，文学家也是实力要紧，虚声是没有用的。我们举过去的例来说，民六以后新文学运动哄动了一时，胡陈鲁刘诸公那时都是无名之士，只是埋头工作，也不求名声，也不管利害，每月发表力作的文章，结果有了一点成绩，后来批评家称之为如何运动，这在他们当初是未曾预想到的。这时代是早已过去了，这种风气或者也已改变，但是总值得称述的，总可以当作文人作家炼成之一模范。还有如一队兵卒，在同一目的下人自为战，经了好些苦斗，达成目的之后，肩了步枪回来，衣履破碎，依然是个兵卒，并不是千把总，却是经过战斗，练成老兵了，随时能跳起来上前线去。这个比喻不算很好，但意思是正对的，总之文学家所要的是先造成个人，能写作有思想的文人，别的一切都在其次。可是话又说了回来，多读多作未必一定成功，这还得尝试了来看。学画可以有课程，学满三四年之后便毕业了，即使不能算名画家，也总是画家之一，学书便不能如此，学文学也正是一样，不能说何时可以学会，也许半年，也许三年，也许终于不成。这一点要请弄文学的人预先了解，反正是票友，试试来看，唱得好固可喜，不好也就罢了，对于自己看得清，放得下，乃是必要也。

第三，须略了解中国文学的传统。无论现在文学新到那里去，总之还是用汉字写的，就这一点便逃不出传统的圈子。中国人的人生观也还以儒家思想的为主流，立起一条为人生的文学的统系，其间随时加上些道家思想的分子，正好作为补偏救弊之用，便得调和渐近自然。因此中国文学的道德气是正当不过的，问题只是在于这道德观念的变迁，由人为的阶级的而进于自然的相互的关系，儒道思想之切磋与近代学术之发达都是同样的有力。别国的未必不也是如此，现在只就中国文学来说，这里边思想的分子很是重要，文学里的东西不外物理人情，假如不是在这里有点理解，下余的只是辞句，虽是写的华美，有如一套绣花枕头，外面好看而已。在反对的一方面，还有外国的文艺思想，也要知道大概才好。外国的物事固然不是全好的，例如有人学颓废派，写几句象征派的情诗，自然也可笑，但是有些杰作本是世界的公物，各人有权利去共享，也有义务去共学的。这在文明国家便应当都有翻译介绍，与本国的古典著作一同供国民的利用。在中国却是还未办到，要学人自己费力去张罗，未免辛苦，不过这辛苦也是值得，虽然书中未必有颜如玉的美人，精神食粮总可得到不少，这于弄文学的人是比女人与酒更会有益的。前一代的老辈假如偷看了外国书来讲新文学，却不肯译出给大家看，固然是自私的很，但是现今青年讲更新的文学，却只拿几本汉文的书来看，则不是自私而是自误了。末了再附赘两句老婆心的废话，要读外国文学须看标准名作，不可好奇立异，自找新著，反而上当，因为外国文学作品的好丑我们不能懂得，正如我们的文学也还是自己知道得清楚，外国文人如罗曼·罗兰亦未必能下判断也。

以上所说的话未免太冷一点，对于热心的青年恐怕逆耳，不甚相宜亦未可知。但是这在我是没法子的事，因为我虽不能反对青年的弄文学，赞成也是附有条件的，上边说的便是条件之一部分。假如鸦片烟可以寓禁于征，那么我的意思或者可以说是寓反对于条件罢。因为青年热心于文学，而我想劝止至少也是限制他们，这些话当然是不大咽得下去的，题目称曰苦口，即是这个意义。至于甘口，那恐怕只是题目上的配搭，本文中还未曾说到。据桂氏《说文解字义证》卷三十，鼷字下所引云：

> “《玉篇》：鼷，小鼠也，螫毒，食人及鸟兽皆不痛，今之甘口鼠也。《博物志》：鼷，鼠之最小者，或谓之甘鼠，谓其口甘，为其所食者不知觉也。”

日本《和汉三才图会》卷三十九引《本草纲目》鼷鼠条，亦如此说，和名阿末久知祢须美，汉字为甘口鼠，与中国相同。所谓甘口的典故即出于此。这在字面上正好与苦口作一对，但在事实上我只说了苦口便罢，甘口还是“恕不”了吧。或者怕得青年们的不高兴，在要收场的时候再说几句，——话虽如此，世间有《文坛登龙术》一书，可以参考，便讲授几条江湖诀，这也不是难事，不过那就是咬人不痛的把戏，何苦来呢。题目写作苦口甘口，而本文中只有苦口，甘口则单是提示出来，叫列位自己注意谨防，此乃是新式作文法之一，为鄙人所发明，近几年中只曾经用过两次者也。

民国癸未二月十日，写于阴雨中

（原载于《艺文杂志》第一卷五号，一九四三年十一月一日）

两个鬼的文章

鄙人读书于今五十年，学写文章亦四十年矣，累计起来已有九十年，而学业无成，可为叹息。但是不论成败，经验总是事实，可以说是功不唐捐的，有如买旧墨买石章，花了好些冤钱，不曾得到甚么好东西，可是这双眼睛磨炼出来一点功夫，能够辨别好坏了，因为他知道花钱买了些次货，即此便是证据。我以数十年的光阴用在书卷笔墨上面，结果只得到这一个觉悟，自己的文章写不好，古人的思想可取的也不多。这明明是一个失败，但这失败是很值得的，比起古今来自以为成功的人，总是差胜一筹了。陆放翁《冬夜对书卷有感》诗中有句云："万卷虽多当具眼，一言惟恕可铭膺。"这话说得很好，可是两句话须是分开来说，恕字终身可行，是属于处世接物的事，若是读书既当具眼，就万不能再客气，固然不可故意苛刻，总之要有自信，看了贵人和花子同样不眨眼的态度。以前读《论语》，多少还徇俗论，特别看重他，近来觉得这态度不诚实，就改正了，黄式三的《论语后案》我以为颇好，但仔细阅过之后，我想这也是诸子之一，与老庄佛经都有可取处，若要作为现代国民的经训缺漏甚多，虽然原是儒家思想的重要史料。看古人的言论，有如披沙拣金，并不是全无所得，却是非常苦劳，而且略不当心，便要上当，不但认鱼目为明珠，见笑大方，或者误食蟛蜞，有中毒之危险。我以多年的苦辛，于此颇有所见，古人云，只可自怡悦，不堪持赠君，今则持赠固难得解人，中国事情想来很多懊恼，因此亦不见得可怡悦。只是生为中国人，关于中国的思想文章总该知道个大概，现在既能以自力略为辨别，不落前人的窠臼，未始不是可喜的事也。

我所写的文章都是小篇，所以篇数颇多，至于自己觉得满意的实在也没有，所以文章是自己的好，这句成语在我并不一定是确实的。人家看来不知道是如何？这似乎有两种说法。其一是说我所写的都是谈吃茶喝酒的小品文，不是革命的，要不得。其二又说可惜少写谈吃茶喝酒的文章，却爱讲那些顾亭林所谓国家治乱之原，生民根本之计，与文学离得太远。这两派对我的看法迥异，可是看重我的闲适的小文，在这一点上是意见相同的。我的确写了些闲适文章，但同时也写正经文章，而这正经文章里面更多的含有我的思想和意见，在自己更觉得有意义。甲派的朋友认定闲适文章做目标，至于别的文章一概不提，乙派则正相反，他明白看出这两类文章，却是赏识闲适的在正经文章之上。因为各人的爱好不同，原亦言之成理，我不好有甚么异议，但这一点说明似乎必要。我写闲适文章，确是吃茶喝酒似的，正经文章则仿佛是馒头或大米饭。在好些年前我做了一篇小文，说我的心中有两个鬼，一个是流氓鬼，一个是绅士鬼。这如说得好一点，也可以说叛徒与隐士，但也不必那么说，所以只说流氓与绅士就好了。我从民国八年在《每周评论》上写《祖先崇拜》和《思想革命》两篇文章以来，意见一直没有甚么改变，所主张的是革除三纲主义的伦理以及附属的旧礼教旧气节旧风化等等，这种态度当然不能为旧社会的士大夫所容，所以只可自承是流氓的。《谈虎集》上下两册中所收自《祖先崇拜》起，以至《永日集》的《闭户读书论》止，前后整十年间乱说的真不少，那时北京正在混乱黑暗时期，现在想起来，居然容得这些东西印出来，当局的宽大也总是难得的了。但是杂文的名誉虽然好，整天骂人虽然可以出气，久了也会厌足，而且我不主张反攻的，一件事来回的指摘论难，这种细巧工作非我所堪，所以天性不能改变，而兴趣则有转移，有时想写点闲适的所谓小品，聊以消遣，这便是绅士鬼出头来的时候了。话虽如此，这样的两个段落也并不分得清，有时是综错间隔的，在个人固然有此不同的嗜好，在工作上也可以说是调剂作用，所以要指定那个时期专写闲适或正经文章，实在是不可能的事。去年写过一篇《灯下读书论》，与十七年所写的《闭户读书论》相比，时间相隔十有六年，却是同样的正经文章，而在这中间写了不少零碎文字，性质很不一律，正是一个好例。民国十四年《雨天的书序》中说：

“我平素最讨厌的是道学家，岂知这正因为自己是一个道德家的缘故。我想破坏他们的伪道德不道德的道德，其实却同时非意识地想建设起自己所信的新的道德来。”

三十三年《苦口甘口序》中又云：

“我一直不相信自己能写好文章，如或偶有可取，那么所可取者也当在于思想而不是文章。总之我是不会做所谓纯文学的，我写文章总是有所为，于是不免于积极，这个毛病大约有点近于吸大烟的瘾，虽力想戒除而甚不容易，但想戒的心也常是存在的。”这也可以算作一例，其间则相差有二十个年头了。我未尝不知道谦虚是美德，也曾努力想学，但又相信过谦也就是不诚实，所以有时不敢不直说，特别是自己觉得知之为知之的时候，虽然仿佛似乎不谦虚也是没有法子。自从《新青年》《每周评论》及《语丝》以来，不断的有所写作，我自信这于中国不是没意义的事，当时有陈独秀钱玄同鲁迅诸人也都尽力于这个方向，现今他们已经去世了，新起来的自当有人，不过我孤陋寡闻不曾知道。做这种工作并不是图甚么名与利，世评的好坏全不足计较，只要他认识得真，就好。我自己相信，我的反礼教思想是集合中外新旧思想而成的东西，是自己诚实的表现，也是对于本国真心的报谢，有如道士或狐所修炼得来的内丹，心想献出来，人家收受与否那是别一问题，总之在我是最贵重的贡献了。至于闲适的小品我未尝不写，却不是我主要的工作，如上文说过，只是为消遣或调剂之用，偶尔涉笔而已。外国的作品，如英吉利法兰西的随笔，日本的俳文，以及中国的题跋笔记，平素也稍涉猎，很是爱好，不但爱诵，也想学了做，可是自己知道性情才力都不及，写不出这种文字，只有偶然撰作一二篇，使得思路笔调变换一下，有如饭后喝一杯浓普洱茶之类而已。这种文章材料难找，调理不易。其实材料原是遍地皆是，牛溲马勃只要使用得好，无不是极妙文料，这里便有作者的才情问题，实做起来没有空说这样容易了。我的学问根柢是儒家的，后来又加上些佛教的影响，平常的理想是中庸，布施度忍辱度的意思也颇喜欢，但是自己所信毕竟是神灭论与民为贵论，这便与诗趣相远，与先哲疾虚妄的精神合在一起，对于古来道德学问的传说发生怀疑，这样虽然对于名物很有兴趣，也总是赏鉴里混有批判，几篇《草木虫鱼》有的便是这种毛病，有的心想避免而生了别的毛病，即是平板单调。那种平淡而有情味的小品文我是向来仰慕，至今爱读，也是极想仿做的，可是如上文所述实力不够，一直未能写出一篇满意的东西来。以此与正经文章相比，那些文章也是同样写不好，但是原来不以文章为重，多少总已说得出我的思想来了，在我自己可以聊自满足的了。乙派以为闲适的文章更好，希望我多作，未免错认门面，有如云南火腿店带卖普洱茶，他便要求他专开茶栈，虽然原出好意，无奈栈房里没有这许多货色，摆设不起来，此种实情与苦衷亦期望友人予以谅解者也。以店而论，我这店是两个鬼品开的，而其股份与生意的分配究竟绅士鬼还只居其小部分，所以结果如此，亦正是为事实所限，无可如何也。

我不承认是文士，因为既不能写纯文学的文章，又最厌恶士流，既所谓清流名流者是也。中国的士大夫的遗传性是言行不一致，所作的事是做八股、吸鸦片、玩小脚、争权夺利，却是满口的礼教气节，如大花脸说白，不再怕脸红，振古如斯，于今为烈。人生到此，吾辈真以摆脱士籍，降于堕贫为荣幸矣。我又深自欣幸的是凡所言必由衷，非是自己真实相信以为当然的事理不敢说，而且说了的话也有些努力实行，这个我自己觉得是值得自夸的。其实这样的做也只是人之常道，有如人不学狗叫或去咬干矢橛，算不得甚么奇事，然而在现今却不得不当作奇事说，这样算来我的自夸也就很是可怜的了。我平常自己知道思想知识极是平凡，精神也还健全，不至于发疯打人或自大称王，可是近来仔细省察，乃觉得谦逊与自信同时并进，难道真将成为自大狂了么？假如这样下去，我很忧虑会使得我堕落。俗语云，无鸟村里蝙蝠称王。蝙蝠本何足道，可哀的是无鸟村耳，而蝙蝠乃幸或不幸而生于如是村，悲哉悲哉，蝙蝠如竟代燕雀而处于村之堂屋，则诚为蝙蝠与村的最大不幸矣。

民国三十四年十一月十六日

（选自《过去的工作》，一九四五年十一月十六日）

美　文

外国文学里有一种所谓论文，其中大约可以分作两类。一批评的，是学术性的。二记述的，是艺术性的，又称作美文，这里边又可以分出叙事与抒情，但也很多两者夹杂的。这种美文似乎在英语国民里最为发达，如中国所熟知的爱迭生，阑姆，欧文，霍桑诸人都做有很好的美文，近时高尔斯威西，吉欣，契斯透顿也是美文的好手。读好的论文，如读散文诗，因为它实在是诗与散文中间的桥。中国古文里的序，记与说等，也可以说是美文的一类。但在现代的国语文学里，还不曾见有这类文章，治新文学的人为什么不去试试呢？我以为文章的外形与内容，的确有点关系，有许多思想，既不能作为小说，又不适于做诗（此只就体裁上说，若论性质则美文也是小说，小说也就是诗，《新青年》上库普林作的《晚间的来客》，可为一例），便可以用论文式去表他。他的条件，同一切文学作品一样，只是真实简明便好。我们可以看了外国的模范做去，但是须用自己的文句与思想，不可去模仿它们。《晨报》上的浪漫谈，以前有几篇倒有点相近，但是后来（恕我直说）落了窠臼，用上多少自然现象的字面，衰弱的感伤的口气，不大有生命了。我希望大家卷土重来，给新文学开辟出一块新的土地来，岂不好么？

一九二一年五月

（原载于《晨报副刊》，一九二一年六月八日）

新文学的要求

今日承贵会招我演讲，实在是我的光荣。现在想将我对于新文学的要求，略说几句。从来对于技术的主张，大概可以分作两派：一是艺术派，一是人生派。艺术派的主张，是说艺术有独立的价值，不必与实用有关，可以超越一切功利而存在。艺术家的全心只在制作纯粹的艺术品上，不必顾及人世的种种问题：譬如做景泰蓝或雕刻的工人，能够做出最美丽精巧的美术品，他的职务便已尽了，于别人有什么用处，他可以不问了。这"为什么而什么"的态度，固然是许多学问进步的大原因；但在文艺上，重技工而轻情思，妨碍自己表现的目的，甚至于以人生为艺术而存在，所以觉得不甚妥当。人生派说艺术要与人生相关，不承认有与人生脱离关系的艺术。这派的流弊，是容易讲到功利里边去，以文艺为伦理的工具，变成一种坛上的说教。正当的解说是仍以文艺为究极的目的；但这文艺应当通过了著者的情思，与人生接触。换一句话说，便是著者应当用艺术的方法，表现他对于人生的情思，使读者能得艺术的享乐与人生的解释。这样说来，我们所要求的当然是人的艺术派的文学。在研究文艺思想变迁的人，对于各时代各派别的文学，原应该平等看待，各各还他一个本来的位置；但在我们心想创作文艺，或从文艺上得到精神的粮食的人，却不能不决定趋向，免得无所适从，所以我们从这两派中，就取了人生的艺术派。但世间并无绝对的真理，这两派的主张都各自有他的环境与气质的原因；我们现在的取舍，也正逃不脱这两个原因的作用，这也是我们应该承认的。如欧洲文学在十九世纪中经过了传奇主义与写实主义两次大变动，俄国文学总是一种理想的写实主义，这便因俄国人的环境与气质的关系，不能撇开了社会的问题，趋于主观与客观的两极端。我们称述人生的文学，自己也以为是从学理上立论，但事实也许还有下意识的作用；背着过去的历史，生在现今的境地，自然与唯美及快乐主义不能多有同情。这感情上的原因能使理性的批判更为坚实，所以我们相信人生的文学实在是现今中国唯一的需要。

人生的文学是怎样的呢？据我的意见，可以分作两项说明：

一、这文学是人性的；不是兽性的，也不是神性的。

二、这文学是人类的，也是个人的；却不是种族的、国家的、乡土及家族的。

关于第一项，我曾作了一篇《人的文学》略说过了。大旨从生物学的观点上，认定人类是进化的动物，所以人的文学也应该是人间本位主义的。因为原来是动物，故所有共通的生活本能，都是正当的、美的、善的；凡是人情以外人力以上的，神的属性不是我们的要求；但又因为是进化的，故所有已经淘汰，或不适于人的生活的、兽的属性，也不愿他复活或保留，妨害人类向上的路程。总之是要还他一个适如其分的人间性，也不要多，也不要少就是了。

我们从这文学的主位的人的本性上，定了第一项的要求，又从文学的本质上，定了这第二项的要求。人间的自觉还是近来的事，所以人性的文学也是百年内才见发达，到了现代可算是兴盛了。文学上人类的倾向却原是历史上的事实，中间经过了几多变迁，从各种阶级的文艺又回到平民的全体的上面来，但又加了一重个人的色彩，这是文艺进化上的自然的结果，与原始的文学不同的地方也就在这里了。

关于文学的意义，虽然诸家的议论各有点出入，但就文艺起源上论他的本质，我想可以说是作者的感情的表现。《诗序》里有一节话，虽是专说诗的起源的，却可以移来作上文的说明：

“情动于中而形于言；言之不足，故咏歌之；咏歌之不足，故嗟叹之；嗟叹之不足；故不知手之舞之，足之蹈之。”

我们考察希腊古代的颂歌、史诗、戏曲发达的历史，觉得都是这样情形。上古时代生活很简单，人的感情思想也就大体一致，不出保存生活这一个范围。那时个人又消纳在族类里面，没有独立表现的机会，所以原始的文学都是表现一团体的感情的作品。比如戏曲的起源是由于一种祭赛，仿佛中国从前的迎春。这时候大家的感情，都会集在期望春天的再生这一点上，这期望的原因，就在对于生活资料缺乏的忧虑。这忧虑与期待的“情”实在迫切了，自然而然的发为言动，在仪式上是一种希求的具体的表现，也是实质的祈祷，在文学上便是歌与舞的最初的意义了。后来的人将歌舞当作娱乐的游戏的东西，却不知道他原来是人类的关系生命问题的一种宗教的表示。我们原不能说事物的原始的意义定是正当的界说，想叫化学回到黄白术去；但我相信在文艺上这意义还是一贯，不但并不渐走渐远，而且反有复原的趋势，所以我们于这文学史上的回顾，也不能不相当注意，但是几千年的时间，夹在中间，使这两样相似的趋势，生了多少变化；正如现代的共产生活已经不是古代的井田制度了。古代的人类的文学，变为阶级的文学；后来阶级的范围逐渐脱去，于是归结到个人的文学，也就是现代的人类的文学了。要明白这意思，墨子说的“已在所爱之中”这一句话，最注解得好。浅一点说，我是人类之一，我要幸福，须得先使人类幸福了，总有我的分；若更进一层，那就是说我即是人类。所以这个人与人类的两重的特色，不特不相冲突，而且反是相成的。古代的个人消纳在族类的里面，个人的简单的欲求都是同类所共具的，所以便将族类代表了个人。现代的个人虽然原也是族类的一个，但他的进步的欲求，常常超越族类之先，所以便由他代表了族类。譬如怕死这一种心理，本是人类共通的本性，写这种心情的歌诗，无论出于群众，出于个人，都可互相了解，互相代表，可以称为人类的文学了。但如爱自由，求幸福，这虽然也是人类所共具的，但因为没有十分切迫，在群众每每忍耐过去了；先觉的人却叫了出来，在他自己虽然是发表个人的感情，个人的欲求，但他实在也替代了他以外的人类发表了他们自己暂时还未觉到，或没有才力能够明白说出的感情与欲求了。还有一层与古代不同的地方，便是古代的文学纯以感情为主，现代却加上了多少理性的调剂。许多重大问题，经了近代的科学的大洗礼，理论上都能得到了解决。如种族国家这些区别，从前当作天经地义的，现在知道都不过是一种偶像。所以现代觉醒的新人的主见，大抵是如此："我只承认大的方面有人类，小的方面有我，是真实的"。人类里边有皮色不同、习俗不同的支派。正如国家地方家族里有生理、心理上不同的分子一样，不是可以认为异类的铁证。我想这各种界限的起因是由于利害的关系，与神秘的生命上的连络的感情。从前的人以为非损人则不能利己，所以连合关系密切的人，组织一个攻守同盟；现在知道了人类原是利害相共的，并不限定一族一国，而且利己利人，原只是一件事情，这个攻守同盟便变了人类对自然的问题了。从前的人从部落时代的"图腾"思想，引申到近代的民族观念，这中间都含有血脉的关系；现在又推上去，认定大家都是从"人"这一个图腾出来的，虽然后来住在各处，异言异服，觉得有点隔膜，其实原是同宗。这样的大人类主义，正是感情与理性的调和的出产物，也就是我们所要求的人道主义的文学的基调。

这人道主义的文学，我们前面称他为人生的文学，又有人称为理想主义的文学；名称尽有异同，实质终是一样，就是个人以人类之一的资格，用艺术的方法表现个人的感情，代表人类的意志，影响于人间生活幸福的文学。所谓人类的意志这一句话，似乎稍涉理想；但我相信与近代科学的研究也还没有什么冲突。至于它的内容，我们已经在上文分两项说过，此刻也不再说了。这新时代的文学家是“偶像破坏者”，但他还有他的新宗教——人道主义的理想是他的信仰，人类的意志便是他的神。

（原为北平少年学会的演讲，一九二〇年一月六日，原载于《中国新文学的源流》，一九三四年三月北平人文书店出版）

关于三月十八日的死者

一

我是极缺少热狂的人，但同时也颇缺少冷静，这大约因为神经衰弱的缘故，一遇见什么刺激，便心思纷乱，不能思索更不必说要写东西了。三月十八日下午我在燕大上课，到了第四院时知道因外交请愿停课，正想回家，就碰见许家鹏君受了伤逃回来，听他报告执政府卫兵枪击民众的情形，自此以后，每天从记载谈话中听到的悲惨事实逐日增加，堆积在心上再也摆脱不开，简直什么事都不能做。到了现在已是残杀后的第五日，大家切责段祺瑞贾德耀，期望国民军的话都已说尽，且已觉得都是无用的了，这倒使我能够把心思收束一下，认定这五十多个被害的人都是白死，交涉结果一定要比沪案坏得多，这在所谓国家主义流行的时代或者是当然的，所以我可以把彻底查办这句梦话抛开，单独关于这回遭难的死者说几句感想到的话。——在首都大残杀的后五日，能够说这样平心静气的话了，可见我的冷静也还有一点哩。

二

我们对于死者的感想第一件自然是哀悼。对于无论什么死者我们都应当如此，何况是无辜被戕的青年男女，有的还是我们所教过的学生。我的哀感普通是从这三点出来，熟识与否还在其外，即一是死者之惨苦与恐怖，二是未完成的生活之破坏，三是遗族之哀痛与损失。这回的死者在这三点上都可以说是极量的。所以我们哀悼之意也特别重于平常的吊唁。第二件则是惋惜。凡青年夭折无不是可惜的，不过这回特别的可惜，因为病死还是天行而现在的戕害乃是人功。人功的毁坏青春并不一定是最可叹惜，只要是主者自己愿意抛弃，而且去用以求得更大的东西，无论是恋爱或是自由。我前几天在《茶话·心中》里说，“中国人似未知生命之重，故不知如何善舍其生命，而又随时随地被夺其生命而无所爱惜。”这回的数十青年以有用可贵的生命不自主地被毁于无聊的请愿里，这是我所觉得太可惜的事。我常常独自心里这样痴想，“倘若他们不死……”我实在几次感到对于奇迹的希望与要求，但是不幸在这个明亮的世界里我们早知道奇迹是不会出来的了。——我真深切地感得不能相信奇迹的不幸来了。

三

这回执政府的大残杀，不幸女师大的学生有两个当场被害。一位杨女士的尸首是在医院里，所以就搬回了；刘和珍女士是在执政府门口往外逃走的时候被卫兵从后面用枪打死的，所以尸首是在执政府，而执政府不知怎地把这二三十个亲手打死的死体当作宝贝，轻易不肯给人拿去，女师大的职教员用了九牛二虎之力，到十九晚才算好容易运回校里，安放在大礼堂中。第二天上午十时棺殓，我也去一看；真真万幸我没有见到伤痕或血衣，我只见用衾包裹好了的两个人，只馀脸上用一层薄纱蒙着，隐约可以望见面貌，似乎都很安闲而庄严地沉睡着。刘女士是我这大半年来从宗帽胡同时代起所教的学生，所以很是面善，杨女士我是不认识的，但我见了她们两位并排睡着，不禁觉得十分可哀，好象是看见我的妹子，——不，我的妹子如活着已是四十岁了，好象是我的现在的两个女儿的姊姊死了似的，虽然她们没有真的姊姊。当封棺的时候，在女同学出声哭泣之中，我陡然觉得空气非常沉重，使大家呼吸有点困难，我见职教员中有须发斑白的人此时也有老泪要流下来，虽然他的下颔骨乱动地想忍住他也不可能了。……

这是我昨天在《京副》发表的文章中之一节，但是关于刘杨二君的事我不想再写了，所以抄了这篇“刊文”。

民国十五年三月十八日之后五日

（原载于《语丝》第七十二期，一九二六年三月二十九日）

新中国的女子

三月十八日国务院残杀事件发生以后，日文《北京周报》上有颇详明的记述，有些地方比中国的御用新闻记者说的还要公平一点，因为他们不相信群众拿有“几支手枪”，虽然说有人拿着stick的。他们都颇佩服中国女子的大胆与从容，明观生在《可怕的刹那》的附记中有这样的一节话：

“在这个混乱之中最令人感动的事，是支那女学生之刚健。凡有示威运动等，女学生大抵在前，其行动很是机敏大胆，非男生所能及。这一天女学生们也很出力。在我的前面有一个女学生，中了枪弹，她用了那毛线的长围巾扪住了流出来的血潮，一点都不张皇，就是在那恐怖之中我也不禁感到钦佩了。我那时还不禁起了这个念头，照这个情形看来，支那将靠了这班女子兴起来罢！”

《北京周报》社长藤原君也在社说中说及，有同样的意见：

“据当日亲身经历目睹实况的友人所谈，最可佩服的是女学生们的勇敢。在那个可怕的悲剧之中，女学生们死的死了，伤的伤了，在男子尚且不能支持的时候，她们却始终没有失了从容的态度。其时他就想到支那的兴起或者是要在女子的身上了。以前有一位专治汉学的老先生，离开支那二十年之后再到北京来，看了青年女子的面上现出一种生气，与前清时代的女人完全不同了，他很惊异，说照这个情形支那是一定会兴隆的；我们想到这句话，觉得里边似乎的确表示着支那机运的一点消息。”

我们读佩弦君的《执政府大屠杀记》，看见他说：

“我真不中用，出了门口，一面走，一面只是喘息。后面有两个女学生，有一个我真佩服她，她还能微笑着对她的同伴说，‘他们也是中国人哪！’这令我惭愧了！”

把这个与杨德群女士因了救助友人而被难的事实合起来看，我们可以相信日本记者的感想是确实的，并不全是由于异域趣味的浪漫的感激。其实这现象也是当然的，从种种的方面看来，女子对于革命事业的觉悟与进行必定要比男子更早，更热烈坚定，因为她们历来所身受的迫压也更大而且更久。波兰俄国以及朝鲜的革命史上女子占着多大的位置，大家大抵是知道的，中国虽是后进，也自然不能独异。我并不想抹杀男子，以为他们不配负救国之责，但他们之不十分有生气，不十分从容而坚忍，那是无可讳言的。我也并不如日本记者那样以为女子之力即足以救中国，但我确信中国革命如要成功，女子之力必得占其大半。有革命思想的男子容易为母妻所羁留，有革命思想的女子不特可以自己去救国，还可以成为革命家之妻，革命家之母。这就是她们的力量之所在。

男女的思想行为的变化与性择很有关系，不过现在都是以男性为主，将来如由女性来作“风雅的盟主”（Elega ntiae Arbiter），不但两性问题可以协和，一切也都好了。（斯妥布思女士的主张也即是其中之一部分。）现在不谈别的，只说关于中国革命的事，我们的盟主应该是怎样的一种人呢？这断然不是躲在书斋里读《甲寅》的聪明小姐喽，却也未必一定是男装从军的木兰一流人物。我在这里忽然想起波兰的一首诗来，这诗载在勃阑特思（Georg Brandes）所著《十九世纪波兰文学论》中，是有名的复仇诗人密子克微支（Adam Mickiewicz）所作，题名《与波兰的母亲》，是表示诗人理想中的国民之母的，我们且看他是怎样说法。大意云：

“赶快带你的儿子到冷僻的洞窟里，教他睡在芦苇上，呼吸潮湿秽恶的空气，与毒虫同卧一处。在那里，他将学会怎样使他的愤怒潜伏，使他的思想叵测，沉默地毒死他的言语，卑屈的使他的形状象那蝮蛇。我们的救主在做小孩的时候，在拿撒勒游戏，拿了十字架，后来他就在这上面救了世界。波兰的母亲呵！倘若我是你，我将拿他的未来运命的玩具给他游戏。早点给他链条锁在手上，叫他习惯推那犯人的污秽的小车，使他见了刽子手的刀斧不会失色，见了绞索不会红脸。因为他并不如古时武士将往耶路撒冷充十字军，插他的旗在那被征服的城上，也不象三色旗下的兵士将去耕自由之田地，沃以自己的鲜血。不，无名的奸细将告发了他，他当在伪誓的法官前辩护他自己，他的战场是地下的囚室，不可抗的敌人就是他的裁判官。绞架的枯木即为他的墓标，几个女人的眼泪，不久就干了，以及国人的夜间的长谈，是他死后的唯一的荣誉与记念。”

这是波兰的贤母，但是良妻应当怎样呢？据同一诗人在《格拉支那》（Gracyna）一篇中所说，她可以违背了丈夫的命令，牺牲了性命身家领地，毫无顾惜，只要能保存祖国的光荣，与敌人以损害。啊，波兰的复仇诗人们，密子克微支与斯洛伐支奇，你们的火焰似热情是永不会消灭的，在这世界上还有迫压与残暴的时候。你们理想中的女子或者诚然不免有点过激，但在波兰恐怕非如此不可，而且或者非如此波兰也不会保存以至中兴。中国现在情形似乎比波兰要好一点，（不过我也不能担保，照这样“整顿学风”下去，就快到那地步了，）因为如勃阑特思的《波兰印象记》第二卷所说，“政府禁止在学校里教女子读波兰文，但教裁缝是许可的，所以她们在石板上各画一幅胸带的图，以防军警来查。她们在桌上摆着裁缝材料，书籍放在下面”。中国总算还让她们读书，因此我觉得对于中国的女子还不至于希望她们成为波兰式的贤母良妻，只希望她能引导我们激刺我们，并不是专去报复，是教我们怎样正当地去爱与死。

我不知道中国的新妇女或旧妇女的爱情是猛烈还是冷淡，但我觉得中国男子大抵对于恋爱与生死没有大的了解与修养，可见女性影响之薄弱无用。生在此刻中国的女子不但当以大胆与从容的态度处理自己的恋爱与死，还应以同样的态度来引导——不，我简直就说引诱或蛊惑男子去走同一的道路，而且使恋爱与死互相完成。这应当怎么做，她们自己会知道，我们不能说，我只能表示这样一个希望罢了。至于弹琴作画吟诗刺绣的小姐们，本来也是好的，不过那是天下太平时代的装饰品，正如一个霁红花瓶，我决不想敲破他，不过不是象现在中国这样的破落人家所该得起的，所以我不想颂扬。大约在二十年前，刘申叔先生正在东京办《天义报》的时候，我曾做了三首偶成的诗，寄给他发表，现在还没有忘记，转录在这里，算作有诗为证罢。

为欲求新生，辛苦此奔走，
学得调羹汤，归来作新妇。
不读宛委书，但织鸳鸯锦，

织锦长一丈，春华此中尽。
出门怀大愿，竟事不一决，
款款坠庸轨，芳徽永断绝。

民国十五年大残杀之月末日，在北京书为被杀伤的诸女士纪念

（原载于《语丝》第七十三期，一九二六年四月五日）

闲话四则

一

沉默是一切的最好的表示。“吾爱——吾爱”地私语尚不是恋爱的究竟成就，天乎天乎的呼唤也还不足表出极大的悲哀；在这些时候真的表示应是化石股的，死的沉寂。有奇迹在眼前发现，见者也只是沉默，发怔，无论这是籐帽底下飞出一只鹁鸽或是死人复活。不可能的与不会有的事情发生都是同样的奇迹，同样的不可思议。譬如有人把一个人活活地吞下去了，无论后来吐不吐出来，看客一定瞪目结舌说不出话。将来还吐出来呢，那是变的上好的戏法，值得惊服；倘若不吐出来，那么就是简直把他果了腹，正如同煮了吃或蒸了吃一样，这也是言语道断，还有什么话可说。“查得吃人一事，与公理正义显有不合，……”这样说法岂不是只有傻子才说的呆话？

三月十八日以来北京有了不少的奇迹，结果是沉默，沉默，再是沉默。这是对的，因为这是惟一适当的对付法。

但是这又可以表示别的意思，一是恐惧，二是赞成。不过在我们驯良的市民，这是怎么一个比例，那可就很不易说了。

二

天下奇事真是不但无独而且还有偶。最近报载日本政府也要下令取缔思想了，只可惜因为怕学界反抗，终于还未发表。中国呢，学界隐居于六国饭店等地方了；这一点究竟是独而难偶的，是日本所决不能及的。

取缔思想这四个字真正下得妙极，昏极亦趣极。俄国什么小说中有乡下人曾这样地说：“大野追风，拔鬼尾巴！”恰是适切的评语。追风犹追屁，不过追不着罢了，拔鬼尾巴便不大妥当了。这不但是鬼的小尾巴是拔不住的，万一侥天之幸而拔住了——拔住了又怎么样呢？鬼尾巴的前头不是还有一个鬼么？你将怎么办？这好象是“倒拔蛇”，拔得出时是你的运气，但或者同时也是你的晦气。日本的政治家缺少历史知识，这是很可惜的，虽然他们的踌躇还有可取，毕竟比从前白俄的官宪高明得多了。

在中国，似乎有点不同，这只能说是拔猪尾巴罢，如在大糖房胡同所常见似的。

天下奇事到底是有独而无偶。

十五年五月

三

平常大家认为重罪的强奸，在乱时便似乎不大希奇了，传说，新闻，以至知县的公文上都冠冕堂皇地说及，仿佛只是天桥茶客打架似的一件极普通的官司。是的，这在乱世是没有法的，因为乱世的特色是乱，俗语云：“乱世的人还不如太平的狗”。在乱时战区内的妇女的命运大约就是两种（逃走和躲避的自然除外），一是怕强奸而自尽的，二是被强奸而活着的。第一种自有人来称她作烈女烈妇，加以种种哀荣，至少也有一首歌咏。第二种人则将为人所看不起，如同光时代的“长毛嫂嫂”，虽然她们也是可哀而且——可敬的。忍辱与苦恐怕在人类生存上是一个重要的原素，正如不肯忍辱与苦是别一个重要的原素一样。我们想到现存的人民多半是她们的苗裔，对于那些喜讲风凉话的云孙耳孙们真觉得不很能表赞同了。

一本古书上说，据历来的传说，在不知几千年前，有一回平定京师的时候，一个游勇强奸了妇女，还对她说，不准再被别人强奸。男性道德的精义全在这里了，他或者是讲风凉话的鼻祖罢？——喔！强奸怎么能作闲话的材料？我看了报上节俭的记述，仿佛觉得想说一两句话，不过这个题目实在太难，也只得节俭一点，把笔“带住”了。

四

难民——这是现在北京的名物之一，几乎你往城内的任何处都能看见的，我在北京溷了十年（前清时也曾来过一次），这种景象还是初次见到。难民的家怎么样了，我因为不曾目击过，想不出来，但见了这副人工乞丐似的身命也就够不愉快了，而尤其使我不愉快的乃是难民妇女的脚。她们的脚自然向来是如此，并不是被难之后才裹，或因逃难而特别走尖的。然而这实在尖得太可怕了。我以前的确也见过些神秘的小脚，几乎使人诧异“脚在哪里”地那么小，每令我感到自己终是野蛮民族而发出“我最喜欢见女人的天足”的慨叹。现在看见这脚长在难民身上，便愈觉得怃然。我并不说难民不配保有小脚，我只不知怎的感到小脚与难民之神妙的关系，仿佛可以说小脚是难民的原因似的。我自知也是她们的同族，但心里禁不住想，你们的遭难是应该的，可怜，你们野蛮民族。身上刺青，雕花，涂颜色，着耳鼻唇环的男女，被那有机关枪，迫击炮，以及飞机——啊，以及飞机的文明人所虐杀，岂不是极自然与当然的么？喔，我愿这是一个恶梦，一觉醒来，不见那些国粹的难民，国货的小脚！

但是这愿望或者太奢了，上帝未必肯见听罢？

十五年六月

（原载于《语丝》第八十期，一九二六年五月二十四日）

女人骂街

阅《犊鼻山房小稿》，只有《东游笔记》二卷，记光绪辛巳壬午间，从湖南至江苏，浙江游居情况，不详作者姓氏，文章却颇可读。下卷所记以浙东为主，初游台州，后遂暂居绍兴一古寺中。十一月中有记事云：

戊申，与寺僧负暄楼头。适邻有农人妇曝菜篱落间，遗失数把，疑人窃取之，坐门外鸡栖上骂移时，听其抑扬顿挫，备极行文之妙。初开口如饿鹰叫雪，嘴尖吭长，而言重语狠，直欲一句骂倒。久之意懒神疲，念艺圃辛勤，顾物伤惜，啧啧呶呶，且詈且诉，若惊犬之吠风，忽断复续。旋有小儿唤娘吃饭，妇推门而起，将入却立，蓦地忿上心来，顿足大骂，声暴如雷，气急如火，如金鼓之末音，促节加厉，欲奋袂而起舞。余骇然回视，戛然而止，箸响碗鸣，门掩户闭。僧曰：此妇当堕落。余曰：适读白乐天《琵琶行》与苏东坡《赤壁赋》终篇也。

这一节写得很好玩，却也很有意思。民间小戏里记得有《王婆骂鸡》一出，可见这种情形本是寻常，大家也都早已注意到了，不过这里犊鼻山人特别提出来与古文辞并论，自有见识，但是我因此又想起女人过去的光荣，不禁感慨系之。我们且不去查人类学上的证据，也可以相信女人是从前有过好时光的，无论这母权时代去今怎么辽远，她的统治才能至今还是潜存着，随时显露一点出来，替她做个见证。如上文所说的泼妇骂街，是其一。本来在生物中母兽是特别厉害的，不过这只解释得

"泼"字，骂街的本领却别有由来，我想这里总可以见她们政治天才之百一吧。希腊市民从哲人研求辩学，市场公会乃能滔滔陈说，参与政事，亦不能如村妇之口占急就，而井井有条，自成节奏也。中国士大夫十载寒窗，专做赋得文章，《讨武》《驱鳄》诸文胸中烂熟，故要写劾奏讪谤之文，摇笔可成，若仓卒相骂，便易失措，大抵只能大骂混账王八蛋，不是叫拿名片送县，只好亲自动手相打矣。两相比较，去之天壤。其次则妇女的挽歌，亦是一例。尝读法国美里美所作小说《科仑巴》，见其记科仑巴临老彼得之丧，自作哀歌，以歌代哭，闻之足使懦夫有立志，至今尚不忘记。此不独科耳西加岛为然，即在中国凡妇女亦多如此，不过且哭且歌，只哭中有词，不能成整篇的挽歌而已。以上所举虽然似乎都是小事，但我想这就已够证明妇女自有一种才力，为男子所不及，而此应付与组织则又正是政治本领之一也。

对妇女说母权时代的事，这不但是开天以前，简直已是羲皇以上，桑田沧海变化久远，遗迹留存，亦已微矣。偶阅陈廷灿在康熙初年所著《邮余闲记》初集，卷上有关于妇女的几节云：

> 人皆知妇女不可烧香看戏，余意并不宜探望亲戚及喜事宴会，即久住娘家亦非美事，归宁不可过三日，斯为得之。
>
> 居美妇人譬如蓄奇宝，苟非封藏甚密，守护甚严，未有不入穿窬之手。故凡女人，足不离内室，面不见内亲，声不使闻于外人，其或庶几乎。
>
> 余见一老人，年八十馀，终身不娶。及问其故，曰：世无贞妇人，故不娶也。噫！激哉老人之言也，信哉老人之言也。然不可为训。世岂无贞妇人哉，顾贞者不易得耳。但能御之以礼，闲之以洁，而导之节义，则不贞者亦不得不转而为贞矣。

要证明近世男尊女卑的现象，只用最普通的《女儿经》的话也已足够了，我这里特别抄引兰亭陈君的文章，不但因为正阅看此书，顺手可抄，实因其说得显露无隐讳耳。这一段落，不知道若干千年，恐怕老是在连续着，不佞幸而不生为妇女身，想来亦不禁愕然，身受者未知如何，而其间苦乐交错，似乎改变又非易易，再看世上各国也还没有什么好办法，可知此种成就总当在黄河清以后吧。

明末有清都散客，即是赵忠毅公赵梦白南星，著有《笑赞》一卷七十二则，其第五十一则云：

“郡人赵世杰半夜睡醒，语其妻曰，我梦中与他家妇女交会，不知妇女亦有此梦否？其妻曰，男子妇人有甚差别。世杰遂将其妻打了一顿。至今留下俗语云，赵世杰夜半起来打差别。

“赞曰，道学家守不妄语为良知，此人夫妻半夜论心，似非妄语，然在夫则可，在妻则不可，何也？此事若问李卓吾，定有奇解。”案，卓吾老子对于此事不曾有什么表示，盖因无人问他之故，甚为可惜，但他的意见在别的文章中亦可窥见一点，如《焚书》卷二《答以女人学道为见短书》中云：

“故谓人有男女则可，谓见有男女岂可乎。”即此可知卓吾之意与赵世杰妻相同，以为男子妇人有甚差别者也。此在卓吾说出意见，或梦白提出疑问，固难能可贵，但尚不能算很难，若赵世杰妻乃不可及，不佞涉猎杂书，殊未见第二人，武则天山阴公主犹不能比也。至于被打则是当然，卓吾亦正以是而被弹劾，梦白隐于笑话，亦幸而免耳。若赵世杰者乃是正统派，其学说流传甚远，上文所引《邮馀闲记》诸条，实即是打差别的注疏札记，可以窥豹一斑矣。

李卓吾以后，中国有思想的人要算俞理初了。《癸巳存稿》卷四有一篇小文，题曰《女》，末云：

“《庄子·天道篇》云，尧告舜曰，吾不敖无告，不废穷民，苦死者，嘉孺子而哀妇人，此吾所以用心也。……盖持世之人未有不计及此者。”

《癸巳类稿》卷十三《节女说》中云：

“古言终身不改，言身则男女同也。七事出妻，乃七改矣，妻死再娶，乃八改矣。男子理义无涯涘，而深文以罔妇人，是无耻之论也。”二者口气不一样，意思则与卓吾同。李越缦在日记中评之曰：“语皆偏谲，似谢夫人所谓出于周姥者，一笑。”

这一句开玩笑的话，我觉得却是最好的批评。盖以周公而兼能了解周姥的立场，岂非真是圣人乎？卓吾理初虽其学派迥不相同，但均可以不朽矣。

二十六年七月十日，在北平记

（原载于《朔风》第三期，一九三九年一月十日）

济南道中（选录）

二

过了德州，下了一阵雨，天气顿觉凉快，天色也暗下来了。室内点上电灯，我向窗外一望，却见别有一片亮光照在树上地上，觉得奇异，同车的一位宁波人告诉我，这是后面护送的兵车的电光。我探头出去，果然看见末后的一辆车头上，西边各有一盏灯（这是我推想出来的，因为我看的只是一边，）射出光来，正如北京城里汽车的两只大眼睛一样。当初我以为既然是兵车的探照灯，一定是很大的，却正出于意料之外，它的光只照着车旁两三丈远的地方，并不能直照见树林中的贼踪。据那位买办所说，这是从去年故孙美瑶团长在临城做了那“算不得什么大事”之后新增的，似乎颇发生效力，这两道神光真吓退了沿路的毛贼，因为以后确不曾出过事，而且我于昨夜也已安抵济南了。

但我总觉得好笑，这两点光照在火车的尾巴头，好像是夏夜的萤火，太富于诙谐之趣。

我坐在车中，看着窗外的亮光从地面移在麦子上，从麦子移到树叶上，心里起了一种离奇的感觉，觉得似危险非危险，似平安非平安，似现实又似在做戏，仿佛眼看程咬金腰间插着两把纸糊大板斧在台上踱着时一样。我们平常有一句话，时时说起却很少实验到的，现在拿来应用，正相适合，——这便是所谓浪漫的境界。

十点钟到济南站后，坐洋车进城，路上看见许多店铺都已关门，——都上着“排门”，与浙东相似。我不能算是爱故乡的人，但见了这样的街市，却也觉得很是喜欢。有一次夏天，我从家里往杭州，因为河水干涸，船只能到牛矢浜，在早晨三四点钟的时分坐轿出发，通过萧山县城；那时所见街上的情形，很有点与这回相像。其实绍兴和南京的夜景也未尝不如此，不过徒步走过的印象与车上所见到底有些不同，所以叫不起联想来罢了。城里有好些地方也已改用玻璃门，同北京一样，这是我今天下午出去看来的。我不能说排门是比玻璃门更好，在实际上玻璃门当然比排门要便利得多。但由我旁观地看去，总觉得旧式的铺门较有趣味。玻璃门也自然可以有它的美观，可惜现在多未能顾到这一层，大都是粗劣潦草，如一切的新东西一样。旧房屋的粗拙，全体还有些调和，新式的却只见轻率凌乱这一点而已。

今天下午同四个朋友去游大明湖，从鹊华桥下船。这是一种“出坂船”似的长方的船，门窗做得很考究，船头有匾一块，文云“逸兴豪情”，——我说船头，只因它形式似船头，但行驶起来，它却变了船尾，一个舟子便站在那里倒撑上去。他所用的家伙只是一支天然木的篙，不知是什么树，剥去了皮，很是光滑，树身却是弯来扭去的并不笔直；他拿了这件东西，能够使一只大船进退回旋无不如意，并且不曾遇见一点小冲撞，在我只知道使船用桨橹的人看了不禁着实惊叹。大明湖在《老残游记》里很有一段描写，我觉得写不出更好的文章来，而且你以前赴教育改进社年会时也曾到过，所以我可以不絮说了。我也同老残一样，走到历下亭铁公祠各处，但可惜不曾在明湖居听得白妞说梨花大鼓。我们又去看“大帅张少轩”捐赀倡修的曾子固的祠堂，以及张公祠，祠里还挂有一幅他的“门下子婿”的长髯照相和好些“圣朝柱石”等等的孙公德政牌。随后又到北极祠去一看，照例是那些塑像，正殿右侧一个大鬼，一手倒提着一个小妖，一手掐着一个，神气非常活现，右脚下踏着一个女子，它的脚跟正落在腰间，把她踹得目瞪口呆，似乎喘不过气来，不知是到底犯了什么罪。

大明湖的印象仿佛像南京的玄武湖，不过这湖是在城里，很是别致。清人铁保有一联云，“四面荷花三面柳，一城山色半城湖”，实在说得湖好，（据老残说这是铁公祠大门的楹联，现今却已掉下，在亭堂内倚墙放着了），虽然我们这回看不到荷花，而且湖边渐渐地填为平地，面积大不如前，水路也很窄狭，两旁变了私产，一区一区地用苇塘围绕，都是人家种蒲养鱼的地方，所以《老残游记》里所记千佛山倒影入湖的景色已经无从得见，至于“一声渔唱”尤其是听不到了。但是济南城里有一个湖，即使较前已经不如，总是很好的事；这实在可以代一个大公园，而且比公园更为有趣，于青年也很有益。我遇见好许多船的学生在湖中往来，比较中央公园里那些学生站在路边等看头发像鸡窠的女人要好得多多，——我并不一定反对人家看女人，不过那样看法未免令人见了生厌。

这一天的湖逛得很快意，船中还有王君的一个三岁的小孩同去，更令我们喜悦。他从宋君手里要蒲桃干吃，每拿几颗例须唱一出歌加以跳舞，他便手舞足蹈唱“一二三四”给我们听，交换五六个蒲桃干，可是他后来也觉得麻烦，便提出要求，说“不唱也给我罢”。他是个很活泼可爱的小人儿，而且一口的济南话，我在他口中初次听到“俺”这一个字活用在言语里，虽然这种调子我们从北大徐君的话里早已听惯了。

六月一日，在“家家泉水户户垂杨”的济南城内

三

六月二日午前，往工业学校看金线泉。这天正下着雨，我们乘暂时雨住的时候，踏着湿透的青草，走到石池旁边，照着老残的样子侧着头

细看水面，却终于看不见那条金线，只有许多水泡，像是一串串的珍珠，或者还不如说水银的蒸汽，从石隙中直冒上来，仿佛是地下有几座丹灶在那里炼药。池底里长着许多植物，有竹有柏，有些不知名的花木，还有一株月季花，带着一个开过的花蒂；这些植物生在水底，枝叶青绿，如在陆上一样，到底不知道是怎么一回事。金线泉的邻近，有陈遵留客的投辖井，不过现在只是一个六尺左右的方池，辖虽还可以投，但是投下去也就可以取出来了。次到趵突泉，见大池中央有三股泉水向上喷涌，据《老残游记》里说翻出水面有二三尺高，我们看见却不过尺许罢了。池水在雨后颇是浑浊，也不曾流得“汩汩有声”，加上周围的石桥石路以及茶馆之类，觉得很有点像故乡的脂沟汇，——传说是越王宫女倾脂粉水，汇流此地，现在却俗称“猪狗汇”，是乡村航船的聚会地了。随后我们往商埠游公园，刚才进门雨又大下，在茶亭中坐了许久，等雨雾后再出来游玩。园中别无游客，容我们三人独占全园，也是极有趣味的事。公园本不很大，所以便即游了，里边又别无名胜古迹，一切都是人工的新设，但有一所大厅，门口悬着匾额，大书曰“畅趣游情，马良撰并书”，我却瞻仰了好久。我以前以为马良将军只是善于打什么拳的人，现在才知道也很有风雅的趣味，不得不陈谢我当初的疏忽了。

此外我不曾往别处游览，但济南这地方却已尽够中我的意了。我觉得北京也很好，只是太多风和灰土，济南则没有这些；济南很有江南的风味，但我所讨厌的那些东南的脾气似乎没有，（或未免有点速断？）所以是颇愉快的地方。然而因为端午将到，我不能不赶快回北京来，于是在五日午前二时终于乘了快车离开济南了。

我在济南四天，讲演了八次。范围题目都由我自己选定，本来已是自由极了，但是想来想去总觉得没有什么可讲，勉强拟了几个题目，都没有十分把握，至于所讲的话觉得不能句句确实，句句表现出真诚的气氛来，那是更不必说了。就是平常谈话，也常觉得自己有些话是虚空的，不与心情切实相应，说出时便即知道，感到一种恶心的寂寞，好像是嘴里尝到了肥皂。石川啄木的短歌之一云：

> 不知怎地，
> 总觉得自己是虚伪之块似的，
> 将眼睛闭上了。

这种感觉，实在经验了好许多次。在这八个题目之中，只有末了的“神话的趣味”还比较的好一点；这并非因为关于神话更有把握，只因世间对于这个问题很多误会，据公刊的文章上看来，几乎尚未有人加以相当的理解，所以我对于自己的意见还未开始怀疑，觉得不妨略说几句。我想神话的命运很有点与梦相似。野蛮人以梦为真，半开化人以梦为兆，“文明人”以梦为幻，然而在现代学者的手里，却成为全人格之非意识的显现；神话也经过宗教的，“哲学的”以及“科学的”解释之后，由人类学者解救出来，还他原人文学的本来地位。中国现在有相信鬼神托梦魂魄入梦的人，有求梦占梦的人，有说梦是妖妄的人，但没有人去从梦里寻出他情绪的或感觉的分子，若是“满愿的梦”则更求其隐密的动机，为学术的探讨者；说及神话，非信受则排斥，其态度正是一样。我看许多反对神话的人虽然标榜科学，其实他的意思以为神话确有信受的可能，倘若不是竭力抗拒；这正如性意识很强的道学家之提倡戒色，实在是两极相遇了。真正科学家自己既不会轻信，也就不必专用攻击，只是平心静气地研究就得，所以怀疑与宽容是必要的精神，不然便是狂信者的态度，非耶者还是一种教徒，非孔者还是一种儒生，类例很多。即如近来反对太戈尔运动也是如此，他们自以为是科学思想与西方化，却缺少怀疑与宽容的精神，其实仍是东方式的攻击异端；倘若东方文化里有最大的毒害，这种专制的狂信必是其一了。不意话又说远了，与济南已经毫无关系，就此搁笔；至于神话问题，说来也嫌唠叨，改日面谈罢。

六月十日，在北京写

（选自《雨天的书》，一九二四年六月）

娱园

有三处地方，在我都是可以怀念的——因为恋爱的缘故。第一是《初恋》里说过了的杭州，其二是故乡城外的娱园。

娱园是皋社诗人秦秋渔的别业，但是连在住宅的后面，所以平常只称作花园。这个园据王眉叔的《娱园记》说，是“在水石庄，枕碧湖，带平林，广约顷许。曲构云缭，疏筑花幕。竹高出墙，树古当户。离离蔚蔚，号为胜区”。园筑于咸丰丁巳（一八五七年），我初到那里是在光绪甲午，已在四十年后，遍地都长了荒草，不能想见当时“秋夜联吟”的风趣了。园的左偏有一处名叫潭水山房，记中称它“方池湛然，帘户静镜，花水孕縠，笋石恒蓝”的便是。《娱园诗存》卷三中有诸人题词，樊樊山的《望江南》云：

> 冰谷净，山里钓人居。花覆书床偎瘦鹤，波摇琴幌散文鱼：水竹夜窗虚。

陶子缜的一首云：

> 橙潭莹，明瑟敞幽房。茶火瓶笙山蛎洞，柳丝泉筑水凫床：古帧写秋光。

这些文字的费解虽然不亚于公府所常发表的骈体电文，但因此总可约略想见他的幽雅了。我们所见只是废墟，但也觉得非常有趣，儿童的感觉原自要比大人新鲜，而且在故乡少有这样游乐之地，也是一个原因。

娱园主人是我的舅父的丈人，舅父晚年寓居秦氏的西厢，所以我们常有游娱园的机会。秦氏的西邻是沈姓，大约因为风水的关系，大门是偏向的，近地都称作“歪摆台门”。据说是明人沈青霞的嫡裔，但是也已很是衰颓，我们曾经去拜访他的主人，乃是一个二十岁左右的青年，跛着一足，在厅房聚集了七八个学童，教他们读《千家诗》。娱园主人的儿子那时是秦氏的家主，却因吸烟终日高卧，我们到傍晚去找他，请他画家传的梅花，可惜他现在早已死去了。

忘记了是哪一年，不过总是庚子以前的事吧。那时舅父的独子娶亲（神安他们的魂魄，因为夫妇不久都去世了），中表都聚在一处，凡男的十四人，女的七人。其中有一个人和我是同年同月生的，我称她为姊，她也称我为兄，我本是一只“丑小鸭”，没有一个人注意的，所以我隐秘的怀抱着的对于她的情意，当然只是单面的，而且我知道她自小许给人家了，不容再有非分之想，但总感着固执的牵引，此刻想起来，倒似乎颇有中古诗人（Troubadour）的余风了。当时我们住在留鹤庵里，她们住在楼上。白天里她们不在房里的时候，我们几个较为年少的人便“乘虚内犯”走上楼去掠夺东西吃：有一次大家在楼上跳闹，我仿佛无意识的拿起她的一件雪青纺绸衫穿了跳舞起来，她的一个兄弟也一同闹着，不曾看出什么破绽来，是我很得意的一件事。后来读木下木太郎的《食后之歌》，看到一首《绎绢里》不禁又引起我的感触。

到㲪上去取笔去，
钻过晾着的冬衣底下，
触着了女衫的袖子。
说不出的心里的扰乱，
“呀”的缩头下来：

南无，神佛也未必见罪罢，
因为这已是故人的遗物了。

在南京的时代，虽然在日记上写了许多感伤的话（随后又都剪去，所以现在记不起它的内容了），但是始终没有想及婚嫁的关系。在外边飘流了十二年之后，回到故乡，我们有了儿女，她也早已出嫁，而且抱着痼疾，已经与死当面立着了，以后相见了几回，我又复出门，她不久就平安过去。至今她只有一张早年的照相在母亲那里，因她后来自己说是母亲的义女，虽然没有正式的仪节。

自从舅父全家亡故之后，二十年没有再到娱园的机会，想比以前必更荒废了。但是它的影象总是隐约的留在我脑底，为我心中的火焰（Fiammetta）的余光所映照着。

十二年三月

（选自《雨天的书》，一九二三年三月）

苏州的回忆

说是回忆，仿佛是与苏州有很深的关系，至少也总住过十年以上的样子，可是事实上却并不然。民国七八年间坐火车走过苏州，共有四次，都不曾下车，所看见的只是车站内的情形而已。去年四月因事往南京，始得顺便至苏州一游，也只有两天的停留，没有走到多少地方，所以见闻很是有限。当时江苏日报社有郭梦鸥先生以外几位陪着我们走，在那两天的报上随时都有很好的报道，后来郭先生又有一篇文章，登在第三期的《风雨谈》上，此外实在觉得更没有什么可以纪录的了。但是，从北京远迢迢地往苏州走一趟，现在也不是容易事，其时又承本地各位先生恳切招待，别转头来走开之后，再不打一声招呼，似乎也有点对不起。现在事已隔年，印象与感想都渐就着落，虽然比较地简单化了，却也可以稍得要领，记一点出来，聊以表示对于苏州的恭敬之意，至于旅人的话，谬误难免，这是要请大家见恕的了。

我旅行过的地方很少，有些只根据书上的图像，总之我看见各地方的市街与房屋，常引起一个联想，觉得东方的世界是整个的。譬如中国，日本，朝鲜，琉球，各地方的家屋，单就照片上看也罢，便会确凿地感到这里是整个的东亚。我们再看乌鲁木齐，宁古塔，昆明各地方，又同样的感觉这里的中国也是整个的。可是在这整个之中别有其微妙的变化与推移，看起来亦是很有趣味的事。以前我从北京回绍兴去，浦口下车渡过长江，就的确觉得已经到了南边，及车抵苏州站，看见月台上车厢里的人物声色，便又仿佛已入故乡境内，虽然实在还有五六百里的距离。现在通称江浙，有如古时所谓吴越或吴会，本来就是一家，杜荀鹤有几首诗说得很好，其一《送人游吴》云：

君到姑苏见，人家尽枕河。古宫闲地少，水港小桥多。夜市卖菱藕，春船载绮罗。遥知未眠月，乡思在渔歌。

又一首《送友游吴越》云：

去越从吴过，吴疆与越连。有园多种橘，无水不生莲。夜市桥边火，春风寺外船。此中偏重客，君去必经年。

诗固然做的好，所写事情也正确实，能写出两地相同的情景。我到苏州第一感觉的也是这一点，其实即是证实我原有的漠然的印象罢了。我们下车后，就被招待游灵岩去。先到木渎在石家饭店吃过中饭，从车站到灵岩，第二天又出城到虎丘，这都是路上风景好，比目的地还有意思，正与游兰亭的人是同一经验。我特别感觉有趣味的，乃是在木渎下了汽车，走过两条街往石家饭店去时，看见那里的小河，小船，石桥，两岸枕河的人家，觉得和绍兴一样，这是江南的寻常景色，在我江东的人看了也同样的亲近，恍如身在故乡了。又在小街上见到一爿糕店，这在家乡极是平常，但北方绝无这些糕类，好些年前曾在《卖糖》这一篇小文中附带说及，很表现出一种乡愁来，现在却忽然遇见，怎能不感到喜悦呢。只可惜匆匆走过，未及细看这柜台上蒸笼里所放着的是什么糕点，自然更不能够买了来尝了。不过就只是这样看一眼走过了，也已很是愉快，后来不久在城里几处地方，虽然不是这店里所做，好的糕饼也吃到好些，可以算是满意了。

第二天往马医科巷，据说这地名本来是蚂蚁窠巷，后来转讹，并不真是有过马医牛医住在那里，去拜访俞曲园先生的春在堂。南方式的厅堂结构原与北方不同，我在曲园前面的堂屋里徘徊良久之后，再往南去看俞先生著书的两间小屋，那时所见这些过廊，侧门，天井种种，都恍忽是曾经见过似的，又流连了一会儿，我对同行的友人说，平伯有这样好的老屋在此，何必留滞北方，我回去应当劝他南归才对。说的虽是半玩半笑的话，我的意思却是完全诚实的，只是没有为平伯打算罢了，那所大房子就是不加修理，只说点灯，装电灯固然了不得，石油没有，植物油又太贵，都无办法，故即欲为点一盏读书灯计，亦自只好仍旧蛰居于北京之古槐书屋矣。我又去拜谒章太炎先生墓，这是在锦帆路章宅的后园里，情形如郭先生文中所记，兹不重述。章宅现由省政府宣传处明处长借住，我们进去稍坐，是一座洋式的楼房，后边讲学的地方云为外国人所占用，尚未能收回，因此我们也不能进去一看，殊属遗憾。俞章两先生是清末民初的国学大师，却都别有一种特色，俞先生以经师而留心轻文学，为新文学运动之先河，章先生以儒家而兼治佛学，倡导革命，又承先启后，对于中国之学术与政治的改革至有影响，但是在晚年却又不约而同的定住苏州，这可以说是非偶然的偶然，我觉得这里很有意义，也很有意思。俞章两先生是浙西人，对于吴地很有情分，也可以算是一小部分的理由，但其重要的原因还当别有所在。由我看去，南京、上海、杭州，均各有其价值与历史，唯若欲求多有文化的空气与环境者，大约无过苏州了吧。两先生的意思或者看重这一点，也未可定。现在南京有中央大学，杭州也有浙江大学了，我以为在苏州应当有一个江苏大学，顺应其环境与空气，特别向人文科学方面发展，完成两先生之弘业大愿，为东南文化确立其根基，此亦正是丧乱中之一切要事也。

在苏州的两个早晨过得很好，都有好东西吃，虽然这说的似乎有点俗，但是事实如此，而且谈起苏州，假如不讲到这一点，我想终不免是一个罅漏。若问好东西是什么，其实我是乡下粗人，只知道是糕饼点心，到口便吞，并不曾细问种种的名号。我只记得乱吃得很不少，当初《江苏日报》或是郭先生的大文里仿佛有着记录。我常这样想，一国的历史与文化传得久远了，在生活上总会留下一点痕迹，或是华丽，或是清淡，却无不是精炼的，这并不想要夸耀什么，却是自然应有的表现。我初来北京的时候，因为没有什么好点心，曾经发过牢骚，并非真是这样贪吃，实在也只为觉得它太寒伧，枉做了五百年首都，连一些细点心都做不出，未免丢人罢了。我们第一早晨在吴苑，次日在新亚，所吃的点心都很好，是我在北京所不曾见过的，后来又托朋友在采芝斋买些干点心，预备带回去给小孩辈吃，物事不必珍贵，但也很是精炼的，这尽够使我满意而且佩服，即此亦可见苏州生活文化之一斑了。这里我特别感觉有趣味的，乃是吴苑茶社所见的情形。茶食精洁，布置简易，没有洋派气味，固已很好，而吃茶的人那么多，有的像是祖母老太太，带领家人妇子，围着方桌，悠悠的享用，看了很有意思。性急的人要说，在战时这种态度行么？我想，此刻现在，这里的人这么做是并没有什么错的。大抵中国人多受孟子思想的影响，他的态度不会得一时急变，若是因战时而面粉白糖渐渐不见了，被迫得没有点心吃，出于被动的事那是可能的。总之在苏州，至少是那时候，见了物资充裕，生活安适，由我们看惯了北方困穷的情形的人看去，实在是值得称赞与羡慕。我在苏州感觉得不很适意的也有一件事，这便是住处。据说苏州旅馆绝不容易找，我们承公家的斡旋得能在乐乡饭店住下，已经大可感谢了，可是老实说，实在不大高明。设备如何都没有关系，就只苦于太热闹，那时我听见打牌声，幸而并不在贴夹壁，更幸而没有拉胡琴唱曲的，否则次日往虎丘去时马车也将坐不稳了。就是像沧浪亭的旧房子也好，打扫几间，让不爱热闹的人可以借住，一面也省得去占忙的时间，妨碍人家的娱乐，倒正是一举两得的事吧。

在苏州只住了两天，离开苏州已将一年了，但是有些事情还清楚的记得，现在写出来几项以为纪念，希望将来还有机缘再去，或者长住些时光，对于吴语文学的发源地更加以观察与认识也。

民国甲申三月八日

（原载于《杂志》月刊第十三卷第一期，一九四四年四月）

北平的春天

北平的春天似乎已经开始了，虽然我还不大觉得。立春已过了十天，现在是七九六十三的起头了，布衲摊在两肩，穷人该有欣欣向荣之意。光绪甲辰即一九〇四年小除那时我在江南水师学堂曾作一诗云：

“一年倏就除，风物何凄紧。百岁良悠悠，向日催人尽。既不为大椿，便应如朝菌。一死息群生，何处问灵蠢。”但是第二天除夕我又做了这样一首云：“东风三月烟花好，凉意千山云树幽，冬最无情今归去，明朝又得及春游。”这诗是一样的不成东西，不过可以表示我总是很爱春天的。春天有什么好呢，要讲他的力量及其道德的意义，最好去查盲诗人爱罗先珂的抒情诗的演说，那篇世界语原稿是由我笔录，译本也是我写的，所以约略都还记得，但是这里誊录自然也更可不必了。春天的是官能的美，是要去直接领略的，关门歌颂一无是处，所以这里抽象的话暂且割爱。

且说我自己的关于春的经验，都是与游有相关的。古人虽说以鸟鸣春，但我觉得还是在别方面更感到春的印象，即是水与花木。迂阔的说一句，或者这正是活物的根本的缘故罢。小时候，在春天总有些出游的机会，扫墓与香市是主要的两件事，而通行只有水路，所在又多是山上野外，那么这水与花木自然就不会缺少的。香市是公众的行事，禹庙南镇香炉峰为其代表。扫墓是私家的，会稽的乌石头调马场等地方至今在我的记忆中还是一种代表的春景。庚子年三月十六日的日记云：

“晨坐船出东郭门，挽纤行十里，至绕门山，今称东湖，为陶心云先生所创修，堤计长二百丈，皆植千叶桃垂柳及女贞子各树，游人颇多。

又三十里至富盛埠，乘兜桥过市行三里许，越岭，约千余级。山中映山红牛郎花甚多，又有蕉藤数株，着花蔚蓝色，状如豆花，结实即刀豆也，可入药。路皆竹林，竹萌之出土者粗于碗口而长仅二三寸，颇为可观。忽闻有声如鸡鸣，阁阁然，山谷皆响，问之轿夫，云系雉鸡叫也。又二里许过一溪，阔数丈，水没及骭，舁者乱流而渡，水中圆石颗颗，大如鹅卵，整洁可喜。行一二里至墓所，松柏夹道，颇称闳壮。方祭时，小雨籁籁落衣袂间，幸即晴霁。下山午餐，下午开船。将进城门，忽天色如墨，雷电并作，大雨倾注，至家不息。”

旧事重提，本来没有多大意思，这里只是举个例子，说明我春游的观念而已。我们本是水乡的居民，平常对于水不觉得怎么新奇，要去临流赏玩一番，可是生平与水太相习了，自有一种情分，仿佛觉得生活的美与悦乐之背景里都有水在，由水而生的草木次之，禽虫又次之。我非不喜禽虫，但他总离不了草木，不但是吃食，也实是必要的寄托，盖即使以鸟鸣春，这鸣也得在枝头或草原上才好，若是雕笼金锁，无论怎样的鸣得起劲，总使人听了索然兴尽也。

话休烦絮。到底北平的春天怎么样了呢，老实说，我住在北京和北平已将二十年，不可谓不久矣，对于春游却并无什么经验。妙峰山虽热闹，尚无暇瞻仰，清明郊游只有野哭可听耳。北平缺少水气，使春光减了成色，而气候变化稍剧，春天似不曾独立存在，如不算他是夏的头，亦不妨称为冬的尾，总之风和日暖让我们着了单袷可以随意徜徉的时候是极少，刚觉得不冷就要热了起来了。不过这春的季候自然还是有的。第一，冬之后明明是春，且不说节气上的立春也已过了。第二，生物的发生当然是春的证据，牛山和尚诗云，春叫猫儿猫叫春，是也。人在春天却只是懒散，雅人称曰春困，这似乎是别一种表示。所以北平到底还是有他的春天，不过太慌张一点了，又欠腴润一点，叫人有时来不及尝他的味儿，有时尝了觉得稍枯燥了，虽然名字还叫作春天，但是实在就把他当作冬的尾，要不然便是夏的头，反正这两者在表面上虽差得远，实际上对于不大承认他是春天原是一样的。

我倒还是爱北平的冬天。春天总是故乡的有意思，虽然这是三四十年前的事，现在怎么样我不知道。至于冬天，就是三四十年前的故乡的冬天我也不喜欢：那些手脚生冻瘃，半夜里醒过来象是悬空挂着似的上下四旁都是冷气的感觉，很不好受，在北平的纸糊过的屋子里就不会有的。在屋里不苦寒，冬天便有一种好处，可以让人家作事：手不僵冻，不必炙砚呵笔，于我们写文章的人大有利益。北平虽几乎没有春天，我并无什么不满意，盖吾以冬读代春游之乐久矣。

廿五年二月十四日

（选自《风雨谈》，一九三六年二月）

日本之再认识

我在日本住过六年，但只在东京一处，那已是三十年前的事了。其时正是明治时代的末期，在文学上已经过了抒情的罗曼主义运动，科学思想渐侵进文艺领域里来，成立了写实主义的文学，这在文学史上自有其评价，但在我个人看来，虽然不过是异域的外行人的看法，觉得这实在是一个伟大的时代，仿佛我们看顶好的作物大都成长——至少也是发芽于那个时期的。那时的东京比起现在来当然要差得远，不过我想西方化并不一定是现代化，也更不见得即是尽美善，因此也很喜欢明治时代的旧东京，七年前我往东京去，便特地找那震灾时未烧掉的本乡区住了两个月。我们去留学的时候，一句话都不懂，单身走入外国的都会去，当然会要感到孤独困苦，我却并不如此，对于那地方与时代的空气不久便感到协和，而且还觉得可喜，所以我曾称东京是我的第二故乡，颇多留恋之意。一九一一年春间，所作古诗中有句云，远游不思归，久客恋异乡，即致此意，时即清朝之末一年也。

我所知道的日本地方只是东京一部分，其文化亦只是东京生活与明治时代的文学，上去到江户时代的文学与美术为止，也还是在这范围内，所以我对于日本的了解本来是极有限的。我很爱好日本的日常生活，五六年前曾在随笔中说及，主要原因在于个人的性分与习惯。我曾在《怀东京》那篇小文中说过，我是生长于中国东南水乡的人，那里民生寒苦，冬天屋里没有火气，冷风可以直吹进被窝来，吃的通年不是很咸的腌菜也是很咸的腌鱼，有了这种训练去过东京的下宿生活，自然是不会不适合的。可是此外还有第二的原因，这可以说是思古之幽情。我们那时又是民族主义的信徒，凡民族主义必含有复古思想在里边，我们反对清朝，觉得清以前或元以前的差不多都好，何况更早的东西。听说从前夏穗卿、钱念劬两位先生在东京街上走着路，看见店铺招牌的某文句或某字体，常指点赞叹，谓犹存唐代遗风，非现今中国所有。这种意思在那时大抵是很普通的。我们在日本的感觉，一半是异域，一半却是古昔，而这古昔乃是健全地活在异域的，所以不是梦幻似的空假，而亦与朝鲜、安南的优孟衣冠不相同也。为了这个理由我们觉得和服也很可以穿，若袍子马褂在民国前都作胡服看待，章太炎先生初到日本时的照相，登在《民报》上的，也是穿着和服，即此一小事亦可以见那时一般的空气矣。关于食物我曾说道：

“吾乡穷苦，人民努力才得吃三顿饭，惟以腌菜臭豆腐螺蛳当菜，故不怕咸与臭，亦不嗜油若命，到日本去吃无论什么都无不可。有些东西可以与故乡的什么相比，有些又即是中国某处的什么，这样一想更是很有意思。如味噌汁与干菜汤，金山寺味噌与豆板酱，福神渍与酱咯哒，牛蒡、独活与芦笋，盐鲑与勒鲞，皆相似的食物也。又如大德寺纳豆即咸豆豉，泽庵渍即福建之黄土萝卜，蒟蒻即四川之黑豆腐，刺身即广东之鱼生，寿司即古昔的鱼鲊，其制法见于《齐民要术》，此其间又含有文化交通的历史，不但可吃，也更可思索。家庭宴集自较丰盛，但其清淡则如故，亦仍以菜蔬鱼介为主，鸡豚在所不废，唯多用其瘦者，故亦不油腻也。”

谷崎润一郎在《忆东京》一文中很批评东京的食物，他举出鲫鱼的雀烧与叠鰯来作代表，以为显出脆薄贫弱，寒乞相，无丰腴的气象，这是东京人的缺点，其影响于现今以东京为中心的文学美术之产生者甚大。他所说的话自然也有一理。但是我觉得这些食物之有意思也就是这地方，换句话可以说是清淡质素，他没有富家厨房的多油多团粉，其用盐与清汤处却与吾乡寻常民家相近，在我个人是很以为好的。假如有人请吃酒，无论鱼翅燕窝以至熊掌我都会吃，正如大葱卵蒜我也会吃一样，但没得吃时决不想吃，或看了人家吃便害馋，我所想吃的如奢侈一点还是白鲞汤一类，其次是鳘鱼鲞汤，还有一种用挤了虾仁的大虾壳，砸碎了的鞭笋的不能吃的老头，再加干菜而蒸成的不知名叫什么的汤，这实在是寒乞相极了，但越人喝得滋滋有味，而其有味也就在这寒乞即清淡质素之中，殆可勉强称之曰俳味也。

日本房屋我也颇喜欢，其原因与食物同样的在于他的质素。我曾说，我喜欢的还是那房子的适用，特别便于简易生活。又说，四席半一室面积才八十一方尺，比维摩斗室还小十分之二,四壁萧然，下宿只供给一副茶具，自己买一张小几放在窗下，再有两三个坐褥，便可安住。坐在几前读书写字，前后左右皆有空地，都可安放书卷纸张，等于一大书桌，客来遍地可坐，容六七人不算拥挤，倦时随便卧倒，不必另备沙发椅，深夜从壁厨取被褥摊开，又便即正式睡觉了。昔时常见日本学生移居，车上载行李只铺盖衣包小几或加书箱，自己手提玻璃洋油灯在车后走而已。中国公寓住室总在方丈以上，而板床桌椅箱架之外无多馀地，令人感到局促，无安闲之趣。大抵中国房屋与西洋的相同，都宜于华丽而不宜于简陋，一间房子造成，还是行百里者半九十，非是有相当的器具陈设不能算完成，日本则土木功毕，铺席糊门，即可居住，别无一点不足，而且觉得清疏有致。从前在日向旅行，在吉松高锅等山村住宿，坐在旅馆的朴素的一室内凭窗看山，或着浴衣躺席上，要一壶茶来吃，这比向来住过的好些洋式中国式的旅舍都要觉得舒服，简单而省费。现在想起来，诚如梁实秋君所云，中国的菜或者真比外国好吃，中国的长袍布鞋比外国舒适，但是关于房屋，至少是燕居的房间，我还是觉得以日本旧式的为最好，盖三十余年来此意见未有变动也。

日本生活里的有些习俗我也喜欢，如清洁，有礼，洒脱。洒脱与有礼这两件事一看似乎有点冲突，其实却并不然。洒脱不是粗暴无礼，他只是没有宗教的与道学的伪善，没有从淫佚发生出来的假正经，最明显的例是对于裸体的态度。蔼理斯在论《圣芳济及其他》（St.Francis and Others）文中有云：

“希腊人曾将不喜裸体这件事看作波斯及其他夷人的一种特性，日本人——别一时代与风土的希腊人——也并不想到避忌裸体，直到那西方夷人的淫佚的怕羞的眼告诉他们，我们中间至今还觉得这是可嫌恶的，即使单露出脚来。”我现今不想来礼赞裸体，以免骇俗，但我相信日本民间赤足的风俗总是极好的，出外固然穿上木屐或草履，在室内席上便白足行走，这实在是一件很健全很美的事，我所嫌恶的中国恶俗之一是女子的缠足，所以反动的总是赞美赤足，想起两足白如霜不着鸦头袜之句，觉得青莲居士毕竟是可人，在中国人中殊不可多得。我常想，世间鞋类里边最善美的要算希腊古代的山大拉（Sandala），闲适的是日本的下驮（Geta），经济的是中国南方的草鞋，而皮鞋之流不与也。凡此皆取其不隐藏，不装饰，只是任其自然，却亦不至于不适用与不美观。此亦别无深意，不过鄙意对于脚或身体的别部分以为解放总当胜于束缚与隐讳，故于希腊日本的良风美俗不能不表示赞美，以为诸夏所不如也。希腊古国恨未及见，日本则幸曾身历，每一出门去，即使别无所得，只见憧憧往来者都是平常人，无一裹足者在内，如现今在国内行路所常经验，见之令人愀然不乐者，则此一事亦已大可喜矣。

我对于日本生活之爱好只以东京为标准，但是假如这足以代表全日本，地方与时代都不成问题，那时东京的生活比后来更西洋化的至少总更有日本的特色，那么我的所了解即使很浅也总不大错，不过我凭的是经验而不是理论，所以虽然自己感觉有切实的根底，而说起来不容易圆到，又多凭主观，自然观察不能周密，这实是无可如何的事。因为同样的理由，我对于日本文学艺术的了解也只是部分的，在理论上我知道要寻求所谓日本精神于文学上必须以奈良朝以上为限，《古事记》与《万叶集》总是必读的，其次亦应着力于平安朝，盖王朝以后者乃是幕府的文学，其意义或应稍异矣。但是，古典既很不易读，读了也未能豁然贯通，像近代文学一样，觉得他与社会生活是相连的，比较容易了解。我只知道一点东京的事，因此我感觉有兴趣的也就是以此生活为背景的近代的文学艺术，目前是明治时代，再上去亦只以德川时代为止。民国六年来北京后这二十年中，所涉猎杂书中有一部分是关于日本的，大抵是俳谐，俳文，杂俳，特别是川柳，狂歌，小呗，俗曲，洒落本，滑稽本，小话即落语等，别一方面则浮世绘，大津绘，以及民艺，差不多都属于民间的，在我只取其不太难懂，又与所见生活或可互有发明耳。我这样的看日本说不上研究，却自己觉得也稍有所得，我当时不把日本当作一个特异的国看，要努力去求出他特别与别人不同的地方来，我只径直的看去，就自己所能理解的加以注意，结果是找着许多与别人近同的事物，这固然不能作为日本的特征，但因此深觉到日本的东亚性，盖因政治情状，家族制度，社会习俗，文字技术之传统，儒释之思想交流，在东亚民族间多是大同小异，从这里着眼看去，便自然不但容易理解，也觉得很有意义了。在十七八年前我曾说过，中国在他独特的地位上特别有了解日本的必要与可能，就是这种意思。我向来不信同文同种之说，但是觉得在地理与历史上比较西洋人则我们的确有此便利，这是权利，同时说是义务亦无什么不可。永井荷风在所著《江户艺术论》第一篇《浮世绘之鉴赏》中曾云："我反省自己是什么呢？我非威耳哈伦（Verhaeren）似的比利时人而是日本人也，生来就和他们的运命及境遇迥异的东洋人也。恋爱的至情不必说了，凡对于异性之性欲的感觉悉视为最大的罪恶，我辈即奉戴此法制者也。承受'胜不过啼哭的小孩和地主'的教训的人类也，知道'说话则唇寒'的国民也。使威耳哈伦感奋的那滴着鲜血的肥羊肉与芳醇的蒲桃酒与强壮的妇女之绘画，都于我有什么用呢？呜呼，我爱浮世绘。苦海十年为亲卖身的游女的绘姿使我泣。凭倚竹窗茫然看着流水的艺妓的姿态使我喜。卖宵夜面的纸灯寂寞地停留着的河边的夜景使我醉。雨夜啼月的杜鹃，阵雨中散落的秋天树叶，落花飘风的钟声，途中日暮的山路的雪，凡是无常无告无望的，使人无端嗟叹此世只是一梦的，这样的一切东西于我都是可亲，于我都是可怀。”永井氏的意思或者与我的未必全同，但是我读了很感动，我想从文学艺术去感得东洋人的悲哀，虽然或者不是文化研究的正道，但岂非也是很有意味的事么？我在《怀东京》一文中曾说，无论现在中国与日本怎样的立于敌对的地位，如离开一时的关系而论永久的性质，则两者都是生来就和西洋的运命及境遇迥异之东洋人也。我们现时或为经验所限，尚未能通世界之情，如能知东洋者斯可矣。我们向来不自顾其才力之不逮而妄谈日本文化者盖即本此意，并非知己知彼以求制胜，实只是有感于阳明“吾与尔犹彼也”之言，盖求知彼正亦为欲知己计耳。

这种意见怀抱了很久，可是后来终于觉悟，这是不很可靠的了。如只于异中求同，而不去同中求异，只是主观的而不去客观的考察，要想了解一民族的文化，这恐怕至少是徒劳的事。我们如看日本文化，因为政治情状，家族制度，社会习俗，文字技术之传统，儒释思想之交流等，取其大同者为其东亚性，这里便有一大谬误，盖上所云云实只是东洋之公产，已为好些民族所共有，在西洋看来自是最可注目的事项，若东亚人特别是日华朝鲜安南缅甸各国相互研究，则最初便应罗列此诸事项束之高阁，再于大同之中求其小异，或至得其大异者，这才算能了解得一分，而其了解也始能比西洋人更进一层，乃为可贵耳。我们前者观察日本文化，往往取其与自己近似者加以鉴赏，不知此特为日本文化中东洋共有之成分，本非其固有精神之所在，今因其与自己近似，易于理解而遂取之，以为已了解得日本文化之要点，此正是极大幻觉，最易自误而误人者也。我在上边说了许多对于日本的观察，其目的便只为的到了现在一笔勾消，说明所走的路全是错的，我所知道的只是日本文化中之东亚性一面，若日本之本来面目可以说是不曾知道，欲了知一国文化，单求之于文学艺术，也是错的，至少总是不充分。对于一国文化之解释总当可以应用于别的各方面，假如这只对于文化上适合，却未能用以说明其他的事情，则此解释亦自不得说是确当。我向来的意见便都不免有这些缺点，因此我觉得大有改正之必要，应当于日本文化中忽略其东洋民族共有之同，而寻求其日本民族所独有之异，特别以中国民族所无或少有者为准。这是什么呢？我不能知道，所以我不能说。但是我也很考虑，我猜想，这或者是宗教罢？十分确定的话我还不能说，我总觉得关于信仰上日华两民族很有些差异，虽然说儒学与佛教在两边同样的流行着。中国人也有他的信仰，如吾乡张老相公之出巡，如北京妙峰山之朝顶，我觉得都能了解，虽然自己是神灭论的人，却很理会得拜菩萨的信士信女们的意思，我们的信仰仿佛总是功利的，没有基督教徒的每饭不忘的感谢，也没有巫师的降神的歌舞，盖中国的民间信仰虽多是低级的而并不热烈或神秘者也。日本便似不然，在他们的崇拜仪式中往往显出神凭（Kamigakari）或如柳田国男氏所云神人和融的状态，这在中国绝少见，也是不容易了解的事。浅近的例如乡村神社的出巡，神舆中放着神体，并不是神像，却是不可思议的代表如石或木，或不可得见不可见的别物，由十六人以上的壮丁抬着走，而忽轻忽重，忽西忽东，或撞毁人家门墙，或停在中途不动，如有自由意志似的，舆夫便只如蟹的一爪，非意识的动着。外行的或怀疑是壮丁们的自由行动，这事便不难说明，其实似并不如此简单。柳田氏在所著《祭祀与世间》第七节中有一段说得好：

“我幸而本来是个村童，有过在祭日等待神舆过来那种旧时感情的经验。有时便听人说，今年不知怎的，御神舆是特别发野呀。这时候便会有这种情形，仪仗早已到了十字路口了，可是神舆老是不见，等到看见了也并不一直就来，总是左倾右侧，抬着的壮丁的光腿忽而变成 Y 字，又忽而变成 X 字，又忽而变成 W 字，还有所谓举起的，常常尽两手的高度将神舆高高的举上去。”

这类事情在中国神像出巡的时候是绝没有的，至少以我个人浅近的见闻来说总是如此。如容我们掉书袋，或者希腊古代所谓酒神祭时的仪式里有相似处亦未可知，不过那祭典在希腊也是末世从外边移入的，日本的情形又与此不同。日本的上层思想界容纳有中国的儒家与印度的佛教，近来又加上西洋的科学，然其民族的根本信仰还是本来的神道，这一直支配着全体国民的思想感情，上层思想界也包含在内。知识阶级自然不见有神舆夫的那神凭状态了，但是平常文字中有些词句，如神国，惟神之道（Kaminagara no Michi）等，我们见惯了，觉得似乎寻常，其实他的真意义如日本人所了解者我们终不能懂得，这事我想须是诉诸感情，若论理的解释怕无是处，至少也总是无用。要了解日本，我想须要去理解日本人的感情，而其方法应当是从宗教信仰入门。可惜我自己知道是少信的，知道宗教之重要性而自己是不会懂得的，因此虽然认识了门，却无进去的希望。我常想，有时也对日本友人说，为的帮助中国人了解日本，应当编印好些小书，讲日本神社的祭祀与出巡，各处的庙会即缘日情形，乡村里与中国不同的各种宗教行事与传说，文字图画要配列得好，这也是有意义的事。我们涉猎东洋艺文，常觉得与禅有关系，想去设法懂得一点，以为参考，其实这本不是思想，禅只是行，不是论理的理会得的东西，我们读禅学史，读语录，结果都落理障，与禅相隔很远，而且平常文学艺术上所表现的我想大抵也只是老庄思想的一路，若是禅未必能表得出，即能表出亦不能懂得，如语录是也。这样说来，图说亦是无用，盖欲了解一民族的宗教感情，眼学与耳食同样的不可靠，殆非有经历与体验不可也。我很抱歉自己所说的话多是否定的，但是我略叙我对于日本的感想，又完全把它否定了，却也剩下一句肯定的话。即是说了解日本须自宗教入手。这句话虽是很简短，但是极诚实，极重要的。孔子曾说，“知之为知之，不知为不知，是知也。”我虽不敢自附于儒家之林，但于此则不敢不勉也。

廿九年十二月十七日

（原载于《中和月刊》第三卷第一期，一九四二年一月一日）

苦　雨

伏园兄：

北京近日多雨，你在长安道上不知也遇到否，想必能增你旅行的许多佳趣。雨中旅行不一定是很愉快的，我以前在杭沪车上时常遇雨，每感困难，所以我于火车的雨不能感到什么兴味，但卧在乌篷船里，静听打篷的雨声，加上欸乃的橹声，以及“靠塘来，靠下去”的呼声，却是一种梦似的诗境。倘若更大胆一点，仰卧在脚划小船内，冒雨夜行，更显出水乡住民的风趣，虽然较为危险，一不小心，拙劣地转一个身，便要使船底朝天。二十多年前往东浦吊先父的保姆之丧，归途遇暴风雨，一叶扁舟在白鹅似的波浪中间滚过大树港，危险极也愉快极了。我大约还有好些“为鱼”时候——至少也是断发文身时候的脾气，对于水颇感到亲近，不过北京的泥塘似的许多“海”实在不很满意，这样的水没有也并不怎么可惜。你往“陕半天”去似乎要走好两天的准沙漠路，在那时候倘若遇见风雨，大约是很舒服的，遥想你胡坐骡车中，在大漠之上，大雨之下，喝着四打之内的汽水，悠然进行，可以算是“不亦快哉”之一。但这只是我的空想，如诗人的理想一样地靠不住，或者你在骡车中遇雨，很感困难，正在叫苦连天也未可知，这须等你回京后问你再说了。

我住在北京，遇见这几天的雨，却叫我十分难过。北京向来少雨，所以不但雨具不很完全，便是家屋构造，于防雨亦欠周密。除了真正富翁以外，很少用实垛砖墙，大抵只用泥墙抹灰敷衍了事。近来天气转变，南方酷寒而北方淫雨，因此两方面的建筑上都露出缺陷。一星期前的雨把后园的西墙淋坍，第二天就有“梁上君子”来摸索北房的铁丝窗，从次日起赶紧邀了七八位匠人，费两天工夫，从头改筑，已经成功十分八九，总算可以高枕而卧，前夜的雨却又将门口的南墙冲倒二三丈之谱。这回受惊的可不是我了，乃是川岛君“佢们”俩，因为“梁上君子”如再见光顾，一定是去躲在“佢们”的窗下窃听的了。为消除“佢们”的不安起见，一等天气晴正，急须大举地修筑，希望日子不至于很久，这几天只好暂时拜托川岛君的老弟费神代为警护罢了。

前天十足下了一夜的雨，使我夜里不知醒了几遍。北京除了偶然有人高兴放几个爆仗以外，夜里总还安静，那样哗喇哗喇的雨声在我的耳朵已经不很听惯，所以时常被它惊醒，就是睡着也仿佛觉得耳边粘着面条似的东西，睡的很不痛快。还有一层，前天晚间据小孩们报告，前面院子里的积水已经离台阶不及一寸，夜里听着雨声，心里胡里胡涂地总是想水已上了台阶，浸入西边的书房里了。好容易到了早上五点钟，赤脚撑伞，跑到西屋一看，果然不出所料，水浸满了全屋，约有一寸深浅，这才叹了一口气，觉得放心了；倘若这样兴高采烈地跑去，一看却没有水，恐怕那时反觉得失望，没有现在那样的满足也说不定。幸而书籍都没有湿，虽然是没有什么价值的东西，但是湿成一饼一饼的纸糕，也很是不愉快。现今水虽已退，还留一种涨过大水后的普通的臭味，固然不能留客坐谈，就是自己也不能在那里写字，所以这封信是在里边炕桌上写的。

这回的大雨，只有两种人最喜欢。第一是小孩们。他们喜欢水，却极不容易得到，现在看见院子里成了河，便成群结队的去“淌河”去。赤了足伸到水里去，实在很有点冷，但是他们不怕，下到水里还不肯上来。大人们见小孩们玩的有趣，也一个两个地加入，但是成绩却不甚佳，那一天里滑倒了三个人，其中两个都是大人——其一为我的兄弟，其一是川岛君。第二种喜欢下雨的则为虾蟆。从前同小孩们住高亮桥去钓鱼钓不着，只捉了好些虾蟆，有绿的，有花条的，拿回来都放在院子里，平常偶叫几声，在这几天里便整日叫唤，或者是荒年之兆吧，却极有田村的风味。有许多耳朵皮嫩的人，很恶喧嚣，如麻雀虾蟆或蝉的叫声，凡足以妨碍他们的甜睡者，无一不深恶而痛绝之。大有欲灭此而午睡之意，我觉得大可以不必如此，随便听听都是很有趣味的，不但是这些久成诗料的东西，一切鸣声其实都可以听。虾蟆在水田里群叫，深夜静听，往往变成一种金属音，很是特别，又有时仿佛是狗叫，古人常称蛙虾为吠，大约是从实验而来。我们院子里的虾蟆现在只见花条的一种，它的叫声更不漂亮，只是格格格这个叫法，可以说是革音，平常自一声至三声，不会更多，唯在下雨的早晨，听它一口气叫上十二三声，可见它是实在喜欢极了。

这一场大雨恐怕在乡下的穷朋友是很大的一个不幸，但是我不曾亲见，单靠想象是不中用的，所以我不去虚伪地代为悲叹了，倘若有人说这所记的只是个人的事情，于人生无益，我也承认，我本来只想说个人私事，此外别无意思。今天太阳已经出来，傍晚可以出外去游嬉，这封信也就不再写下去了。

我本等着看你的秦游记，现在却由我先写给你看，这也可以算是“意表之外”的事吧。

十三年七月十七日在京城书

（选自《雨天的书》，一九二四年七月）

乌篷船

子荣君：

接到手书，知道你要到我的故乡去，叫我给你一点什么指导。老实说，我的故乡，真正觉得可怀恋的地方，并不是那里；但是因为在那里生长，住过十多年，究竟知道一点情形，所以写这一封信告诉你。

我所要告诉你的，并不是那里的风土人情，那是写不尽的，但是你到那里一看也就会明白的，不必啰唆地多讲。我要说的是一种很有趣的东西，这便是船。你在家乡平常总坐人力车，电车，或是汽车，但在我的故乡那里这些都没有，除了在城内或山上是用轿子以外，普通代步都是用船。船有两种，普通坐的都是“乌篷船”，白篷的大抵作航船用，坐夜航船到西陵去也有特别的风趣，但是你总不便坐，所以我就可以不说了。乌篷船大的为“四明瓦”（Sy-menngoa），小的为脚划船（划读uoa）亦称小船。但是最适用的还是在这中间的“三道”，亦即三明瓦。篷是半圆形的，用竹片编成，中夹竹箬，上涂黑油；在两扇“定篷”之间放着一扇遮阳，也是半圆的，木作格子，嵌着一片片的小鱼鳞，径约一寸，颇有点透明，略似玻璃而坚韧耐用，这就称为明瓦。三明瓦者，谓其中舱有两道，后舱有一道明瓦也。船尾用橹，大抵两支，船首有竹篙，用以定船。船头着眉目，状如老虎，但似在微笑，颇滑稽而不可怕，唯白篷船则无之。三道船篷之高大约可以使你直立，舱宽可以放下一顶方桌，四个人坐着打马将，——这个恐怕你也已学会了罢？小船则真是一叶扁舟，你坐在船底席上，篷顶离你的头有两三寸，你的两手可以搁在左右的舷上，还把手都露出在外边。在这种船里仿佛是在水面上坐，靠近田岸去时泥土便和你的眼鼻接近，而且遇着风浪，或是坐得少不小心，就会船底朝天，发生危险，但是也颇有趣味，是水乡的一种特色。不过你总可以不必去坐，最好还是坐那三道船罢。

你如坐船出去，可是不能像坐电车的那样性急，立刻盼望走到。倘若出城，走三四十里路（我们那里的里程是很短，一里才及英里三分之一），来回总要预备一天。你坐在船上，应该是游山的态度，看看四周物色，随处可见的山，岸旁的乌桕，河边的红蓼和白苹，渔舍，各式各样的桥，困倦的时候睡在舱中拿出随笔来看，或者冲一碗清茶喝喝。偏门外的鉴湖一带，贺家池，壶觞左近，我都是喜欢的，或者往娄公埠骑驴去游兰亭（但我劝你还是步行，骑驴或者于你不很相宜），到得暮色苍然的时候进城上都挂着薜荔的东门来，倒是颇有趣味的事。倘若路上不平静，你往杭州去时可于下午开船，黄昏时候的景色正最好看，只可惜这一带地方的名字我都忘记了。夜间睡在舱中，听水声橹声，来往船只的招呼声，以及乡间的犬吠鸡鸣，也都很有意思。雇一只船到乡下去看庙戏，可以了解中国旧戏的真趣味，而且在船上行动自如，要看就看，要睡就睡，要喝酒就喝酒，我觉得也可以算是理想的行乐法。只可惜讲维新以来这些演剧与迎会都已禁止，中产阶级的低能人别在“布业会馆”等处建起“海式”的戏场来，请大家买票看上海的猫儿戏。这些地方你千万不要去。——你到我那故乡，恐怕没有一个人认得，我又因为在教书不能陪你去玩，坐夜船，谈闲天，实在抱歉而且惆怅。川岛君夫妇现在偁山下，本来可以给你绍介，但是你到那里的时候他们恐怕已经离开故乡了。初寒，善自珍重，不尽。

十五年十一月十八日夜，于北京

（选自《泽泻集》，一九二六年十一月）

山中杂信（选录）

一

伏园兄：

我已于本月初退院，搬到山里来了。香山不很高大，仿佛只是故乡城内的卧龙山模样，但在北京近郊，已经要算是很好的山了。碧云寺在山腹上，地位颇好，只是我还不曾到外边去看过，因为须等医生再来诊察一次之后，才能决定可以怎样行动，而且又是连日下雨，连院子里都不能行走，终日只是起卧屋内罢了。大雨接连下了两天，天气也就颇冷了。般若堂里住着几个和尚们，买了许多香椿干，摊在芦席上晾着，这两天的雨不但使他不能干燥，反使他更加潮湿。每从玻璃窗望去，看见廊下摊着湿漉漉的深绿的香椿干，总觉得对于这班和尚们心里很是抱歉似的，——虽然下雨并不是我的缘故。

般若堂里早晚都有和尚做功课，但我觉得并不烦扰，而且于我似乎还有一种清醒的力量。清早和黄昏时候的清澈的磬声，仿佛催促我们无所信仰、无所归依的人，拣定一条道路精进向前。我近来的思想动摇与混乱，可谓已至其极了，托尔斯泰的无我爱与尼采的超人，共产主义与善种学，耶佛孔老的教训与科学的例证，我都一样的喜欢尊重，却又不能调和统一起来，造成一条可以实行的大路。我只将这各种思想，凌乱的堆在头里，真是乡间的杂货一料店了。——或者世间本来没有思想上的“国道”，也未可知，这件事我常常想到，如今听他们做功课，更使我受了激刺，同他们比较起来，好像上海许多有国籍的西商中间，夹着一个“无领事管束”的西人。至于无领事管束，究竟是好是坏，我还想不明白。不知你以为何如？

寺内的空气并不比外间更为和平。我来的前一天，般若堂里的一个和尚，被方丈差人抓去，说他偷寺内的法物，先打了一顿，然后捆送到城内什么衙门去了。究竟偷东西没有，是别一个问题，但吊打恐总非佛家所宜。大约现在佛徒的戒律，也同“儒业”的三纲五常一样，早已成为具文了。自己即使犯了永为弃物的波罗夷罪，并无妨碍，只要有权力，便可以处置别人，正如护持名教的人却打他的老父，世间也一点都不以为奇。我们厨房的间壁，住着两个卖汽水的人，也时常吵架。掌柜的回家去了，只剩了两个少年的伙计，连日又下雨，不能出去摆摊，所以更容易争闹起来。前天晚上，他们都不愿意烧饭，互相推诿，始而相骂，终于各执灶上的铁通条，打仗两次。我听他们叱咤的声音，令我想起《三国志》及《劫后英雄略》等书里所记的英雄战斗或比武时的威势，可是后来战罢，他们两个人一点都不受伤，更是不可思议了。从这两件事看来，你大略可以知道这山上的战氛罢。

因为病在右肋，执笔不大方便，这封信也是分四次写成的。以后再谈罢。

一九二一年六月五日

二

近日天气渐热，到山里来住的人也渐多了。对面的那三间屋，已于前日租去，大约日内就有人搬来。般若堂两旁的厢房，本是“十方堂”，这块大木牌还挂在我的门口。但现在都已租给人住，以后有游方僧来，除了请到罗汉堂去打坐以外，没有别的地方可以挂单了。

三四天前大殿里的小菩萨，失少了两尊，方丈说是看守大殿的和尚偷卖给游客了，于是又将他捆起来，打了一顿，但是这回不曾送官，因为次日我又听见他在后堂敲那大木鱼了。（前回被抓去的和尚，已经出来，搬到别的寺里去了。）当时我正翻阅《诸经要集·六度部》的《忍辱篇》，道世大师在《述意缘》内说道，“……岂容微有触恼，大生嗔恨，乃至角眼相看，恶声厉色，遂加杖木，结恨成怨，”看了不禁苦笑。或者丛林的规矩，方丈本来可以用什么板子打人，但我总觉得有点矛盾。而且如果真照规矩办起来，恐怕应该挨打的，却还不是这个所谓偷卖小菩萨的和尚呢。

山中苍蝇之多，真是“出人意表之外”。每到下午，在窗外群飞，嗡嗡作声，仿佛是蜜蜂的排衙。我虽然将风门上糊了冷布，紧紧关闭，但是每一出入，总有几个混进屋里来。各处桌上摊着苍蝇纸，另外又用了棕丝制的蝇拍追着打，还是不能绝灭。英国诗人勃来克有《苍蝇》一诗，将蝇来与无常的人生相比；日本小林一茶的俳句道，“不要打哪！那苍蝇搓他的手，搓他的脚呢。”我平常都很是爱念，但在实际上却不能这样的宽大了。一茶又有一句俳句，序云，

“捉到一个虱子，将他掐死固然可怜，要把他舍在门外，让他绝食，也觉得不忍；忽然的想到我佛从前给与鬼子母的东西，成此。

“虱子呵，放在和我味道一样的石榴上爬着。”

《四分律》云，“时有老比丘拾虱弃地，佛言不应，听以器盛若绵拾着中。若虱走出，应作筒盛；若虱出筒，应作盖塞。随其寒暑，加以腻食将养之。”一茶是诚信的佛教徒，所以也如此做，不过用石榴喂他却更妙了。这种殊胜的思想，我也很以为美，但我的心底里有一种矛盾，一面承认苍蝇是与我同具生命的众生之一，但一面又总当他是脚上带着许多有害的细菌，在头上面爬的痒痒的，一种可恶的小虫，心想除灭他。这个情与知的冲突，实在是无法调和，因为我笃信“赛老先生”的话，但

也不想拿了他的解剖刀去破坏诗人的美的世界，所以在这一点上，大约只好甘心且做蝙蝠派罢了。

对于时事的感想，非常纷乱，真是无从说起，倒还不如不说也罢。

六月二十三日

四

近日因为神经不好，夜间睡眠不足，精神很是颓唐，所以好久没有写信，也不曾做诗了。诗思固然不来，日前到大殿后看了御碑亭，更使我诗兴大减。碑亭之北有两块石碑，四面都刻着乾隆御制的律诗和绝句。这些诗虽然很讲究的刻在石上，壁上还有宪兵某君的题词，赞叹他说“天命乃有移，英风殊难泯！”但我看了不知怎的联想到那塾师给冷于冰看的草稿，将我的创作热减退到近于零度。我以前病中忽发野心，想做两篇小说，一篇叫《平凡的人》，一篇叫《初恋》；幸而到了现在还不曾动手，不然，岂不将使《馍馍赋》不但无独而且有偶么？

我前回答应告诉你游客的故事，但是现在也未能践约，因为他们都从正门出入，很少到般若堂里来的。我看见从我窗外走过的游客，一般不过十多人。他们却有一种公共的特色，似乎都对于植物的年龄颇有趣味。他们大抵问和尚或别人道，“这藤萝有多少年了？”答说，“这说不上来。”便又问，“这柏树呢？”至于答案，自然仍旧是“说不上来”了。或者不问柏树的，也要问槐树，其余核桃石榴等小树，就少有人注意了。我常觉得奇异，他们既然如此热心，寺里的人何妨就替各棵老树胡乱定出一个年岁，叫和尚们照样对答，或者写在大木板上，挂在树下，岂不一举两得么？

游客中偶然有提着鸟笼的，我看了最不喜欢。我平常有一种偏见，以为作不必要的恶事的人，比为生活所迫，不得已而作恶者更为可恶；所以我憎恶蓄妾的男子，比那卖女为妾——因贫穷而吃人肉的父母，要加几倍。对于提鸟笼的人的反感，也是出于同一的源流。如要吃肉，便吃罢了；（其实飞鸟的肉，于养生上也许非必要。）如要赏鉴，在他自由飞鸣的时候，可以尽量的看或听：何必关在笼里，擎着走呢？我以为这同喜欢缠足一样的是痛苦的赏玩，是一种变态的残忍的心理。贤首于《梵网戒疏》盗戒下注云，“善见云，盗空中鸟，左翅至右翅，尾至头，上下亦尔，俱得重罪。准此戒，纵无主，鸟身自为主，盗皆重也。”鸟身自为主，——这句话的精神何等博大深厚，然而又岂是那些提鸟笼的朋友所能了解的呢？

《梵网经》里还有几句话，我觉得也都很好。如云，“若佛子，故食肉——一切肉不得食。——断大慈悲性种子，一切众生见而舍去。”又云，“一切男子是我父，一切女人是我母，我生生无不从之受生，故六道众生皆我父母。而杀而食者，即杀我父母，亦杀我故身：一切地水，是我先身；一切火风，是我本体。……”我们现在虽然不能再相信六道轮回之说，然而对于这普亲观平等观的思想，仍然觉得他是真而且美。英国勃来克的诗道：

“被猎的兔每一声叫，
撕掉脑里的一枝神经；
云雀被伤在翅膀上，
一个天使止住了歌唱。”

这也是表示同一的思想。我们为自己养生计，或者不得不杀生，但是大慈悲性种子也不可不保存，所以无用的杀生与快意的杀生，都应该避免的。譬如吃醉虾，这也罢了；但是有人并不贪他的鲜味，只为能够将半活的虾夹住，直往嘴里送，心里想道“我吃你！”觉得很快活。这是在那里尝得胜快心的滋味，并非真是吃食了。《晨报》杂感栏里曾登过松年先生的一篇《爱》，我很以他所说的为然。但是爱物也与仁人很有关系，倘若断了大慈悲性种子，如那样吃醉虾的人，于爱人的事也恐怕不大能够圆满的了。

七月十四日

六

好久不写信了。这个原因，一半因为你的出京，一半因为我的无话可说。我的思想实在混乱极了，对于许多问题都要思索，却又一样的没有归结，因此觉得要说的话虽多，但不知怎样说才好。现在决心放任，并不硬去统一，姑且看书消遣，这倒也还罢了。

上月里我到香山去了两趟，都是坐了四人轿去的。我们在家乡的时候，知道四人轿是只有知县坐的，现在自己却坐了两回，也是“出于意表之外”的。我一个人叫他们四位扛着，似乎很有点抱歉，而且每人只能分到两角多钱，在他们实在也不经济；不知道为什么不减作两人呢？那轿杠是杉木的，走起来非常颠播。大约坐这轿的总非有候补道的那样身材，是不大合宜的。我所去的地方是甘露旅馆，因为有两个朋友耽阁在那里，其余各处都不曾去。什么的一处名胜，听说是督办夫人住着，不能去了。我说这是什么督办，参战和边防的督办不是都取消了么。答说是水灾督办。我记得四五年前天津一带确曾有过一回水灾，现在当然已经干了，而且连旱灾都已闹过了（虽然不在天津）。朋友说，中国的水灾是不会了的，黄河不是决口了么。这话的确不错，水灾督办诚然有存在的必要，而且照中国的情形看来，恐怕还非加入官制里去不可呢。

我在甘露旅馆买了一本《万松野人言善录》，这本书出了已经好几年，在我却是初次看见。我老实说，对于英先生的议论未能完全赞同，但因此引起我陈年的感慨，觉得要一新中国的人心，基督教实在是很适宜的。极少数的人能够以科学艺术或社会的运动去替代他宗教的要求，但在大多数是不可能的。我想最好便以能容受科学的一神教把中国现在的野蛮残忍的多神——其实是拜物——教打倒，民智的发达才有点希望。不过有两大条件，要紧紧的守住：其一是这新宗教的神切不可与旧的神的观念去同化，以致变成一个西装的玉皇大帝；其二是切不可造成教阀，去妨害自由思想的发达。这第一第二的覆辙，在西洋历史上实例已经很多，所以非竭力免去不可。——但是，我们昏乱的国民久伏在迷信的黑暗里，既然受不住智慧之光的照耀，肯受这新宗教的灌顶么？不为传统所囚的大公无私的新宗教家，国内有几人呢？仔细想来，我的理想或者也只是空想；将来主宰国民的心的，仍旧还是那一班的鬼神妖怪罢！

我的行踪既然已经推广到了寺外，寺内各处也都已走到，只剩那可以听松涛的有名的塔上不曾去。但是我平常散步，总只在御诗碑的左近或是弥勒佛前面的路上。这一段泥路来回可一百步，一面走着，一面听着阶下龙嘴里的潺湲的水声，（这就是御制诗里的“清波绕砌湲”，）倒也很有兴趣。不过这清波有时要不“湲”，其时很是令人扫兴，因为后面有人把他截住了。这是谁做主的，我都不知道，大约总是有什么金鱼池的阔人们罢。他们要放水到池里去，便是汲水的人也只好等着，或是劳驾往水泉去，何况想听水声的呢！靠着这清波的一个朱门里，大约也是阔人，因为我看见他们搬来的前两天，有许多穷朋友头上顶了许多大安乐椅小安乐椅进去。以前一个绘画的西洋人住着的时候，并没有什么门禁，东北角的墙也坍了，我常常去到那里望对面的山景和在溪滩积水中洗衣的女人们。现在可是截然的不同了，倒墙从新筑起，将真山关出门外，却在里面叫人堆上许多石头（抬这些石头的人们，足足有三天，在我的窗前络绎的走过），叫做假山，一面又在弥勒佛左手的路上筑起一堵泥墙，于是我真山固然望不见，便是假山也轮不到看。那些阔人们似乎以为四周非有墙包围着是不能住人的。我远望香山上迤逦的围墙，又想起秦始皇的万里长城，觉得我所推测的话并不是全无根据的。

还有别的见闻，我曾做了两篇《西山小品》，其一曰《一个乡民的死》，其二曰《卖汽水的人》，将他记在里面。但是那两篇是给日本的朋友们所办的一个杂志作的，现在虽有原稿留下，须等我自己把他译出方可发表。

九月三日，在西山

（选自《雨天的书》，一九二一年六月至九月）

致溥仪君书

溥仪先生：

听我的朋友胡适之君说，知道你是一位爱好文学的青年，并且在两年前“就说要取消帝号，不受优待费”，思想也是颇开通的。我有几句话早想奉告，但是其时你还是坐在宫城里下上谕，我又不知道写信给皇帝们是怎样写的，所以也就搁下；现在你已出宫了，我才能利用这半天的工夫写这一封信给你。

我先要跟着我的朋友钱玄同君给你道贺，贺你这回的出宫。这在你固然是偿了宿愿，很是愉快，在我们也一面满了革命的心愿，一面又消除了对于你个人的歉仄。你坐在宫城里，我们不但怕要留为复辟的种子，也觉得革命事业因此还未完成；就你个人而言，把一个青年老是监禁在城堡里，又觉得心里很是不安。张国焘君住在卫戍司令部的优待室里，陈独秀君住在警察厅的优待室里，章太炎先生被优待在钱粮胡同，每月有五百元的优待费，但是大家千辛万苦的营救，要放他们出来。为什么呢？因为人们所要者是身体与思想之自由，并非“优待”，——被优待即是失了自由了。你被圈禁在宫城里，连在马路上骑自行车的自由都没有，我们虽然不是直接负责，听了总很抱歉，现在你能够脱离这种羁绊生活，回到自由的天地里去，我们实在替你喜欢，而且自己也觉得心安了。

我很赞成钱君的意见，希望你补习一点功课，考入高中，毕业大学后再往外国留学。但我还有特别的意见，想对你说的，便是关于学问的种类的问题。据我的愚见，你最好是往欧洲去研究希腊文学。替别人定研究的学科是很危险的事，因为与本人的性质与志趣未必一定相合，但是我也别有一种理由，说出来可以当作参考。中国人近来大讲东方文化和西方文化，然而专门研究某一种文化的人终于没有，所以都说的不得要领。所谓西方文化究竟以那一国为标准，东方文化究竟是中国还是印度为主呢？现代的情状固然重要，但是重要的似乎在推究一点上去，找寻他的来源。我想中国的，印度的，以及欧洲之根源的希腊的文化，都应该有专人研究，综合他们的结果，再行比较，才有议论的可能。一切转手的引证全是不可凭信。研究东方文化者或者另有适当的人，至于希腊文化我想最好不如拜托足下了。文明本来是人生的必要的奢华，不是“自手至口”的人们所能造作的，我们必定要有碗够盛酒肉，才想到在碗上刻画几笔花，倘若终日在垃圾堆上拣煤粒，那有工夫去做这些事。希腊的又似乎是最贵族的文明，在现在的中国更不容易理解。中国穷人只顾拣煤核，阔人只顾搬钞票往外国银行里存放，知识阶级（当然不是全体）则奉了群众的牌位，预备作“应制”的诗文；实质上是可吃的便是宝物，名目上是平民的便是圣旨，此外都不值一看。这也正是难怪的，大家还饿鬼似的在吞咽糟糠，那里有工夫想到制造“嘉湖细点”，更不必说吃了不饱的茶食了。设法叫大家有饭吃诚然是亟应进行的事，一面关于茶食的研究也很要紧，因为我们的希望是大家不但有饭而且还有能赏鉴茶食的一日。想到这里，我便记起你来了，我想你至少该有了解那些精美的文明的可能，——因为曾做过皇帝。我决不是在说笑话。俗语云，“做了皇帝想成仙”，制造文明实在就是求仙的气分，不过所成者是地仙，所享者是尘世清福而已，这即是希腊的“神的人”的理想了。你正式的做了三年皇帝，又非正式做了十三年，到现在又愿意取消帝号，足见已饱厌南面的生活，尽有想成仙的资格，我劝告你去探检那地中海的仙岛，一定能够有很好的结果。我想你最好在英国或德国去留学，随后当然须往雅典一走，到了学成回国的时候，我们希望能够介绍你到北京大学来担任（或者还是创设）希腊文学的讲座。

末了我想申明一声，我当初是相信民族革命的人，换一句话即是主张排满的，但辛亥革命——尤其是今年取消帝号以后，对于满族的感情就很好了，而且有时还觉得满人比汉人更有好处，因为他较有大国民的态度，没有汉人中北方的家奴气与南方的西崽气。这是我个人的主观的话，我希望你不会打破我这个幻想罢。

民国十三年十一月三十日　周作人

这封信才写好，阅报知溥仪君已出奔日本使馆了。我不知道他出奔的理由，但总觉得十分残念。他跟着英国人日本人这样的跑，结果于他没有什么好处，——只有明白的汉人（有辫子的不算）是满人和他的友人，可惜他不知道。希望他还有从那些人的手里得到自由的日子，这封信仍旧发表。在别一方面，他们是外国人，他们对于中国的幸灾乐祸是无怪的，我们何必空口同他们讲理呢？我们已经打破了大同的迷信，应该觉悟只有自己可靠，……所可惜者中国国民内太多外国人耳。

十二月一日添书

（选自《谈虎集》，一九二四年十一月至十二月）

中秋的月亮

敦礼臣著《燕京岁时记》云，“京师之曰八月节者，即中秋也。每届中秋，府第朱门皆以月饼果品相馈赠，至十五月圆时，陈瓜果于庭以供月，并祀以毛豆鸡冠花。是时也，皓魄当空，彩云初散，传杯洗盏，儿女喧哗，真所谓佳节也。惟供月时，男子多不叩拜，故京师谚曰，男不拜月，女不祭灶。”此记作于四十年前，至今风俗似无甚变更，虽民生凋敝，百物较二年前超过五倍，但中秋吃月饼恐怕还不肯放弃，至于赏月则未必有此兴趣了罢。本来举杯邀月这只是文人的雅兴，秋高气爽，月色分外光明，更觉得有意思，特别定这日为佳节，若在民间不见得有多大兴味，大抵就是算账要紧，月饼尚在其次。我回想乡间一般对于月亮的意见，觉得这与文人学者的颇不相同。普通称月曰月亮婆婆，中秋供素月饼水果及老南瓜，又凉水一碗，妇孺拜毕，以指蘸水涂目，祝曰眼目清凉。相信月中有娑婆树，中秋夜有一枝落下人间，此亦似即所谓月华，但不幸如落在人身上，必成奇疾，或头大如斗，必须断开，乃能取出宝物也。月亮在天文中本是一种怪物，忽圆忽缺，诸多变异，潮水受他的呼唤，古人又相信其与女人生活有关。更奇的是与精神病者也有微妙的关系，拉丁文便称此病曰月光病，仿佛与日射病可以对比似的。这说法现代医家当然是不承认了，但是我还有点相信，不是说其间隔发作的类似，实在觉得月亮有其可怕的一面，患怔忡的人见了会生影响，正是可能的事罢。好多年前夜间从东城回家来，路上望见在昏黑的天上挂着一钩深黄的残月，看去很是凄惨，我想我们现代都市人尚且如此感觉，古时原始生活的人当更如何？住在岩窟之下，遇见这种情景，听着豺狼嗥叫，夜鸟飞鸣，大约没有什么好的心情，——不，即使并无这些禽兽骚扰，单是那月亮的威吓也就够了，他简直是一个妖怪，别的种种异物喜欢在月夜出现，这也只是风云之会，不过跑龙套罢了。等到月亮渐渐的圆了起来，他的形相也渐和善了，望前后的三天光景几乎是一位富翁的脸，难怪能够得到许多人的喜悦，可是总是有一股冷气，无论如何还是去不掉的。只恐“琼楼玉宇，高处不胜寒，”东坡这句词很能写出明月的精神来，向来传说的忠爱之意究竟是否寄托在内，现在不关重要，可以姑且不谈。总之我于赏月无甚趣味，赏雪赏雨也是一样，因为对于自然还是畏过于爱，自己不敢相信已能克服了自然，所以有些文明人的享乐是于我颇少缘分的。中秋的意义，在我个人看来，吃月饼之重要殆过于看月亮，而还账又过于吃月饼，然则我诚犹未免为乡人也。

（选自《药堂语录》，一九四〇年九月）

水乡怀旧

住在北京很久了，对于北方风土已经习惯，不再怀念南方的故乡了，有时候只是提起来与北京比对，结果却总是相形见绌，没有一点儿夸示的意思。譬如说在冬天，民国初年在故乡住了几年，每年脚里必要生冻疮，到春天才脱一层皮，到北京后反而不生了，但是脚后跟的斑痕四十年来还是存在，夏天受蚊子的围攻，在南方最是苦事，白天想写点东西只有在蚊烟的包围中，才能勉强成功，但也说不定还要被咬上几口，北京便是夜里我也是不挂帐子的。但是在有些时候，却也要记起它的好处来的，这第一便是水。因为我的故乡是在浙东，乃是有名的水乡，唐朝杜荀鹤《送人游吴》的诗里说：

君到姑苏见，人家尽枕河。
古宫闲地少，水港小桥多。

他这里虽是说的姑苏，但在别一首里说："去越从吴过，吴疆与越连。"这话是不错的，所以上边的话可以移用，所谓"人家尽枕河"，实在形容得极好。北京照例有春旱，下雪以后绝不下雨，今年到了六月还没有透雨，或者要等到下秋雨了吧。

在这样干巴巴的时候，虽是常有的几乎是每年的事情，便不免要想起那"水港小桥多"的地方有些事情来了。

在水乡的城里是每条街几乎都有一条河平行着，所以到处有桥，低的或者只有两三级，桥下才通行小船，高的便有六七级了。乡下没有这许多桥，可是汊港纷歧，走路就靠船只，等于北方的用车，有钱的可以专雇，工作的人自备有“出坂”船，一般普通人只好趁公共的通航船只。这有两种，其一名曰埠船，是走本县近路的，其二曰航船，走外县远路，大抵夜里开，次晨到达。埠船在城里有一定的埠头，早上进城，下午开回去，大抵水陆六七十里，一天里可以打来回的，就都称为埠船，埠船总数不知道共有多少，大抵中等的村子总有一只，虽是私人营业，其实可以算是公共交通机关，鲁迅短篇小说集《彷徨》里有一篇讲离婚的小说，说庄木三带领他的女儿往庞庄找慰老爷去，即是坐埠船去的，但是他在那里使用国语称作航船，小说又重在描画人物，关于埠船的东西没有什么描写。这是一种白篷的中型的田庄船，两旁直行镶板，并排坐人，中间可以搁放物件。船钱不过一二十文吧，看路的远近，也不一定。乡村的住户是固定的，彼此都是老街坊，或者还是本家，上船一看乘客差不多是熟人，坐下就聊起天来，这里的空气与那远路多是生客的航船便很有点不同。航船走的多是从前的驿路，终点即是驿站，它的职业是送往迎来的事，埠船却办着本村的公用事业，多少有点给地方服务的意思，不单是营业，它不但搭客上下，传送信件，还替村里代办货物，无论是一斤麻油，一尺鞋面布，或是一斤淮蟹，只要店铺里有的，都可以替你买来，他们也不写账，回来时只凭着记忆，这是三六叔的旱烟五十六文，这是七斤嫂的布六十四文，一件都不会遗漏或是错误。它载人上城，并且还代人跑街，这是很方便的事，但是也或者有人，特别是女太太们，要嫌憎买的不很称心，那么只好且略等候，等“船店”到来的时候，自己买了。城市里本有货郎担，挑着担子，手里摇着一种雅号“惊闺”或是“唤娇娘”的特制的小鼓，方言称之为“袋络担”，据孙德祖的《寄龛乙志》卷四里说：“货郎担越中谓之袋络担，是货什杂布帛及丝线之属，其初盖以络索担囊橐衒且售，故云。”后来却是用藤竹织成，叠起来很高的一种箱担了，但在水乡大约因为行走不便，所以没有，却有一种便于水行的船店出来，来弥补这个缺憾。这外观与普通的埠船没有什么不同，平常一个人摇着橹，到得行近一个村庄，船里有人敲起小锣来，大家知道船店来了，一哄的出到河岸头，各自买需要的东西，大概除柴米外，别的日用品都可以买到，有洋油与洋灯罩，也有芒麻鞋面布和洋头绳，以及丝线。这是旧时代的办法，其实却很是有用的。我看见过这种船店，趁过这种埠船，还是在民国以前，时间经过了六十年，可能这些都已没有了也未可知，那么我所追怀的也只是前尘梦影了吧。不过如我上文所说，这些办法虽旧，用意却都是好的，近来在报上时常看见，有些售货员努力到山乡里去送什货，这实在即是开船店的意思，不过更是辛劳罢了。

（选自《知堂集外文·四九年以后》，一九六三年八月）

雨的感想

今年夏秋之间北京的雨下的不太多，虽然在田地里并不旱干，城市中也不怎么苦雨，这是很好的事。北京一年间的雨量本来颇少，可是下得很有点特别，他把全年份的三分之二强在六七八月中间落了，而七月的雨又几乎要占这三个月份总数的一半。照这个情形说来，夏秋的苦雨是很难免的。在民国十三年和二十七年，院子里的雨水上了阶沿，进到西书房里去，证实了我的苦雨斋的名称，这都是在七月中下旬，那种雨势与雨声想起来也还是很讨嫌，因此对于北京的雨我没有什么好感，像今年的雨量不多，虽是小事，但在我看来自然是很可感谢的了。

不过讲到雨，也不是可以一口抹杀，以为一定是可嫌恶的。这须得分别言之，与其说时令，还不如说要看地方而定。在有些地方，雨并不可嫌恶，即使不必说是可喜。囫囵的说一句南方，恐怕不能得要领，我想不如具体的说明，在到处有河流，满街是石板路的地方，雨是不觉得讨厌的，那里即使会涨大水，成水灾，也总不至于使人有苦雨之感。我的故乡在浙东的绍兴，便是这样的一个好例。在城里，每条路差不多有一条小河平行着，其结果是街道上桥很多，交通利用大小船只，民间饮食洗濯依赖河水，大家才有自用井，蓄雨水为饮料。河岸大抵高四五尺，下雨虽多尽可容纳，只有上游水发，而闸门淤塞，下流不通，成为水灾，但也是田野乡村多受其害，城里河水是不至于上岸的。因此住在城里的人遇见长雨，也总不必担心水会灌进屋子里来，因为雨水都流入河里，河固然不会得满，而水能一直流去，不至停住在院子或街上者，则又全是石板路的关系。我们不曾听说有下水沟渠的名称，但是石板路的构造仿佛是包含有下水计划在内的，大概石板底下都用石条架着，无论多少雨水全由石缝流下，一总到河里去。人家里边的通路以及院子即所谓明堂也无不是石板，室内才用大方砖砌地，俗名曰地平。在老家里有一个长方的院子，承受南北两面楼房的雨水，即使下到四十八小时以上，也不见他停留一寸半寸的水，现在想起来觉得很是特别。秋季长雨的时候，睡在一间小楼上或是书房内，整夜的听雨声不绝，固然是一种喧嚣，却也可以说是一种萧寂，或者感觉好玩也无不可，总之不会得使人忧虑的。吾家濂溪先生有一首《夜雨书窗》的诗云：

秋风扫暑尽，半夜雨淋漓。
绕屋是芭蕉，一枕万响围。
恰似钓鱼船，篷底睡觉时。

这诗里所写的不是浙东的事，但是情景大抵近似，总之说是南方的夜雨是可以的吧。在这里便很有一种情趣，觉得在书室听雨如睡钓鱼船中，倒是很好玩似的。下雨无论久暂，道路不会泥泞，院落不会积水，用不着什么忧虑，所有的唯一的忧虑只是怕漏。大雨急雨从瓦缝中倒灌而入，长雨则瓦都湿透了，可以浸润缘入，若屋顶破损，更不必说，所以雨中搬动面盆水桶，罗列满地，承接屋漏，是常见的事。民间故事说不怕老虎只怕漏，生出偷儿和老虎猴子的纠纷来，日本也有虎狼古屋漏的传说，可见此怕漏的心理分布得很是广远也。

下雨与交通不便本是很相关的，但在上边所说的地方也并不一定如此。一般交通既然多用船只，下雨时照样的可以行驶，不过篷窗不能推开，坐船的人看不到山水村庄的景色，或者未免气闷，但是闭窗坐听急雨打篷，如周濂溪所说，也未始不是有趣味的事。再说舟子，他无论遇见如何的雨和雪，总只是一蓑一笠，站在后艄摇他的橹，这不要说什么诗味画趣，却是看去总毫不难看，只觉得辛劳质朴，没有车夫的那种拖泥带水之感。还有一层，雨中水行同平常一样的平稳，不会像陆行的多危险，因为河水固然一时不能骤增，即使增涨了，如俗语所云，水涨船高，别无什么害处，其唯一可能的影响乃是桥门低了，大船难以通行，若是一人两桨的小船，还是往来自如。水行的危险盖在于遇风，春夏间往往于晴明的午后陡起风暴，中小船只在河港阔大处，又值舟子缺少经验，易于失事，若是雨则一点都不要紧也。坐船以外的交通方法还有步行。雨中步行，在一般人想来总很是困难的吧，至少也不大愉快。在铺着石板路的地方，这情形略有不同。因为是石板路的缘故，既不积水，亦不泥泞，行路困难已经几乎没有，余下的事只须防湿便好，这有雨具就可济事了。从前的人出门必带钉鞋雨伞，即是为此，只要有了雨具，又有脚力，在雨中要走多少里都可随意，反正地面都是石板，城坊无须说了，就是乡村间其通行大道至少有一块石板宽的路可走，除非走入小路岔道，并没有泥泞难行的地方。本来防湿的方法最好是不怕湿，赤脚穿草鞋，无往不便利平安，可是上策总难实行，常人还只好穿上钉鞋，撑了雨伞，然后安心的走到雨中去。我有过好多回这样的在大雨中间行走，到大街里去买吃食的东西，往返就要花两小时的工夫，一点都不觉得有什么困难。最讨厌的还是夏天的阵雨，出去时大雨如注，石板上一片流水，很高的钉鞋齿踏在上边，有如低板桥一般，倒也颇有意思，可是不久云收雨散，石板上的水经太阳一晒，随即干涸，我们走回来时把钉鞋踹在石板路上嘎唧嘎唧的响，自己也觉得怪寒伧的，街头的野孩子见了又要起哄，说是旱地乌龟来了。这是夏日雨后出门的人常有的经验，或者可以说是关于钉鞋雨伞的一件顶不愉快的事情吧。

以上是我对于雨的感想，因了今年北京夏天不下大雨而引起来的。

但是我所说的地方的情形也还是民国初年的事，现今一定很有变更，至少路上石板未必保存得住，大抵已改成蹩脚的马路了吧。那么雨中步行的事便有点不行了，假如河中还可以行船，屋下水沟没有闭塞，在篷底窗下可以平安的听雨，那就已经是很可喜幸的了。

民国甲申，八月处暑节

（选自《立春以前》，一九四四年八月）

萤 火

——续草木虫鱼之二

近年多看中国旧书，因为外国书买不到，线装书虽也很贵，却还能入手，又卷帙轻便，躺着看时拿了不吃力，字大悦目，也较为容易懂。可是看得久了多了，不免会发生厌倦，第一是觉得单调，千年前后的人所说的话没有多大不同，有时候或者后人比前人还要胡涂点也不一定，因此第二便觉得气闷。从前看过的书，后来还想拿出来看，反复读了不厌的实在很少，大概只有《诗经》，其中也以《国风》为主，《陶渊明集》和《颜氏家训》而已。在这些时候，从书架上去找出尘土满面的外国书来消遣，也是常有的事。

前几天忽然想到关于萤火说几句闲话，可是最先记起来总是腐草化为萤以及丹鸟羞白鸟的典故，这虽然出在正经书里，也颇是新奇，却是靠不住，至少是不能通行的了。案《礼记·月令》云：

“季夏之月，腐草为萤。”《逸周书·时训》解云：

“大暑之日，腐草化为萤。腐草不化为萤，谷实鲜落。”这里说得更是严重，仿佛是事关化育，倘若至期腐草不变成萤火，便要五谷不登，大闹饥荒了。《尔雅》，萤火即炤。郭璞注，夜飞，腹下有火。这里并没有说到化生，但是后来的人总不能忘记《月令》的话，邢昺《尔雅疏》，陆佃《新义》及《埤雅》，罗愿《尔雅翼》，都是如此，邵晋涵《正义》不必说了，就是王引之《广雅疏证》也难免这样。《本草纲目》引陶弘景曰：

“此是腐草及烂竹根所化，初时如蛹，腹下已有光，数日变而能飞。”李时珍则详说之曰：

“萤有三种。一种小而宵飞，腹下光明，乃茅根所化也。《吕氏月令》所谓腐草化为萤者也。一种长如蛆蠋，尾后有光，无翼不飞，乃竹根所化也。一名蠲，俗名萤蛆。《明堂月令》所谓腐草化为蠲者是也，其名宵行。茅竹之根夜视有光，复感湿热之气，遂变化成形尔。一种水萤，居水中。唐李子卿《水萤赋》所谓彼何为而化草，此何为而居泉，是也。”钱步曾《百廿虫吟》中萤项下自注云：

“萤有金银二种。银色者早生，其体纤小，其飞迟滞，恒集于庭际花草间，乃宵行所化。金色者入夏季方有，其体丰腴，其飞迅疾，其光闪烁不定，恒集于水际茭蒲及田塍丰草间，相传为牛粪所化。盖牛食草出粪，草有融化未净者，受雨露之沾濡，变而为萤，即《月令》腐草为萤之意也。余尝见牛溲坌积处飞萤丛集，此其验矣。”又汪曰桢《湖雅》卷六《萤》下云：

“按，有化生，初似蛹，名蠲，亦名萤蛆，俗呼火百脚，后乃生翼能飞为萤。有卵生，今年放萤于屋内，明年夏必出细萤。”案以上诸说均主化生，唯郝懿行《尔雅义疏》反对《本草》陶李二家之说，云：

“今验萤火有二种，一种飞者，形小头赤，一种无翼，形似大蛆，灰黑色，而腹下火光大于飞者，乃《诗》所谓宵行，《尔雅》之即炤亦当兼此二种，但说者止见飞萤耳。又说茅竹之根夜皆有光，复感湿热之气，遂化成形，亦不必然。盖萤本卵生，今年放萤火于屋内，明年夏细萤点点生光矣。”寥寥百十字，却说得确实明白，所云萤之二种实即是雌雄两性，至断定卵生尤为有识，汪谢城引用其说，乃又模棱两可，以为卵生之外别有化生，未免可笑。唯郝君亦有格致未精之处，如下文云：

“《夏小正》，丹鸟羞白鸟。丹鸟谓丹良，白鸟谓蚊蚋。《月令疏》引皇侃说，丹良是萤火也。”罗端良在宋时却早有异议提出，《尔雅翼》卷二十七《萤》下云：

“《夏小正》曰，丹鸟羞白鸟。此言萤食蚊蚋。又今人言，赴灯之蛾以萤为雌，故误赴火而死。然萤小物耳，乃以蛾为雄，以蚊为粮，皆未可轻信。”

从中国旧书里得来的关于萤火的知识就是这些，虽然也还不错，可是披沙拣金，殊不容易，而且到底也不怎么精确，要想知道得更多一点，只好到外国书中去找寻了。专门书本是没有，就是引用了来也总是不适合，所以这里所说也无非只是普通的，谈生物而有文学的趣味的几册小书而已。英国怀德以《色耳彭的自然史》著名于世，在这里边却未尝讲到萤火，但是《虫豸观察杂记》中有一则云：

“观察两个从野间捉来放在后园的萤火，看出这些小生物在十一二点钟之间熄灭他们的灯光，以后通夜间不再发亮。雄的萤火为蜡烛光所引，飞进房间里来。”这虽是短短的一两句话，却很有意思，都是出于实验，没有一点儿虚假。怀德生于千七百二十年，即清康熙五十九年，我查考《疑年录》，发见他比戴东原大三岁，比袁子才却还要小四岁，论时代不算怎么早，可是这样有趣味的记录在中国的乾嘉诸老辈的著作中却是很不容易找到，所以这不能不说是很可珍重的了。其次法国的法勃耳，在他的大著《昆虫记》中有一篇谈萤火的文章，告诉我们好些新奇的事情。最奇怪的是关于萤火的吃食，据他说，萤火虽然不吃蚊子，所吃的东西却比蚊子还要奇特，因为这乃是樱桃大小的带壳的蜗牛。若是蜗牛走着路，那是最好了，即使停留着，将身子缩到壳里去，脚部总有一点儿露出，萤火便上前去用它嘴边的小钳子轻轻的掰上几下。这钳子其细如发，上边有一道槽，用显微镜才看得出，从这里流出毒药来，注射进蜗牛身里去，其效力与麻醉药相等。法勃耳曾试验过，他把被萤火掰过四五下的蜗牛拿来检查，显已人事不知，用针刺他也无知觉，可是并未死亡，经过昏睡两日夜之后，蜗牛便即恢复健康，行动如常了。由此可知萤火所用的乃是全身麻醉的药，正如果蠃之类用毒针麻倒桑虫蚱蜢，存起来供幼虫食用，现在不过是现麻现吃，似乎与《水浒》里的下迷药比较倒更相近。萤火的身体很小，要想吃蚊子便已不大可能，如罗端良所怀疑的，现在却来吃蜗牛，可以说是大奇事。法勃耳在《萤火》一文中云：

“萤火并不吃，如严密的解释这字的意义。他只是饮，他喝那薄粥，这是他用了一种方法，令人想起那蛆虫来，将那蜗牛制造成功的。正如麻苍蝇的幼虫一样，它也能够先消化而后享用，它在将吃之前把那食物化成液体。”《昆虫记》中有几篇讲金苍蝇麻苍蝇的文章，从实验上说明蛆虫食肉的情形，他们吐出一种消化药，大概与高级动物的胃液相同，涂在肉上，不久肉即销融成为流质。萤火所用的也就是这种方法，它不能咬了来吃，却可以当作粥喝，据说在好几个萤火畅饮一顿之后，蜗牛只是一个空壳，什么都没有余剩了。丹鸟羞白鸟，我们知道它不合理，事实上却是萤火吃蜗牛，这自然界的怪异又是谁所料得到的呢。

法勃耳生于一八二三年，即清道光三年，与李少荃是同年的，所以还是近时人，其所发见的事知道的不很多，但即使人家都知道了萤火吃蜗牛，也不见得会使他怎么有名，本来萤火之所以为萤火的乃别有在，即是它在尾巴上点着灯火。中国名称除萤火之外还有即炤，辉夜，景天，放光，宵烛等，都与火光有关。希腊语曰兰普利斯，意云亮尾巴，拉丁文学名沿称为阑辟利思，英法则名之为发光虫。据《昆虫记》所说，在萤火腹中的卵也已有光，从皮外看得出来，及至孵化为幼虫，不问雌雄尾上都点着小灯，这在郝兰皋也已经知道了。雄萤火蜕化生翼，即是形小头赤者，灯光并不加多，雌者却不蜕化，还是那大蛆的状态，可是亮光加上两节，所以腹下火光大于飞者了。这是一种什么物质，法勃耳说也并不是磷，与空气接触而发光，腹部有孔可开闭以为调节。法勃耳叙述夜中往捕幼萤，长仅五公厘，即中国尺一分半，当初看见在草叶上有亮光，但如误触树枝少有声响，光即熄灭，遂不可复见。迨及长成，便不如此，他曾在萤火笼旁放枪，了无闻知，继以喷水或喷烟，亦无甚影响，间有一二熄灯者，不久立即复燃，光明如旧。夜半以前是否熄灯，文中未曾说及，但怀德前既实验过，想亦当是确实的事。萤火的光据法勃耳说：

“其光色白，安静，柔软，觉得仿佛是从满月落下来的一点火花。可是这虽然鲜明，照明力却颇微弱。假如拿了一个萤火在一行文字上面移动，黑暗中可以看得出一个个的字母，或者整个的字，假如这并不太长，可是这狭小的地面以外，什么也都看不见了。这样的灯光会得使读者失掉耐性的。”看到这里，我们又想起中国书里的一件故事来。《太平御览》卷九百四十五引《续晋阳秋》云：

“车胤，字武子，好学不倦，家贫不常得油，夏月则练囊盛数十萤火，以夜继日焉。”这囊萤照读成为读书人的美谈，流传很远，大抵从唐朝以后一直传诵下来，不过与上边《昆虫记》的话比较来看，很有点可笑。说是数十萤火，烛火能有几何，即使可用，白天花了工夫去捉，却来晚上用功，岂非徒劳，而且风雨时有，也是无法。《格致镜原》卷九十六引成应元《事统》云：

“车胤好学，常聚萤火读书，时值风雨，胤叹曰，天不遣我成其志业耶。言讫，有大萤傍书窗，比常萤数倍，读书讫即去，其来如风雨至。”这里总算替车君弥缝了一点过来，可是已经近于志异，不能以常情实事论了。这些故事都未尝不妙，却只是宜于消闲，若是真想知道一点事情的时候，便济不得事。近若干年来多读线装旧书，有时自己疑心是否已经有点中了毒，像吸大烟的一样，但是毕竟还是常感觉到不满意，可见真想做个国粹主义者实在是不大容易也。

三十三年十一月二日所写

（选自《立春以前》，一九四四年十一月）

赋得猫

——猫与巫术

我很早就想写一篇讲猫的文章。在我的《书信》里《与俞平伯君书》中有好几处说起，如廿一年十一月十三日云：

“昨下午北院叶公过访，谈及索稿，词连足下，未知有劳山的文章可以给予者欤。不佞只送去一条穷裤而已，虽然也想多送一点，无奈材料缺乏，别无可做，久想写一小文以猫为主题，亦终于未着笔也。”叶公即公超，其时正在编辑《新月》。十二月一日又云：

“病中又还了一件文债，即新印《越谚》跋文，此后拟专事翻译，虽胸中尚有一猫，盖非至一九三三年未必下笔矣。”但二十二年二月二十五日又云：

“近来亦颇有志于写小文，仍有暇而无闲，终未能就，即一年前所说的猫亦尚任其屋上乱叫，不克捉到纸上来也。”如今已是一九三七，这四五年中信里虽然不曾再说，心里却还是记着，但是终于没有写成。这其实倒也罢了，到现在又来写，却为什么缘故呢?

当初我想写猫的时候，曾经用过一番工夫。先调查猫的典故，并觅得黄汉的《猫苑》二卷，仔细检读，次又读外国小品文，如林特（R. Lynd），密伦（A. A. Milne），却贝克（K. Capek）等，公超又以路加思（E. V. Lucas）文集一册见赠，使我得见所著谈动物诸文，尤为可感。可是愈读愈胡涂，简直不知道怎样写好，因为看过人家的好文章，珠玉在地，不必再去摆上一块砖头，此其一。材料太多，贪吃便嚼不烂，过于踌躇，不敢下笔，此其二。大约那时的意思是想写《草木虫鱼》一类的文章，所以还要有点内容，讲点形式，却是不大容易写，近来觉得这也可以不必如此，随便说说话就得了，于是又拿起那个旧题目来，想写几句话交卷。这是先有题目而作文章的，故曰赋得，不过我写文章是以不切题为宗旨的，假如有人想拿去当作赋得体的范本，那是上当非浅，所以请大家不要十分认真才好。

现在我的写法是让我自己来乱说，不再多管人家的鸟事。以前所查过的典故看过的文章幸而都已忘却了，《猫苑》也不翻阅，想到什么可写的就拿来用。这里我第一记得清楚的是一件老姨与猫的故事，出在霁园主人著的《夜谈随录》里。此书还是前世纪末读过，早已散失，乃从友人处借得一部检之，在第六卷中，是《夜星子》二则中之一。其文云：

"京师某宦家，其祖留一妾，年九十余，甚老耄，居后房，上下呼为老姨。日坐炕头，不言不笑，不能动履，形似饥鹰而健饭，无疾病。尝畜一猫，与相守不离，寝食共之。宦一幼子尚在襁褓，夜夜啼号，至晓方辍，匝月不愈，患之。俗传小儿夜啼谓之夜星子，即有能捉之者。于是延捉者至家，礼待甚厚，捉者一半老妇人耳。是夕就小儿旁设桑弧桃矢，长大不过五寸，矢上系素丝数丈，理其端于无名之指而拈之。至夜半月色上窗，儿啼渐作，顷之隐隐见窗纸有影倏进倏却，仿佛一妇人，长六七寸，操戈骑马而行。捉者摆手低语曰，夜星子来矣来矣！亟弯弓射之，中肩，唧唧有声，弃戈返驰，捉者起急引丝率众逐之。拾其戈观之，一搓线小竹签也。迹至后房，其丝竟入门隙，群呼老姨，不应，因共排闼燃烛入室，遍觅无所见。搜索久之，忽一小婢惊指曰，老姨中箭矣！众视之，果见小矢钉老姨肩上，呻吟不已，而所畜猫犹在胯下也，咸大错愕，亟为拔矢，血流不止。捉者命扑杀其猫，小儿因不复夜啼，老姨亦由此得病，数日亦死。"后有兰岩评语云：

"怪出于老姨，诚不知其何为，想系猫之所为，老姨龙钟为其所使耳。卒乃中箭而亡，不亦冤乎。”同卷中又有《猫怪》三则，今悉不取，此处评者说是猫之所为亦非，盖这篇《夜星子》的价值重在是一件巫蛊案，猫并不是主，乃是使也。我很想知道西汉的巫蛊详情，可是没有工夫去查考，所以现在所说的大抵是以西欧为标准，巫蛊当作 witch-craft 的译语，所谓使即是 familiars 也。英国蔼堪斯泰因女士（Lina Eckenstein）曾著《儿歌之研究》，二十年前所爱读，其遗稿《文字的咒力》（A Spell of Word，1932）中第一篇云《猫及其同帮》，于我颇有用处。第一章《猫或狗》中云：

“在北欧古代猫也算是神圣不可犯的，又用作牺牲。木桶里的猫那种残酷的游戏在不列颠一直举行，直至近代。这最好是用一只猫，在得不到的时候，那就用烟煤，加入柄中。”

“在法兰西比利时直至近代，都曾举行公开的用猫的仪式。圣约翰祭即中夏夜，在巴黎及各处均将活猫关在笼里，抛到火堆里去。在默兹地方，这个习俗至一七六五年方才废除。比利时的伊不勒思及其他城市，在圣灰日即四旬斋的第一日举行所谓猫祭，将活猫从礼拜堂塔顶掷下，意在表示异端外道就此都废弃了。猫是与古代女神弗赖耶有系属的，据说女神尝跟着军队，坐了用许多猫拉着的车子。书上说现在伊不勒思尚留有遗址，原是献给一个女神的庙宇。”第二章《猫与巫》中又云：

“猫在欧洲当作家畜，其事当直在母权社会的时代。猫是巫的部属，其关系极密切，所以巫能化猫，而猫有时亦能幻作巫形。兔子也有同样的情形，这曾被叫作草猫的。德国有俗谚云，猫活到二十岁便变成巫，巫活到一百岁时又变成一只猫。

“一五八四年出版的巴耳温的《留心猫儿》中有这样的话，巫是被许可九次把她自己化为猫身。《罗米欧与朱丽叶》中谛巴耳特说，你要我什么呢？麦邱细阿答说，美猫王，我只要你九条性命之一而已。据英法人说，女人同猫一样也有九条性命，但在格伦绥则云那老太太有七条性命正如一只黑猫。

“又有俗谚云，猫有九条性命，而女人有九只猫的性命。（案此即八十一条性命矣。）

“巫可以变化为猫或兔，十七世纪的知识阶级还都相信这是可能的事。”

烧猫的习俗，弗来则博士（J. C. Frazer）自然知道得最多，可惜我只有一册节本的《金枝》（The Golden Bough），只可简单的抄几句。在六十四章《火里烧人》中云：

“在法国阿耳登思省，四旬斋的第一星期日，猫被扔到火堆里去，有时候残酷稍为醇化了，便将猫用长竿挂在火上，活活的烤死。他们说，猫是魔鬼的代表，无论怎么受苦都不冤枉。”他又解释烧诸动物的理由云：

“我们可以推想，这些动物大约都被算作受了魔法的咒力的，或者实在就是男女巫，他们把自己变成兽形，想去进行他们的鬼计，损害人类的福利。这个推测可以证实，只看在近代火堆里常被烧死的牺牲是猫，而这猫正是据说巫所最喜变的东西，或者除了兔以外。”

这样大抵可以说明老姨与猫的关系。总之老姨是巫无疑了，猫是她的不可分的系属物。理论应该是老姨她自己变了猫去作怪，被一箭射中猫肩，后来却发见这箭是在她的身上。如散茂斯（M. Summers）在所著《僵尸》（The Vampire，1928）第三章《僵尸的特性及其习惯》中云：

“这是在各国妖巫审问案件中常见的事，有巫变形为猫或兔或别的动物，在兽形时遇着危险或是受了损伤，则回复原形之后在他的人身上也有着同样的伤或别的损害。”这位散茂斯先生著作颇多，此外我还有他的名著《变狼人》，《巫术的历史》与《巫术的地理》，就只可惜他是相信世上有巫术的，这又是非圣无法故该死的，因此我有点不大敢请教，虽然这些题目都颇珍奇，也是我所想知道的事。吉忒勒其教授（G.

L. Kittredge）的《旧新英伦之巫术》（The Witch-craft in Old and New England，1929）第十章《变形》中亦云：

“关于猫巫在兽形时受害，在其原形受有同样的伤，有无数的近代的例证。”在小注中列举书名出处甚多。吉忒勒其曾编订英国古民谣为我所记忆，今此书亦是我爱读的，其小序中有一节云：

“有见于近时所出讲巫术的诸书，似应慎重一点在此声明，我并不相信黑术（案即害他的巫术），或有魔鬼干预活人的日常生活。”由是可知他的态度是与《僵尸》的著者相反的，我很有同感，可是文献上的考据还是一样，盖档案与大众信心固是如此，所谓泰山可移而此案难翻者也。

话又说了回来，老姨却并不曾变猫，所以不是属于这一部类的。这头猫在老姨只是一种使，或者可称为鬼使（familiar spirit）。茂来女士（M. A. Murray）于一九二一年著《西欧的巫教》（The Witch-cult in Western Europe），辨明所谓巫术实是古代的原始宗教之余留，也是我所尊重的一部书，其第八章《论使与变形》是最有价值的论断。据她在这里说：

“苏格兰法律家福布斯说过，魔鬼对于他们给与些小鬼，以通信息，或供使令，都称作古怪名字，叫着时它们就答应。这些小鬼放在瓦罐或是别的器具里。”大抵使有两种，一云占卜使，即以通信息，犹中国的樟柳神，一云畜养使，即以供使令，犹如蛊也。书中又云：

“畜养使平常总是一种小动物，特别用面包牛乳和人血喂养，又如福布斯所云，放在木匣或瓦罐里，底垫羊毛。这可以用于去对于别人的身体或财产使行法术，却决不用以占卜。吉法特在十六世纪时记述普通一般的所信云：巫有她们的鬼使，有的只一个，有的更多，自二以至四五，形状各不相同，或像猫，黄鼠狼，癞虾蟆，或小老鼠，这些她们都用牛乳或小鸡喂养，或者有时候让它们吸一点血喝。

“在早先的审问案件里巫女招承自刺手或脸，将流出来的血滴给鬼使吃。但是在后来的案件里这便转变成鬼使自己喝巫女的血，所以在英国巫女算作特色的那冗乳（案即赘疣似的多余的乳头）普通都相信就是这样舐吮而成的。”吉忒勒其教授云：

“一五五六年在千斯福特举行的伊里查白时代巫女大审问的第一案里，猫就是鬼使。这是一头白地有斑的猫，名叫撒但，喝血吃。”恰好在茂来女士书里有较详的记载，我们能够知道这猫本来是法兰色斯从祖母得来的，后来她自己养了十五六年，又送给一位老太太华德好司，再养了九年，这才破案。因为本来是小鬼之流，所以又会转变，如那头猫后来就化为一只癞虾蟆了。法庭记录（见茂来书中）说：

“据该妪华德好司供，伊将该猫化为蟾蜍，系因当初伊用瓦罐中垫羊毛养放该猫，历时甚久，嗣因贫穷不能得羊毛，伊遂用圣父圣子圣灵之名祷告愿其化为蟾蜍，于是该猫化为蟾蜍，养放罐中，不用羊毛。”这是一个理想的好例，所以大家都首先援引，此外鬼使作猫形的还不少，茂来女士书中云：

“一六二一年在福斯东地方扰害费厄法克思家的巫女中，有五人都有畜养使的，惠忒的是一个怪相的东西，有许多只脚，黑色，粗毛，像猫一样大。惠忒的女儿有一鬼使，是一只猫，白地黑斑，名叫印及思。狄勃耳有一大黑猫，名及勃，已经跟了她有四十年以上了。她的女儿所有鬼使是鸟形的，黄色，大如鸦，名曰啁唿。狄更生的鬼使形如白猫，名菲利，已养了有二十年。”由此可知猫的地位在那里是多么高的了。吉忒勒其教授书中（仍是第十章）又云：

“驯养的乡村的猫，在现今流行的迷信里，还保存着好些他的魔性。猫会得吸睡着的小孩的气，这个意见在旧的和新的英伦（案即英美两国）仍是很普遍。又有一种很普遍的思想，说不可令猫近死尸，否则会把尸首毁伤。这在我们本国（案即美国）变成了一种高明的说法，云：勿使猫近死人，怕他会捕去死者的灵魂。我们记得，灵魂常从睡着的人的嘴里爬出来，变成小老鼠的模样！”讲到这里我们可以知道老姨的猫是属于这一类的畜养使，无论是鬼王派遣来，或是养久成了精，总之都是供老姨的使令用的，所以跨了当马骑正是当然的事。到了后来时不利兮骓不逝，主人无端中了流矢，猫也就殉了义，老姨一案遂与普通巫女一样的结局了。

我听人家所讲猫的故事里，还有一件很有意思的，即是猫替猴子伸手到火炉里抓煨栗子吃，觉得十分好玩，想拿来做文章的主题，可是末了终于决定借用这老姨的猫。为什么呢？这件故事很有意思，因为这与中国的巫蛊和欧洲的巫术都有关系，虽然原只是一篇志异的小说。以汉朝为中心的巫蛊事情我很想知道，如上边所已说过，只是尚无这个机缘，所以我在几本书上得来的一点知识单是关于巫术的。那些巫，马披，沙满，药师等的哲学与科学，在我都颇有兴趣而且稍能理解，其荒唐处固自言之成理，亦复别有成就，克拉克教授在《西欧的巫教》附录中论一女所用飞行药膏的成分，便是很有趣的一例。其结论云：

“我不能说是否其中那一种药会发生飞行的感觉，但这里使用乌头（aconite）我觉得很有意思。睡着的人的心脏动作不匀使人感觉突然从空中下坠，今将用了使人昏迷的莨菪与使心脏动作不匀的乌头配合成剂，令服用者引起飞行的感觉，似是很可能的事。”这样戳穿西洋镜似乎有点杀风景，不如戈耶所画老少二女白身跨一扫帚飞过空中的好，我当然也很爱好这西班牙大匠的画；但是我也很喜欢知道这三个药方，有如打听得祝由科的几门手法或会党的几句口号，虽不敢妄希仙人的他心通，唯能多察知一点人情物理，亦是很大的喜悦。茂来女士更证明中古巫术原是原始的地亚那教（Diana-Cult）之留遗，其男神名地亚奴思，亦名耶奴思（Janus），古罗马称正月即从此神名衍出，通行至今，女神地亚那之徒即所谓巫，其仪式乃发生繁殖的法术也。虽然我并不喜吃菜事魔，自然更没有骑扫帚的兴趣，但对于他们鬼鬼祟祟的花样却不无同情，深觉得宗教审问院的那些拷打杀戮大可不必。多年前我读英国克洛特（E. Clodd）的《进化论之先驱》与勒吉（W. E. H. Lecky）的《欧洲唯理思想史》，才对于中古的巫术案觉得有注意的价值，就能力所及略为涉猎，一面对那时政教的权威很生反感，一面也深感危惧，看了心惊眼跳，不能有隔岸观火之乐，盖人类原是一个，我们也有文字狱思想狱，这与巫术案本是同一类也。欧洲的巫术案，中国的文字狱思想狱，都是我所怕却也就常还想（虽然想了自然又怕）的东西，往往互相牵引连带着，这几乎成了我精神上的压迫之一。想写猫的文章，第一挑到老媖，就是为这缘故。该媖的确是个老巫，论理是应该重办的，幸而在中国偶得免肆诸市朝，真是很难得的，但是拿来与西洋的巫术比较了看也仍是极有意思的事。中国所重的文字狱思想狱是儒教的，——基督教的教士敬事上帝，异端皆非圣无法，儒教的文士谄事主君，犯上即大逆不道，其原因有宗教与政治之不同，故其一可以随时代过去，其一则不可也。我们今日且谈巫术，论老媖与猫，若文字狱等亦是很好题目，容日后再谈，盖其书言之长矣。

民国二十六年一月二十六日于北平

附记

黄汉《猫苑》卷下引《夜谈随录》，云有李侍郎从苗疆携一苗婆归，年久老病，尝养一猫酷爱之，后为夜星子，与原书不合，不知何所本，疑未可凭信。

（选自《秉烛谈》，一九三七年一月）

两株树

——草木虫鱼之三

我对于植物比动物还要喜欢，原因是因为我懒，不高兴为了区区视听之娱一日三餐地去饲养照顾，而且我也有点相信“鸟身自为主”的迂论，觉得把它们活物拿来做囚徒当奚奴，不是什么愉快的事，若是草木便没有这些麻烦，让它们直站在那里便好，不但并不感到不自由，并且还真是生了根地不肯再动一动哩。但是要看树木花草也不必一定种在自己的家里，关起门来独赏，让它们在野外路旁，或是在人家粉墙之内也并不妨，只要我偶然经过时能够看见两三眼，也就觉得欣然，很是满足的了。

树木里边我所喜欢的第一种是白杨。小时候读《古诗十九首》，读过“白杨何萧萧，松柏夹广路”之句，但在南方终未见过白杨，后来在北京才初次看见。谢在杭著《五杂组》中云：

> “古人墓树多植梧楸，南人多种松柏，北人多种白杨。白杨即青杨也，其树皮白如梧桐，叶似冬青，微风击之辄淅沥有声，故古诗云，白杨多悲风，萧萧愁杀人。予一日宿邹县驿馆中，甫就枕即闻雨声，竟夕不绝，侍儿曰，雨矣。予讶之曰，岂有竟夜雨而无檐溜者？质明视之，乃青杨树也。南方绝无此树。”

《本草纲目》卷三五下引陈藏器曰，“白杨北土极多，人种墟墓间，树大皮白，其无风自动者乃杨移，非白杨也。”又寇宗奭云，“风才至，叶如大雨声，谓无风自动则无此事，但风微时其叶孤极处则往往独摇，以其蒂长叶重大，势使然也。”王象晋《群芳谱》则云杨有二种，一白杨，一青杨，白杨蒂长两两相对，遇风则簌簌有声，人多植之坟墓间，由此可知白杨与青杨本自有别，但“无风自动”一节却是相同。在史书中关于白杨有这样的两件故事：

《南史·萧惠开传》，“惠开为少府，不得志，寺内斋前花草甚美，悉铲除，别植白杨。”

《唐书·契苾何力传》，“龙翔中司稼少卿梁脩仁新作大明宫，植白杨于庭，示何力曰，此木易成，不数年可芘。何力不答，但诵白杨多悲风萧萧愁杀人之句，脩仁惊悟，更植以桐。”

这样看来，似乎大家对于白杨都没有什样好感。为什么呢？这个理由我不大说得清楚，或者因为它老是簌簌的动的缘故罢。听说苏格兰地方有一种传说，耶稣受难时所用的十字架是用白杨木做的，所以白杨自此以后就永远在发抖，大约是知道自己的罪孽深重。但是做钉的铁却似乎不曾因此有什么罪，黑铁这件东西在法术上还总有点位置的，不知何以这样地有幸有不幸。（但吾乡结婚时忌见铁，凡门窗上铰链等悉用红纸糊盖，又似别有缘故。）我承认白杨种在墟墓间的确很好看，然而种在斋前又何尝不好，它那瑟瑟的响声第一有意思。我在前面的院子里种了一棵，每逢夏秋有客来斋夜话的时候，忽闻淅沥声，多疑是雨下，推户出视，这是别种树所没有的佳处。梁少卿怕白杨的萧萧改种梧桐。其实梧桐也何尝一定吉祥，假如要讲迷信的话，吾乡有一句俗谚云，“梧桐大如斗，主人搬家走”，所以就是别庄花园里也很少种梧桐的。这实在是一件很可惜的事，梧桐的枝干和叶子真好看，且不提那一叶落知天下秋的兴趣了。在我们的后院里却有一棵，不知已经有若干年了，我至今看了它十多年，树干还远不到五合的粗，看它大有黄杨木的神气，虽不厄闰也总长得十分缓慢呢。——因此我想到避忌梧桐大约只是南方的事，在北方或者并没有这句俗谚，在这里梧桐想要如斗大恐怕不是容易的事罢。

第二种树乃是乌桕，这正与白杨相反，似乎只生长于东南，北方很少见。陆龟蒙诗云，“行歇每依鸦舅影”，陆游诗云，“乌桕赤于枫，园林二月中”，又云，“乌桕新添落叶红”，都是江浙乡村的景象。《齐民要术》卷十列“五谷果蓏菜茹非中国物产者”，下注云“聊以存其名目，记其怪异耳，爰及山泽草木任食非人力所种者，悉附于此”，其中有乌桕一项，引《玄中记》云，“荆阳有乌桕，其实如鸡头，迮之如胡麻子，其汁味如猪脂。”《群芳谱》言，“江浙之人，凡高山大道溪边宅畔无不种，”此外则江西安徽盖亦多有之。关于它的名字，李时珍说，“乌喜食其子，因以名之。……或曰，其木老则根下黑烂成臼，故得此名”。我想这或曰恐太迂曲，此树又名鸦舅，或者与乌不无关系，乡间冬天卖野味有桕子舄，是道墟地方名物，此物殆是乌类乎，但是其味颇佳，平常所谓舄肉几乎便指此舄也。

桕树的特色第一在叶，第二在实。放翁生长稽山镜水间，所以诗中常常说及桕叶，便是那唐朝的张继寒山寺诗所云江枫渔火对愁眠，也是在说这种红叶。王端履著《重论文斋笔录》卷九论及此诗，注云，“江南临水多植乌桕，秋叶饱霜，鲜红可爱，诗人类指为枫，不知枫生山中，性最恶湿，不能种之江畔也。此诗江枫二字亦未免误认耳。”范寅在《越谚》卷中桕树项下说，“十月叶丹，即枫，其子可榨油，农皆植田边。”就把两者误合为一。罗逸长《青山记》云，“山之麓朱村，盖考亭之祖居也，自此倚石啸歌，松风上下，遥望木叶着霜如渥丹，始见怪以为红花，久之知为乌桕树也。”《蓬窗续录》云，“陆子渊《豫章录》言，饶信间桕树冬初叶落，结子放蜡，每颗作十字裂，一丛有数颗，望之若梅花初绽，枝柯诘曲，多在野水乱石间，远近成林，真可作画。此与柿树俱称美荫，园圃植之最宜。”这两节很能写出桕树之美，它的特色仿佛可以说是中国画的，不过此种景色自从我离了水乡的故国已经有三十年不曾看见了。

桕树子有极大的用处，可以榨油制烛。《越谚》卷中蜡烛条下注曰，“卷芯草干，熬桕油拖蘸成烛，加蜡为皮，盖紫草汁则红。”汪曰桢著《湖雅》卷八中说得更是详细：

> “中置烛心，外裹乌桕子油，又以紫草染蜡盖之，曰桕油烛。用棉花子油者曰青油烛，用牛羊油者曰荤油烛。湖俗祀神祭先必燃两炬，皆用红桕烛。婚嫁用之曰喜烛，缀蜡花者曰花烛，祝寿所用曰寿烛，丧家则用绿烛或白烛，亦桕烛也。”

日本寺岛安良编《和汉三才图会》五八引《本草纲目》语云，“烛有蜜蜡烛虫蜡烛牛脂烛桕油烛，”后加案语曰：

> “案唐式云少府监每年供蜡烛七十挺，则元以前既有之矣。有数品，而多用木蜡牛脂蜡也。有油桐子蚕豆苍耳子等为蜡者，火易灭。有鲸鲵油为蜡者，其焰甚臭，牛脂蜡亦臭。近年制精，去其臭气，故多以牛蜡伪为木蜡，神佛灯明不可不辨。”

但是近年来蜡烛恐怕已是倒了运，有洋人替我们造了电灯，其次也有洋蜡洋油，除了拿到妙峰山上去之外大约没有它的什么用处了。就是要用蜡烛，反正牛羊脂也凑合可以用得，神佛未必会得见怪，——日本真宗的和尚不是都要娶妻吃肉了么？那么桕油并不再需要，田边水畔的红叶白实不久也将绝迹了罢。这于国民生活上本来没有什么关系，不过在我想起来的时候总还有点怀念，小时候喜读《南方草木状》，《岭表录异》和《北户录》等书，这种脾气至今还是存留着，秋天买了一部大板的《本草纲目》，很为我的朋友所笑，其实也只是为了这个缘故罢了。

十九年十二月二十五日，于北平煆药庐

（选自《看云集》，一九三〇年十二月）

女人的禁忌

小时候在家里常见墙壁上贴有红纸条，上面恭楷写着一行字云，姜太公神位在此，百无禁忌。还有历本，那时称为时宪书的，在书面上也总有题字云，夜观无忌，或者有人再加上一句日看有喜，那不过是去凑成一个对子，别无什么用意的。由此看来，可以知道中国的禁忌是多得很，虽然为什么夜间看不得历本，这个理由我至今还不明白。禁忌中间最重要的是关于死，人间最大的凶事，这意思极容易理解。对于死的畏怖避忌，大抵是人同此心，心同此理，种种风俗仪式虽尽多奇形怪状，根本并无多少不同，若要列举，固是更仆难尽，亦属无此必要。我觉得比较有点特别的，是信奉神佛的老太婆们所奉行的暗房制度。凡是新近有人死亡的房间名为暗房，在满一个月的期间内，吃素念佛的老太太都是不肯进去的。进暗房有什么不好，我未曾领教，推想起来大抵是触了秽，不能走近神前去的缘故吧。期间定为一个月，唯理的说法是长短适中，但是宗教上的意义或者还是在于月之圆缺一周，除旧复新，也是自然的一个段落。又其区域完全以房间计算，最重要的是那条门槛，往往有老太太往丧家吊唁，站在房门口，把头伸进去对人家说话，只要脚不跨进门槛里就行了。这是就普通人家而言，可以如此划分界限，若在公共地方，有如城隍庙，说不定会有乞丐倒毙于廊下，那时候是怎么算法，可是不曾知道。平常通称暗房，为得要说的清楚，这就该正名为白暗房，因为此外还有红暗房在也。

红暗房是什么呢。这就是新近有过生产的产房，以及新婚的新房。因为性质是属于喜事方面的，故称之曰红，但其为暗房则与白的全是一样，或者在老太婆们要看得更为严重亦未可知。这是仪式方面的事，在神话的亦即是神学的方面是怎么说，有如何的根据呢。老太婆没有什么学问，虽是在念经，念的都是些《高王经》《心经》之类，里边不曾讲到这种问题，可是所听的宝卷很多，宝卷即是传，所以这根据乃是出于传而非出于经的。最好的例是《刘香宝卷》，是那暗淡的中国女人佛教人生观的教本，卷上记刘香女的老师真空尼的说法，具说女人在礼教以及宗教下所受一切痛苦，有云：

“男女之别，竟差五百劫之分，男为七宝金身，女为五漏之体。嫁了丈夫，一世被他拘管，百般苦乐由他做主。既成夫妇，必有生育之苦，难免血水触犯三光之罪。”其韵语部分中有这样的几行，说的颇为具体，如云：生男育女秽天地，血裙秽洗犯河神。又云：

生产时，血秽污，河边洗净，
水煎茶，供佛神，罪孽非轻。
对日光，晒血裙，罪见天神。
三个月，血孩儿，秽触神明。

老太婆们是没有学问的，她们所依据的贤传自然也就不大高明，所说的话未免浅薄，有点近于形而下的，未必真能说得出这些禁忌的本意。原来总是有形而上的意义的，简单的说一句，可以称为对于生殖机能之敬畏吧。我们借王右军《兰亭序》的话来感叹一下，死生亦大矣。不但是死的问题，关于生的一切现象，想起来都有点儿神秘，至于生殖，虽然现代的学问给予我们许多说明，自单细胞生物起头，由蚯蚓蛙鸡狗乃至人类，性知识可以明白了，不过说到底即以为自然如此，亦就仍不免含有神秘的意味。古代的人，生于现代而知识同于古代人的，即所谓野蛮，各民族、各地的老太婆们及其徒众，惊异自不必说，凡神秘的东西总是可尊而又可怕，上边说敬畏便是这个意思。我们中国大概是宗教情绪比较的薄，所感觉的只是近理的对于神明的触犯，这有如《旧约·创世纪》中所记，耶和华上帝对女人夏娃说，我必多多加增你怀胎的苦楚，你生产儿女必受苦楚，因为她听了蛇的话偷吃苹果，违反了上帝的命令。这里耶和华是人形化的神明，因了不高兴而行罚，是人情所能懂的，并无什么神秘的意思，如《利未记》所说便不相同了。第十二章记耶和华叫摩西晓谕以色列人云：

“若有妇人怀孕生男孩，她就不洁净七天，像在月经污秽的日子不洁净一样。妇人在产血不洁之中要家居三十三天，她洁净的日子未满，不可摸圣物，也不可进入圣所。她若生女孩，就不洁净两个七天，像污秽的时候一样，要在产血不洁之中家居六十六天。”又第十五章云：

“女人行经必污秽七天，凡摸她的必不洁净到晚上。女人在污秽之中，凡她所躺的物件都为不洁净，所坐的物件也都不洁净。凡摸她床的必不洁净到晚上，并要洗衣服，用水洗澡。凡摸她所坐甚么物件的必不洁净到晚上，并要洗衣服，用水洗澡。在女人的床上或在她坐的物上，若有别的物件，人一摸了，必不洁净到晚上。”这里可以注意的有两点，其一是污秽的传染性，其二是污秽的毒害之能动性。第一点大家都知道，无须解释，第二点却颇特别，如本章下文所云：

“你们要这样使以色列人与他们的污秽隔绝，免得他们玷污我的帐幕，就因自己的污秽死亡。”这里明说他们污秽的人并不因为玷污耶和华的帐幕而被罚，乃将因了自己的污秽而灭亡，这污秽自具有其破坏力，但因什么机缘而自然爆发起来。在现代人看来，这仿佛与电气最相像，大家知道电力是伟大的一件东西，却有极大危险性，须用种种方法和他隔绝才保得安全。生命力与电，这个比较来得恰好，此外要另找一个例子倒还不大容易。污秽自然有许多是由嫌恶而来的，但是关于生命力特别是关系女人的问题，都是属于敬畏的一面，所谓不净实是指一种威力，一不小心就会得被压倒，俗语云晦气是也，这总是心理的，后来物质的意义增加上去，据我看来毫不重要。福庆居士所著《燕郊集》中有一篇小文，题曰《性与不净》，记一故事云：

“就有人讲笑话。我家有一亲戚，是一大官，他偶如厕，忽见有女先在，愕然是不必说，却因此传以为笑。笑笑也不要紧，他却别有所恨。恨到有点出奇，其实并不。这是一种晦气。苏州人所谓勿识头，要妨他将来福命的。”文章写得很干净，可以当作好例，其他古今中外的资料虽尚不乏，只可且暂割爱矣。

寒斋有一册西文书，是芬特莱医生所著，名曰分娩闲话，这闲话二字系用南方通行的意思，未必有闲，只是讲话而已。第二章题云《禁制》，内分行经，结婚，怀孕，分娩四项，绘图列说的讲得很有意义，想介绍一点出来，所以起手来写这篇文章，不料说到这里想要摘抄，又不知道怎么选择才好。各民族的奇异风俗原是不少，大概也是大同小异，上边有希伯来人的几条可以为例，也不必再来赘述，反正就是对于生殖之神秘表示敬畏之意而已。倒是在弗来若博士的《金枝》节本中，第六十章说及隔离不洁净的妇女的用意，可供我们参考，节译其大意于下。使她不至于于人有害，如用电学的术语，其方法即是绝缘。这种办法其实也为她自己，同时也为别人的安全，因为假如她违背了规定的办法，她就得受害，例如苏噜女子在月经初来时给日光照着，她将干枯成为一副骷髅。总之那时女人似被看作具有一种强大的力，这力若不是限制在一定范围之内，他会得毁灭她自己以及一切和她接触的东西。为了一切有关的人物之安全，把这力拘束起来，这即是此类禁忌的目的。这个说法也可用以解释对于神王与巫师的同类禁例。女人的所谓不洁净与圣人的神圣，由原始民族想来，实质上并没有什么分别。这都不过是同一神秘的力之不同的表现，正如凡力一样，在本身非善非恶，但只看如何应用，乃成为有益或有害耳。这样看来，最初的意思是并无恶意的，虽然在受者不免感到困难，后来文化渐进，那些圣人们设法摆脱拘束，充分的保留旧有的神圣，去掉了不便不利的禁忌，但是妇女则无此幸运，一直被禁忌着下来，而时移世变，神秘既视为不洁净，敬畏也遂转成嫌恶了。这是世界女性共同的不幸，初不限于一地，中国只是其一分子而已。中国的情形本来比较别的民族都要好一点，因为宗教势力比较薄弱，其对于女人的轻视大概从礼教出来，只以理论或经验为本，和出于宗教信念者自有不同。例如《礼纬》云，夫为妻纲，此是理论而以男性主权为本，若在现代社会非夫妇共同劳作不能维持家庭生活，则理论渐难以实行。又《论语》云，唯女子小人为难养也，近之则不逊，远之则怨，此以经验为本者也，如不逊与怨的情形不存在，此语自然作为无效，即或不然，此亦只是一种抱怨之词，被说为难养于女子小人亦实无什么大损害也。宗教上的污秽观大抵受佛教影响为多，却不甚澈底，又落下成为民间迷信，如无妇女自己为之支持，本来势力自可渐衰，此则在于民间教育普及，知识提高，而一般青年男女之努力尤为重要。鄙人昔日曾为戏言，在清朝中国男子皆剃头成为半边和尚，女人裹两脚为粽子形，他们固亦有恋爱，但如以此形像演出《西厢》《牡丹亭》，则观者当忍俊不禁，其不转化为喜剧的几希。现在大家看美国式电影，走狐舞步，形式一新矣，或已适宜于恋爱剧上出现，若是请来到我们所说的阵地上来帮忙，恐预备未充足，尚未能胜任愉快耳。

民国甲申年末，于北京东郭书塾

（选自《立春以前》，一九四四年十二月）

风的话

北京多风，时常想写一篇小文章讲讲他。但是一拿起笔，第一想到的便是大块噫气这些话，不觉索然兴尽，又只好将笔搁下。近日北京大刮其风，不但三日两头的刮，而且一刮往往三天不停，看看妙峰山的香市将到了，照例这半个月里是不大有什么好天气的，恐怕书桌上沙泥粒屑，一天里非得擦几回不可的日子还要暂时继续，对于风不能毫无感觉，不管是好是坏，决意写了下来。说风的感想，重要的还是在南方，特别是小时候在绍兴所经历的为本，虽然觉得风颇有点可畏，却并没有什么可以嫌恶的地方。绍兴是水乡，到处是河港，交通全用船，道路铺的是石板，在二三十年前还是没有马路。因为这个缘故，绍兴的风也就有它的特色。这假如说是地理的，此外也有一点天文的关系。绍兴在夏秋之间时常有一种龙风，这是在北京所没有见过的。时间大抵在午后，往往是很好的天气，忽然一朵乌云上来，霎时天色昏黑，风暴大作，在城里说不上飞沙走石，总之是竹木摧折，屋瓦整叠的揭去，哗喇喇的掉在地下，所谓把井吹出篱笆外的事情也不是没有。若是在外江内河，正坐在船里的人，那自然是危险了，不过撑蜑船的老大们大概多是有经验的，他们懂得占候，会看风色，能够预先防备，受害或者不很大。龙风本不是年年常有，就是发生也只是短时间，不久即过去了，记得老子说过，“飘风不终朝，骤雨不终日，孰为此者天地，天地尚不能久，而况于人乎。”这话说得很好，此本是自然的纪律，虽然应用于人类的道德也是适合。下龙风一二等的大风却是随时多有，大中船不成问题，在小船也还不免危险。我说小船，这是指所谓踏桨船，从前在《乌篷船》那篇小文中有云：

“小船则真是一叶扁舟，你坐在船底席上，篷顶离你的头有两三寸，你的两手可以搁在左右的舷上，还把手掌都露出在外边。在这种船里仿佛是在水面上坐，靠近田岸去时便和你的眼鼻接近，而且遇着风浪，或是坐得稍不小心，就会船底朝天，发生危险，但是也颇有趣味，是水乡的一种特色。”陈昼卿《海角行吟》中有诗题曰《脚桨船》，小注云，船长丈许，广三尺，坐卧容一身，一人坐船尾，以足踏桨行如飞，向惟越人用以狎潮渡江，今江淮人并用之以代急足。这里说明船的大小，可以作为补足，但还得添一句，即舟人用一桨一楫，无舵，以楫代之。船的容量虽小，但其危险却并不在这小的一点上，因为还有一种划划船，更窄而浅，没有船篷，不怕遇风倾覆，所以这小船的危险乃是因有篷而船身较高之故。在庚子的前一年，我往东浦去吊先君的保母之丧，坐小船过大树港，适值大风，望见水面波浪如白鹅乱窜，船在浪上颠播起落，如走游木，舟人竭力支撑，驶入汊港，始得平定，据说如再颠一刻，不倾没也将破散了。这种事情是常会有的，约十年后我的大姑母来家拜忌日，午后回吴融村去，小船遇风浪倾覆，遂以溺死。我想越人古来断发文身，入水与蛟龙斗，干惯了这些事，活在水上，死在水里，本来是觉悟的，俗语所谓瓦罐不离井上破，是也。我们这班人有的是中途从别处迁移去的，有的虽是土著，经过二千余年的岁月，未必能多少保存长颈鸟喙的气象，可是在这地域内住了好久，如范少伯所说，鼋鼍鱼鳖之与处而蛙黾之与同陼，自然也就与水相习，养成了这一种态度。辛丑以后我在江南水师学堂做学生，前后六年不曾学过游泳，本来在鱼雷学堂的旁边有一个池，因为有两个年幼的学生不慎淹死在里边，学堂总办就把池填平了，等我进校的时候那地方已经改造了三间关帝庙，住着一个老更夫，据说是打长毛立过功的都司。我年假回乡时遇见人问，你在水师当然是会游水吧。我答说，不。为什么呢？因为我们只是在船上时有用，若是落了水就不行了，还用得着游泳么。这回答一半是滑稽，一半是实话，没有这个觉悟怎么能去坐那小船呢。

上边我说在家乡就只怕坐小船遇风，可是如今又似乎翻船并不在乎，那么这风也不甚么可畏了。其实这并不尽然。风总还是可怕的，不过水乡的人既要以船为车，就不大顾得淹死与否，所以看得不严重罢了。除此以外，风在绍兴就不见得有什么讨人嫌的地方，因为他并不扬尘，街上以至门内院子里都是石板，刮上一天风也吹不起尘土来，白天只听得邻家的淡竹林的摩戛声，夜里北面楼窗的板门格答格答的作响，表示风的力量，小时候熟习的记忆现在回想起来，倒还觉得有点有趣。后来离开家乡，在东京随后在北京居住，才感觉对于风的不喜欢。本乡三处的住宅都有板廊，夏天总是那么沙泥粒屑，便是给风刮来的，赤脚踏上去觉得很不愉快，桌子上也是如此，伸纸摊书之前非得用手摸一下不可，这种经验在北京还是继续着，所以成了习惯，就是在不刮风的日子也会这样做，北京还有那种蒙古风，仿佛与南边的所谓落黄沙相似，刮得满地满屋的黄土，这土又是特别的细，不但无孔不入，便是用本地高丽纸糊好的门窗格子也挡不住，似乎能够从那帘纹的地方穿透过去。平常大风的时候，空中呼呼有声，古人云，春风狂似虎，或者也把风声说在内，听了觉得不很愉快。古诗有云，白杨多悲风，萧萧愁杀人。这萧萧的声音我却是欢喜，在北京所听的风声中要算是最好的。在前院的绿门外边，西边种了一棵柏树，东边种了一棵白杨，或者严格的说是青杨，如今十足过了廿五个年头，柏树才只拱把，白杨却已长得合抱了。前者是长青树，冬天看了也好看，后者每年落叶，到得春季长出成千万的碧绿大叶，整天的在摇动着，书本上说它无风自摇，其实也有微风，不过别的树叶子尚未吹动，白杨叶柄特别细，所以就颤动起来了。戊寅以前老友饼斋常来寒斋夜谈，听见墙外瑟瑟之声，辄惊问曰，下雨了吧，但不等回答，立即省悟，又为白杨所骗了。戊寅春初饼斋下世，以后不复有深夜谈天的事，但白杨的风声还是照旧可听，从窗里望见一大片的绿叶也觉得很好看。关于风的话现在可说的就只是这一点，大概风如不和水在一起这固无可畏，却也就没有什么意思了。

阴历三月末日

（选自《知堂乙酉文编》，一九四五年五月）

自己的园地

在一百五十年前，法国的福禄特尔做了一本小说《亢迭特》（Candide），叙述人世的苦难，嘲笑“全舌博士”的乐天哲学。亢迭特与他的老师全舌博士经了许多忧患，终于在土耳其的一角里住下，种园过活，才能得到安住。亢迭特对于全舌博士的始终不渝的乐天说，下结论道：“这些都是很好，但我们还不如去耕种自己的园地。”这句格言现在已经是“脍炙人口”，意思也很明白，不必再等我下什么注脚。但是现在把他抄来，却有一点别的意义。所谓自己的园地，本来是范围很宽，并不限定于某一种：种果蔬也罢，种药材也罢——种蔷薇地丁也罢，只要本了他个人的自觉，在他认定的不论大小的地面上，尽了力量去耕种，便都是尽了他的天职了。在这平淡无奇的谈话中间，我所想要特地申明的，只是在于种蔷薇地丁也是耕种我们自己的园地，与种果蔬药材，虽是种类不同而有同一的价值。

我们自己的园地是文艺，这是要在先声明的。我并非鄙薄别种活动而不屑为——我平常承认各种活动于生活都是必要：实在是小半由于没有这种的才能，大半由于缺少这样的趣味，所以不得不在这中间定一个去就。但我对于这个选择并不后悔，并不惭愧园地的小与出产的薄弱而且似乎无用。依了自己的心的倾向，去种蔷薇地丁，这是尊重个性的正当办法，即使如别人所说各人果真应报社会的恩，我也相信已经报答了，因为社会不但需要果蔬药材，却也一样迫切的需要蔷薇与地丁——如有蔑视这些的社会，那便是白痴的，只有形体而没有精神生活的社会，我们没有去顾视他的必要。倘若用了什么名义，强迫人牺牲了个性去侍奉白痴的社会——美其名曰迎合社会心理——那简直与借了伦常之名强人忠君，借了国家之名强人战争一样的不合理了。

有人说道，据你所说，那么你所主张的文艺，一定是人生派的艺术了。泛称人生派的艺术，我当然是没有什么反对，但是普通所谓人生派是主张“为人生的艺术”的，对于这个我却略有一点意见。“为艺术的艺术”将艺术与人生分离，并且将人生附属于艺术，至于如王尔德的提倡人生之艺术化，固然不很妥当；“为人生的艺术”以艺术附属于人生。将艺术当作改造生活的工具而非终极，也何尝不把艺术与人生分离呢？我以为艺术当然是人生的，因为他本是我们感情生活的表现，叫他怎能与人生分离？“为人生”——于人生有实利，当然也是艺术本有的一种作用，但并非惟一的职务。总之艺术是独立的，却又原来是人性的，所以既不必使他隔离人生，又不必使他服侍人生，只任他成为浑然的人生的艺术便好了。“为艺术”派以个人为艺术的工匠，“为人生”派以艺术为人生的仆役：现在却以个人为主人，表现情思而成艺术，即为其生活之一部，初不为福利他人而作，而他人接触这艺术，得到一种共鸣与感兴，使其精神生活充实而丰富，又即以为实生活的基本；这是人生的艺术的要点，有独立的艺术美与无形的功利。我所说的蔷薇地丁的种作，便是如此：有些人种花聊以消遣，有些人种花志在卖钱，真种花者以种花为其生活——而花亦未尝不美，未尝于人无益。

（原载于《晨报副刊》，一九二二年一月二十二日）

生活之艺术

契河夫（Tshekhov）书简集中有一节道，（那时他在爱珲附近旅行，）“我请一个中国人到酒店里喝烧酒，他在未饮之前举杯向着我和酒店主人及伙计们，说道‘请’。这是中国的礼节。他并不像我们那样的一饮而尽，却是一口一口的啜，每啜一口，吃一点东西；随后给我几个中国铜钱，表示感谢之意。这是一种怪有礼的民族。……”

一口一口的啜，这的确是中国仅存的饮酒的艺术：干杯者不能知酒味，泥醉者不能知微醺之味。中国人对于饮食还知道一点享用之术，但是一般的生活之艺术却早已失传了。中国生活的方式现在只是两个极端，非禁欲即是纵欲，非连酒字都不准说即是浸身在酒槽里，二者互相反动，各益增长，而其结果则是同样的污糟。动物的生活本有自然的调节，中国在千年以前文化发达，一时颇有臻于灵肉一致之象，后来为禁欲思想所战胜，变成现在这样的生活，无自由，无节制，一切在礼教的面具底下实行迫压与放恣，实在所谓礼者早已消灭无存了。

生活不是很容易的事。动物那样的，自然地简易地生活，是其一法；把生活当作一种艺术，微妙地美地生活，又是一法：二者之外别无道路，有之则是禽兽之下的乱调的生活了。生活之艺术只在禁欲与纵欲的调和。蔼理斯对于这个问题很有精到的意见，他排斥宗教的禁欲主义，但以为禁欲亦是人性的一面；欢乐与节制二者并存，且不相反而实相成。人有禁欲的倾向，即所以防欢乐的过量，并即以增欢乐的程度。他在《圣芳济与其他》一篇论文中曾说道，“有人以此二者（即禁欲与耽溺）之一为其生活之唯一目的者，其人将在尚未生活之前早已死了。有人先将其一（耽溺）推至极端，再转而之他，其人才真能了解人生是什么，日后将被记念为模范的高僧。但是始终尊重这二重理想者，那才是知生活法的明智的大师。……一切生活是一个建设与破坏，一个取进与付出，一个永远的构成作用与分解作用的循环。要正当地生活，我们须得模仿大自然的豪华与严肃。”他又说过，“生活之艺术，其方法只在于微妙地混和取与舍二者而已”，更是简明的说出这个意思来了。

生活之艺术这个名词，用中国固有的字来说便是所谓礼。斯谛耳博士在《仪礼》序上说，“礼节并不单是一套仪式，空虚无用，如后世所沿袭者。这是用以养成自制与整饬的动作之习惯，唯有能领解万物感受一切之心的人才有这样安详的容止。”从前听说辜鸿铭先生批评英文《礼记》译名的不妥当，以为“礼”不是 Rite 而是 Art，当时觉得有点乖僻，其实却是对的，不过这是指本来的礼，后来的礼仪礼教都是堕落了的东西，不足当这个称呼了。中国的礼早已丧失，只有如上文所说，还略存于茶酒之间而已。去年有西人反对上海禁娼，以为妓院是中国文化所在的地方，这句话的确难免有点荒谬，但仔细想来也不无若干理由。我们不必拉扯唐代的官妓，希腊的“女友”（Hetaira）的韵事来作辩护，只想起某外人的警句，“中国挟妓如西洋的求婚，中国娶妻如西洋的宿娼”，或者不能不感到《爱之术》（Ars Amaroria）的真是只存在草野之间了。我们并不同某西人那样要保存妓院，只觉得在有些怪论里边，也常有真实存在罢了。

中国现在所切要的是一种新的自由与新的节制，去建造中国的新文明，也就是复兴千年前的旧文明，也就是与西方文化的基础之希腊文明相合一了。这些话或者说的太大太高了，但据我想舍此中国别无得救之道，宋以来的道学家的禁欲主义总是无用的了，因为这只足以助成纵欲而不能收调节之功。其实这生活的艺术在有礼节重中庸的中国本来不是什么新奇的事物，如《中庸》的起头说，“天命之谓性，率性之谓道，修道之谓教”，照我的解说即是很明白的这种主张。不过后代的人都只拿去讲章旨节旨，没有人实行罢了。我不是说半部《中庸》可以济世，但以表示中国可以了解这个思想。日本虽然也很受到宋学的影响，生活上却可以说是承受平安朝的系统，还有许多唐代的流风余韵，因此了解生活之艺术也更是容易。在许多风俗上日本的确保存这艺术的色彩，为我们中国人所不及，但由道学家看来，或者这正是他们的缺点也未可知罢。

十三年十一月

（选自《雨天的书》，一九二四年十一月）

谈娱乐

我不是清教徒，并不反对有娱乐。明末谢在杭著《五杂组》卷二有云：

“大抵习俗所尚，不必强之，如竞渡游春之类，小民多有衣食于是者，损富家之羡镪以度贫民之糊口，非徒无益有损比也。”清初刘继庄著《广阳杂记》卷二云：

“余观世之小人未有不好唱歌看戏者，此性天中之《诗》与《乐》也。未有不看小说听说书者，此性天中之《书》与《春秋》也。未有不信占卜祀鬼神者，此性天中之《易》与《礼》也。圣人六经之教原本人情，而后之儒者乃不能因其势而利导之，百计禁止遏抑，务以成周之刍狗茅塞人心，是何异塞川使之不流，无怪其决裂溃败也。夫今之儒者之心为刍狗之所塞也久矣，而以天下大器使之为之，爰以图治，不亦难乎。”又清末徐仲可著《大受堂札记》卷五云：

“儿童叟妪皆有历史观念。于何征之，征之于吾家。光绪丙申居萧山，吾子新六方七龄，自塾归，老佣赵余庆于灯下告以戏剧所演古事如《三国志》《水浒传》等，新六闻之手舞足蹈。乙丑居上海，孙大春八龄，女孙大庆九龄大庚六龄，皆喜就杨媪王媪听谈话，所语亦戏剧中事，杨京兆人谓之曰讲古今，王绍兴人谓之曰说故事，三孩端坐倾听，乐以忘寝。珂于是知戏剧有启牖社会之力，未可以淫盗之事导人入于歧途，且又知力足以延保姆者之尤有益于儿童也。”三人所说都有道理，徐君的话自然要算最浅，不过社会教育的普通话，刘君能看出六经的本相来，却是绝大见识，这一方面使人知道民俗之重要性，别一方面可以少开儒者一流的茅塞，是很有意义的事。谢君谈民间习俗而注意经济问题，也很可佩服，这与我不赞成禁止社戏的意思相似，虽然我并不着重消费的方面，只是觉得生活应该有张弛，高攀一点也可以说不过是柳子厚《题毛颖传》里的有些话而已。

我所谓娱乐的范围颇广，自竞渡游者以至讲古今，或坐茶店，站门口，嗑瓜子，抽旱烟之类，凡是生活上的转换，非负担而是一种享受者，都可算在里边，为得要使生活与工作不疲敝而有效率，这种休养是必要的，不过这里似乎也不可不有个限制，正如在一切事上一样，即是这必须是自由的，不，自己要自由，还要以他人的自由为界。娱乐也有自由，似乎有点可笑，其实却并不然。娱乐原来也是嗜好，本应各有所偏爱，不会统一，所以正当的娱乐须是各人所最心爱的事，我们不能干涉人家，但人家亦不该来强迫我们非附和不可。我是不反对人家听戏的，虽然这在我自己是素所厌恶的东西之一，这个态度至少在最近二十年中一点没有改变。其实就是说好唱歌看戏是性天中之《诗》与《乐》的刘继庄，他的态度也未尝不如此，如《广阳杂记》卷二有云：

“饭后益冷，沽酒群饮，人各二三杯而止，亦皆醺然矣。饮讫，某某者忽然不见，询之则知往东塔街观剧矣。噫，优人如鬼，村歌如哭，衣服如乞儿之破絮，科诨如泼妇之骂街，犹有人焉冲寒久立以观之，则声色之移人固有不关美好者矣。”又卷三云：

“亦舟以优觞款予，剧演《玉连环》，楚人强作吴歈，丑拙至不可忍。予向极苦观剧，今值此酷暑如焚，村优如鬼，兼之恶酿如药，而主人之意则极诚且敬，必不能不终席，此生平之一劫也。”刘君所厌弃者初看似是如鬼之优人，或者有上等声色亦所不弃，但又云向极苦观剧，则是性所不喜欢也。有人冲寒久立以观泼妇之骂街，亦有人以优觞相款为生平一劫，于此可见物性不齐，不可勉强，务在处分得宜，趋避有道，皆能自得，斯为善耳。不佞对于广阳子甚有同情，故多引用其语，差不多也就可以替我说话。不过他的运气还比较的要好一点，因为那时只有人请他吃酒看戏，这也不会是常有的事。为敷衍主人计忍耐一下，或者还不很难，几年里碰见一两件不如意事岂不是人生所不能免的么。优觞我不曾遇着过，被邀往戏园里去看当然是可能的，但我们可以谢谢不去，这就是上文所说还有避的自由也。譬如古今书籍浩如烟海，任人取读，有些不中意的，如卑鄙的应制宣传文，荒谬的果报录，看不懂的诗文等，便可干脆抛开不看，并没人送到眼前来，逼着非读不可。戏文是在戏园里边，正如鸦片是在某种国货店里，白面在某种洋行里一样，喜欢的人可以跑去买，若是闭门家里坐，这些货色是不会从顶棚上自己掉下来的。现在的世界进了步了，我们的运气便要比刘继庄坏得多，盖无线电盛行，几乎随时随地把戏文及其他擅自放进人家里来，吵闹得着实难过，有时真使人感到道地的绝望。去年五月间我写过一篇《北平的好坏》，曾讲到这件事，有云：

“我反对旧剧的意见不始于今日，不过这只是我个人的意见，自己避开戏园就是了，本不必大声疾呼，想去警世传道，因为如上文所说，趣味感觉各人不同，往往非人力所能改变，固不特鸦片小脚为然也。但是现在情形有点不同了，自从无线电广播发达以来，出门一望但见四面多是歪斜碎裂的竹竿，街头巷尾充满着非人世的怪声，而其中以戏文为最多，简直使人无所逃于天地之间，非硬听京戏不可，此种压迫实在比苛捐杂税还要难受。”我这里只举戏剧为例，事实上还有大鼓书，也为我所同样的恶痛绝的东西。本来我只在友人处听过一回大鼓书，留声机片也有两张刘宝全的，并不觉得怎么可厌，这一两个月里比邻整夜的点电灯并开无线电，白天则全是大鼓书，我的耳朵里充满了野卑的声音与单调的歌词，犹如在头皮上不断的滴水，使我对于这有名的清口大鼓感觉十分的厌恶，只要听到那崩崩的鼓声，就觉得满身不愉快。我真佩服这种强迫的力量，能够使一个人这样确实的从中立转到反对的方面去。

这里我得到两个教训的结论。宋季雅曰，百万买宅，千万买邻。这的确是一句有经验的话。孔仲尼曰，己所不欲，勿施于人。这句话虽好，却还只有一半，己之所欲勿妄加诸人，也是同样的重要，我愿世人于此等处稍为吝啬点，不要随意以钟鼓享爰居，庶几亦是一种忠恕之道也。

二十六年六月二十三日于北平

（选自《秉烛后谈》，一九三七年七月）

《书房一角》原序

从前有人说过，自己的书斋不可给人家看见，因为这是危险的事，怕被看去了自己的心思。这话是颇有几分道理的，一个人做文章，说好听话，都并不难。只一看他所读的书，至少便颠出一点斤两来了。我自己很不凑巧，既无书斋，亦无客厅，平常只可在一间堆书的房子里，放了几把椅子，接见来客。有时自己觉得像是小市的旧书摊的掌柜，未免有点惶恐。本来客人不多，大抵只是极熟的几个朋友，但亦不无例外，有些熟人介绍同来的，自然不能不见。《儒林外史》里高翰林说马纯上杂览，我的杂览过于马君，不行自不待言，例如性的心理，恐怕至今还有许多正统派听了要摇头，于我却极有关系，我觉得这是一部道德的书，其力量过于多少册的性理，使我稍有觉悟，立定平常而真实的人生观。可是，偶然女客枉顾，特别是女作家，我看对她的玻璃书厨中立着奥国医师鲍耶尔的著书，名曰《女人你是什么》，便也觉得有点失败了，生怕客人或者要不喜欢。这时候，我就深信或人的话不错，书房的确不该开放，虽然这里我所顾虑的是别人的不高兴，并不是为了自己的出丑之故，因为在这一点我是向来不大介意的。

我写文章，始于光绪乙巳，于今已有三十六年了。这个期间可以分做三节，其一是乙巳至民国十年顷，多翻译外国作品，其二是民国十一年以后，写批评文章，其三是民国廿一年以后，只写随笔，或称读书录，我则云看书偶记，似更简明得当。古人云，祸从口出，我写文章向来有不利，但这第三期为尤甚，因为在这里差不多都讲自己所读的书，把书房的一角公开给人家看了。可是这有什么办法呢。我的理想只是那么平常而真实的人生，凡是热狂的与虚华的，无论善或是恶，皆为我所不喜欢，又凡有主张议论，假如觉得自己不想去做，或是不预备讲给自己子女听的，也决不随便写出来公之于世，那么其结果自然只能是老老实实的自白，虽然如章实斋所说，自具枷杖供状，被人看去破绽，也实在是没有法子。其实这些文章不写也可以，本来于自己大抵是无益有损的，现在却还是写下去，难道真是有瘾，像打马将似的么？这未必然，近几年来只以旧书当纸烟消遣，此外无他嗜好，随时写些小文，多少还是希望有用，去年在一篇文章的末尾曾说过，深信此种东西于学子有益，故聊复饶舌，若是为个人计，是好还是装痴聋下去，何苦费了工夫与心思来报告自己所读何书乎。我说过文学无用，盖文学是说艺术的著作，用乃是政治的宣传或道德的教训，若是我们写文章，只是以笔代舌，一篇写在纸上的寻常说话而已，不可有作用，却不可无意思，虽未必能真有好处，亦总当如是想，否则浪费纸墨何为，诚不如去及时放风筝之为愈矣。

不佞读书甚杂，大抵以想知道平凡的人道为中心，这些杂览多不过是敲门之砖，但是对于各个的砖也常有些爱着，因此我所说的话就也多趋于杂，不大有文章能表出我的中心的意见。我喜欢知道动物生活，两性关系，原始文明，道德变迁这些闲事，觉得青年们如懂得些也是好事情，有点工夫便来拉扯的说一点，关于我所感觉兴趣的学问方面都稍说及，只有医学史这一项，虽然我很有偏好，英国胜家与日本富士川的书十年来总是放在座右，却不曾有机会让我作一两回文抄公，现在想起来还觉得十分可惜。近来三四年久不买外国书了，一天十小时闲卧看书，都是木板线装本，纸墨敝恶，内容亦多是不登大雅之堂的，偶然写篇文章，自然也只是关于这种旧书的了。这是书房的另一角，恐怕比从前要显得更寒伧了罢。这当然是的，却是未必全是。以前所写较长一点，内容乃是点滴零碎的，现在文章更琐屑了，往往写不到五六百字，但我想或者有时说的更简要亦未可知，因为这里所说都是中国事情，自己觉得别无所知，对于本国的思想与文章总想知道，或者也还能知道少许，假如这少许又能多少借了杂览之力，有点他自己的根本，那么这就是最大的幸运了。书房本来没有几个角落，逐渐拿来披露，除了医学史部分外，似乎也太缺远虑，不过我想这样的暴露还是心口如一，比起前代老儒在《四书章句》底下放着一册《金瓶梅》，给学徒看破，总要好一点，盖《金瓶梅》与《四书章句》一样的都看过，但不曾把谁隐藏在谁的底下也。

廿九年二月廿六日

（选自《书房一角》，一九四四年五月）

闭户读书论

自唯物论兴而人心大变。昔者世有所谓灵魂等物，大智固亦以轮回为苦，然在凡夫则未始不是一种慰安，风流士女可以续未了之缘，壮烈英雄则曰，“二十年后又是一条好汉”。但是现在知道人的性命只有一条，一失足成千古恨，再回头已百年身，只有上联而无下联，岂不悲哉！固然，知道人生之不再，宗教的希求可以转变为社会运动，不求未来的永生，但求现世的善生，勇猛地冲上前去，造成恶活不如好死之精神，那也是可能的。然而在大多数凡夫却有点不同，他的结果不但不能砭顽起懦，恐怕反要使得懦夫有卧志了罢。

“此刻现在”，无论在相信唯物或是有鬼论者都是一个危险时期。除非你是在做官，你对于现时的中国一定会有好些不满或是不平。这些不满和不平积在你的心里，正如噎隔患者肚里的“痞块”一样，你如没有法子把他除掉，总有一天会断送你的性命。那么，有什么法子可以除掉这个痞块呢？我可以答说，没有好法子。假如激烈一点的人，且不要说动，单是乱叫乱嚷起来，想出出一口鸟气，那就容易有乱党的嫌疑，说不定会同逃兵之流一起去正了法。有鬼论者还不过白折了二十年光阴，只有一副性命的就大上其当了。忍耐着不说呢，恐怕也要变成忧郁病，倘若生在上海，迟早总跳进黄浦江里去，也不管公安局钉立的木牌说什么死得死不得。结局是一样，医好了烦闷就丢掉了性命，正如门板夹直了驼背。那么怎么办好呢？我看，苟全性命于乱世是第一要紧，所以最好是从头就不烦闷。不过这如不是圣贤，只有做官的才能够，如上文所述，所以平常下级人民是不能仿效的。其次是有了烦闷去用方法消遣。

抽大烟，讨姨太太，赌钱，住温泉场等，都是一种消遣法，但是有些很要用钱，有些很要用力，寒士没有力量去做。我想了一天才算想到了一个方法，这就是“闭户读书”。

记得在没有多少年前曾经有过一句很行时的口号，叫做“读书不忘救国”。其实这是很不容易的。西儒有言，二鸟在林不如一鸟在手，追两兔者并失之。幸而近来“青运”已经停止，救国事业有人担当，昔日辘轳体的口号今成截上的小题，专门读书，此其时矣，闭户云者，聊以形容，言其专一耳，非真辟札则不把卷，二者有必然之因果也。

但是，敢问读什么呢？经，自然，这是圣人之典，非读不可的，而且听说三民主义之源盖出于四书，不特维礼教即为应考试计，亦在所必读之列，这是无可疑的了。但我所觉得重要的还是在于乙部，即是四库之史部。老实说，我虽不大有什么历史癖，却是很有点历史迷的。我始终相信《二十四史》是一部好书，他很诚恳地告诉我们过去曾如此，现在是如此，将来要如此。历史所告诉我们的在表面的确只是过去，但现在与将来也就在这里面了：正史好似人家祖先的神像，画得特别庄严点，从这上面却总还看得出子孙的面影，至于野史等更有意思，那是行乐图小照之流，更充足地保存真相，往往令观者拍案叫绝，叹遗传之神妙。正如獐头鼠目再生于十世之后一样，历史的人物亦常重现于当世的舞台，恍如夺舍重来，慑人心目，此可怖的悦乐为不知历史者所不能得者也。通历史的人如太乙真人目能见鬼，无论自称为什么，他都能知道这是谁的化身，在古卷上找得他的元形，自盘庚时代以降一一具在，其一再降凡之迹若示诸掌焉。浅学者流妄生分别，或以二十世纪，或以北伐成功，或以农军起事划分时期，以为从此是另一世界，将大有改变，与以前绝对不同，仿佛是旧人霎时死绝，新人自天落下，自地涌出，或从空桑中跳出来，完全是两种生物的样子：此正是不学之过也。宜趁现在不甚适宜于说话做事的时候，关起门来努力读书，翻开故纸，与活人对照，死书就变成活书，可以得道，可以养生，岂不懿欤？——喔，我这些话真说得太抽象而不得要领了。但是，具体的又如何说呢？我又还缺少学问，论理还应少说闲话，多读经史才对，现在赶紧打住罢。

中华民国十七年十一月吉日

（选自《永日集》，一九二八年十一月）

灯下读书论

以前所做的打油诗里边，有这样的两首是说读书的，今并录于后。其辞曰：

饮酒损神茶损气，读书应是最相宜，
圣贤已死言空在，手把遗编未忍披。
未必花钱逾黑饭，依然有味是青灯，
偶逢一册长恩阁，把卷沉吟过二更。

这是打油诗，本来严格的计较不得。我曾说以看书代吸纸烟，那原是事实，至于茶与酒也还是使用，并未真正戒除。书价现在已经很贵，但比起土膏来当然还便宜得不少。这里稍有问题的，只是青灯之味到底是怎么样。古人诗云，青灯有味似儿时。出典是在这里了，但青灯究竟是怎么一回事呢？同类的字句有红灯，不过那是说红纱灯之流，是用红东西糊的灯，点起火来整个是红色的，青灯则并不如此，普通的说法总是指那灯火的光。苏东坡曾云，纸窗竹屋，灯火青荧，时于此间，得少佳趣。这样情景实在是很有意思的，大抵这灯当是读书灯，用清油注瓦盏中令满，灯芯作炷，点之光甚清寒，有青荧之意，宜于读书，消遣世虑，其次是说鬼，鬼来则灯光绿，亦甚相近也。若蜡烛的火便不相宜，又灯火亦不宜有蔽障，光须裸露，相传东坡夜读佛书，灯花落书上烧却一僧字，可知古来本亦如是也。至于用的是什么油，大概也很有关系，平常多用香油即菜子油，如用别的植物油则光色亦当有殊异，不过这些迂论现在也可以不必多谈了。总之这青灯的趣味在我们曾在菜油灯下看过书的人是颇能了解的，现今改用了电灯，自然便利得多了，可是这味道却全不相同，虽然也可以装上青蓝的磁罩，使灯光变成青色，结果总不是一样。所以青灯这字面在现代的词章里，无论是真诗或是谐诗，都要打个折扣，减去几分颜色，这是无可如何的事，好在我这里只是要说明灯右观书的趣味，那些小问题都没有什么关系，无妨暂且按下不表。

圣贤的遗编自然以孔孟的书为代表，在这上边或者可以加上老庄吧。长恩阁是大兴傅节子的书斋名，他的藏书散出，我也收得了几本，这原是很平常的事，不值得怎么吹嘘，不过这里有一点特点理由，我有的一种是两小册抄本，题曰《明季杂志》。傅氏很留心明末史事，看《华延年室题跋》两卷中所记，多是这一类书，可以知道，今此册只是随手抄录，并未成书，没有多大价值，但是我看了颇有所感。明季的事去今已三百年，并鸦片洪杨义和团诸事变观之，我辈即使不是能惧思之人，亦自不免沉吟，初虽把卷终亦掩卷，所谓过二更者乃是诗文装点语耳。那两首诗说的都是关于读书的事，虽然不是鼓吹读书乐，也总觉得消遣世虑大概以读书为最适宜，可是结果还是不大好，大有越读越懊恼之慨。盖据我多年杂览的经验，从书里看出来的结论只是这两句话，好思想写在书本上，一点儿都未实现过，坏事情在人世间全已做了，书本上记着一小部分。昔者印度贤人不惜种种布施，求得半偈，今我因此而成二偈，则所得不已多乎，至于意思或近于负的方面，既是从真实出来，亦自有理存乎其中，或当再作计较罢。

圣贤教训之无用无力，这是无可如何的事，古今中外无不如此。英国陀生在讲希腊的古代宗教与现代民俗的书中曾这样的说过：

“希腊国民看到许多哲学者的升降，但总是只抓住他们世袭的宗教。柏拉图与亚利士多德，什诺与伊壁鸠鲁的学说，在希腊人民上面，正如没有这一回事一般。但是荷马与以前时代的多神教却是活着。”斯宾塞在寄给友人的信札里，也说到现代欧洲的情状：

“宣传了爱之宗教将近二千年之后，憎之宗教还是很占势力。欧洲住着二万万的外道，假装着基督教徒，如有人愿望他们照着他们的教旨行事，反要被他们所辱骂。”上边所说是关于希腊哲学家与基督教的，都是人家的事，若是讲到孔孟与老庄，以至佛教，其实也正是一样。在二十年以前写过一篇小文，对于教训之无用深致感慨，末后这样的解说道：

“这实在都是真的。希腊有过梭格拉底，印度有过释迦牟尼，中国有过孔子老子，他们都被尊崇为圣人，但是在现今的本国人民中间他们可以说是等于不曾有过。我想这原是当然的，正不必代为无谓的悼叹。这些伟人倘若真是不曾存在，我们现在当不知怎么的更为寂寞，但是如今既有言行流传，足供有知识与趣味的人的欣赏，那也就尽够好了。”这里所说本是聊以解嘲的话，现今又已过了二十春秋，经历增加了不少，却是终未能就此满足，固然也未必真是床头摸索好梦似的，希望这些思想都能实现，总之在浊世中展对遗教，不知怎的很替圣贤感觉得很寂寞似的，此或者亦未免是多事，在我自己却不无珍重之意。前致废名书中曾经说及，以有此种怅惘，故对于人间世未能恝置，此虽亦是一种苦，目下却尚不忍即舍去也。

《闭户读书论》是民国十七年冬所写的文章，写的很有点别扭，不过自己觉得喜欢，因为里边主要的意思是真实的，就是现在也还是这样。这篇论是劝人读史的。要旨云：

“我始终相信二十四史是一部好书，他很诚恳地告诉我们过去曾如此，现在是如此，将来要如此。历史所告诉我们的在表面的确只是过去，但现在与将来也就在这里面了。正史好似人家祖先的神像，画得特别庄严点，从这上面却总还看得出子孙的面影，至于野史等更有意思，那是行乐图小照之流，更充足的保存真相，往往令观者拍案叫绝，叹遗传之神妙。”这不知道算是什么史观，叫我自己说明，此中实只有暗黑的新宿命观，想得透彻时亦可得悟，在我却还只是怅惘，即使不真至于懊恼。我们说明季的事，总令人最先想起魏忠贤客氏，想起张献忠李自成，不过那也罢了，反正那些是太监是流寇而已。使人更不能忘记的是国子监生而请以魏忠贤配享孔庙的陆万龄，东林而为阉党，又引清兵入闽的阮大铖，特别是记起《咏怀堂诗》与《百子山樵传奇》，更觉得这事的可怕。史书有如医案，历历记着证候与结果，我们看了未必找得出方剂，可以去病除根，但至少总可以自肃自戒，不要犯这种的病，再好一点或者可以从这里看出些卫生保健的方法来也说不定，我自己还说不出读史有何所得，消极的警戒，人不可化为狼，当然是其一，积极的方面也有一二，如政府不可使民不聊生，如士人不可结社，不可讲学，这后边都有过很大的不幸做实证，但是正面说来只是老生常谈，而且也就容易归入圣贤的说话一类里去，永远是空言而已。说到这里，两头的话又碰在一起，所以就算是完了，读史与读经子那么便可以一以贯之，这也是一个很好的读书方法罢。

古人劝人读书，常说他的乐趣，如《四时读书乐》所广说，读书之乐乐陶陶，至今暗诵起几句来，也还觉得有意思。此外的一派是说读书有利益，如云书中自有黄金屋，书中自有颜如玉，是升官发财主义的代表，便是唐朝做《原道》的韩文公教训儿子，也说的这一派的话，在世间势力之大可想而知。我所谈的对于这两派都够不上，如要说明一句，或者可以说是为自己的教养而读书吧。既无什么利益，也没有多大快乐，所得到的只是一点知识，而知识也就是苦，至少知识总是有点苦味的。古希伯来的传道者说，“我又专心察明智慧狂妄和愚昧，乃知这也是捕风，因为多有智慧就多有愁烦，加增知识就加增忧伤。”这所说的话是很有道理的。但是苦与忧伤何尝不是教养之一种，就是捕风也并不是没有意思的事。我曾这样的说：“察明同类之狂妄和愚昧，与思索个人的老死病苦，一样是伟大的事业。虚空尽由他虚空，知道他是虚空，而又偏去追迹，去察明，那么这是很有意义的，这实在可以当得起说是伟大的捕风。”这样说来，我的读书论也还并不真是如诗的表面上所显示的那么消极。可是无论如何，寂寞总是难免的，唯有能耐寂寞者乃能率由此道耳。

民国甲申，八月二日

（选自《苦口甘口》，一九四四年八月）

入厕读书

郝懿行著《晒书堂笔录》卷四有《入厕读书》一条云：

“旧传有妇人笃奉佛经，虽入厕时亦讽诵不辍，后得善果而竟卒于厕，传以为戒，虽出释氏教人之言，未必可信，然亦足见污秽之区，非讽诵所宜也。《归田录》载钱思公言平生好读书，坐则读经史，卧则读小说，上厕则阅小词，谢希深亦言宋公垂每走厕必挟书以往，讽诵之声琅然闻于远近。余读而笑之，入厕脱裤，手又携卷，非惟太亵，亦苦甚忙，人即笃学，何至乃尔耶。至欧公谓希深言平生所作文章多在三上，乃马上枕上厕上也，盖惟此尤可以属思尔，此语却妙，妙在亲切不浮也。”郝君的文章写得很有意思，但是我稍有异议，因为我是颇赞成厕上看书的。小时候听祖父说，北京的跟班有一句口诀云，老爷吃饭快，小的拉矢快，跟班的话里含有一种讨便宜的意思，恐怕也是事实。一个人上厕的时间本来难以一定，但总未必很短，而且这与吃饭不同，无论时间怎么短总觉得这是白费的，想方法要来利用他一下。如吾乡老百姓上茅坑时多顺便喝一筒旱烟，或者有人在河沿石磴下淘米洗衣，或有人挑担走过，又可以高声谈话，说这米几个铜钱一升或是到什么地方去。读书，这无非是喝旱烟的意思罢了。

话虽如此，有些地方原来也只好喝旱烟，于读书是不大相宜的。上文所说浙江某处一带沿河的茅坑，是其一。从前在南京曾经寄寓在一个湖南朋友的书店里，这位朋友姓刘，我从赵伯先那边认识了他，那年有乡试，他在花牌楼附近开了一家书店，我患病住在学堂里很不舒服，他就叫我住到他那里去，替我煮药煮粥，招呼考相公卖书，暗地还要运动革命，他的精神实在是很可佩服的。我睡在柜台里面书架子的背后，吃药喝粥都在那里，可是便所却在门外，要走出店门，走过一两家门面，一块空地的墙根的垃圾堆上。到那地方去我甚以为苦，这一半固然由于生病走不动，就是在康健时也总未必愿意去的，是其二。民国八年夏我到日本日向去访友，住在一个名叫木城的山村里，那里的便所虽然同普通一样上边有屋顶，周围有板壁门窗，但是他同住房离开有十来丈远，孤立田间，晚间要提了灯笼去，下雨还得撑伞，而那里雨又似乎特别多，我住了五天总有四天是下雨，是其三。末了是北京的那种茅厕，只有一个坑两垛砖头，雨淋风吹日晒全不管。去年往定州访伏园，那里的茅厕是琉球式的，人在岸上，猪在坑中，猪咕咕的叫，不习惯的人难免要害怕，哪有工夫看什么书，是其四。《语林》云，石崇厕有绛纱帐大床，茵蓐甚丽，两婢持锦香囊，这又是太阔气了，也不适宜。其实我的意思是很简单的，只要有屋顶，有墙有窗有门，晚上可以点灯，没有电灯就点白蜡烛亦可，离住房不妨有二三十步，虽然也要用雨伞，好在北方不大下雨。如有这样的厕所，那么上厕时随意带本书去读读我想倒还是呒啥的吧。

谷崎润一郎著《摄阳随笔》中有一篇《阴翳礼赞》，第二节说到日本建筑的厕所的好处。在京都奈良的寺院里，厕所都是旧式的，阴暗而扫除清洁，设在闻得到绿叶的气味青苔的气味的草木丛中，与住房隔离，有板廊相通。蹲在这阴暗光线之中，受着微明的纸障的反射，耽于瞑想，或望着窗外院中的景色，这种感觉真是说不出地好。他又说：

“我重复地说，这里须得有某种程度的阴暗，彻底的清洁，连蚊子的呻吟声也听得清楚地寂静，都是必须的条件。我很喜欢在这样的厕所里听萧萧地下着的雨声。特别在关东的厕所，靠着地板装有细长的扫出尘土的小窗，所以那从屋檐或树叶上滴下来的雨点，洗了石灯笼的脚，润了砧脚石上的苔，幽幽地沁到土里去的雨声，更能够近身地听到。实在这厕所是宜于虫声，宜于鸟声，亦复宜于月夜，要赏识四季随时的物情之最相适的地方，恐怕古来的俳人曾从此处得到过无数的题材吧。这样看来，那么说日本建筑之中最是造得风流的是厕所，也没有什么不可。”谷崎压根儿是个诗人，所以说得那么好，或者是也就有点华饰，不过这也只是在文字上，意思却是不错的。日本在近古的战国时代前后，文化的保存与创造差不多全在五山的寺院里，这使得风气一变，如由工笔的院画转为水墨的枯木竹石，建筑自然也是如此，而茶室为之代表，厕之风流化正其馀波也。

佛教徒似乎对于厕所向来很是讲究。偶读大小乘戒律，觉得印度先贤十分周密地注意于人生各方面，非常佩服，即以入厕一事而论，后汉译《大比丘三千威仪》下列举“至舍后者有二十五事”，宋译《萨婆多部毗尼摩得勒伽》六自“云何下风”至“云何筹草”凡十三条，唐义净著《南海寄归内法传》二有第十八《便利之事》一章，都有详细的规定，有的是很严肃而幽默，读了忍不住五体投地。我们又看《水浒传》鲁智深做过菜头之后还可以升为净头，可见中国寺里在古时候也还是注意此事的。但是，至少在现今这总是不然了，民国十年我在西山养过半年病，住在碧云寺的十方堂里，各处走到，不见略略象样的厕所，只如在《山中杂信》五所说：

> “我的行踪近来已经推广到东边的水泉。这地方确是还好，我于每天清早没有游客的时候去徜徉一会，赏鉴那山水之美。只可惜不大干净，路上很多气味，——因为陈列着许多《本草》上的所谓人中黄。我想中国真是一个奇妙的国，在那里人们不容易得着营养料，也没有方法处置他们的排泄物。”

在这种情形之下，中国寺院有普通厕所已经是大好了，想去找可以瞑想或读书的地方如何可得。出家人那么拆烂污，难怪白衣矣。

但是假如有干净的厕所，上厕时看点书却还是可以的，想作文则可不必。书也无须分好经史子集，随便看看都成，我有一个常例，便是不拿善本或难懂的书去，虽然看文法书也是寻常。据我的经验，看随笔一类最好，顶不行的是小说。至于朗诵，我们现在不读八大家文，自然可以无须了。

十月

（原载于《宇宙风》第一集第五期，一九三五年十一月）

偶感（选录）

一

李守常（即李大钊）君于四月二十八日被执行死刑了。李君以身殉主义，当然没有什么悔恨，但是在与他有点戚谊乡谊世谊的人总不免感到一种哀痛，特别是关于他的遗族的困穷，如有些报纸上所述，就是不相识的人看了也要悲感。——所可异者，李君据说是要共什么的首领，而其身后萧条乃若此，与毕庶澄马文龙之拥有数十百万者有月鳖之殊，此岂非世间之奇事与哑谜欤？

同处死刑之二十人中还有张挹兰君一人也是我所知道的。在她被捕前半个月，曾来见过我一次，又写一封信来过，叫我为《妇女之友》做篇文章，到女师大的纪念会去演说，现在想起来真是抱歉，因为忙一点的缘故这两件事我都没有办到。她是国民党职员还是共产党员，她有没有该死的罪，这些问题现在可以不谈，但这总是真的，她是已被绞决了，抛弃了她的老母。张君还有两个兄弟，可以侍奉老母，这似乎可以不必多虑，而且，——老母已是高年了（恕我忍心害理地说一句老实话），在世之日有限，这个悲痛也不会久担受，况且从洪杨以来老人经过的事情也很多了，知道在中国是什么事都会有的，或者她已有练就的坚忍的精神足以接受这种苦难了吧？

附记：

我记起两本小说来，一篇是安特来夫的《七个绞犯的故事》，一篇是梭罗古勃的《老屋》。但是虽然记起却并不赶紧拿来看，因为我没有这勇气，有一本书也被人家借去了。

十六年五月三日

二

报载王静庵（即王国维）君投昆明湖死了。一个人愿意不愿意生活全是他的自由，我们不能加以什么褒贬，虽然我们觉得王君这死在中国幼稚的学术界上是一件极可惜的事。

王君自杀的原因报上也不明了，只说是什么对于时局的悲观。有人说因为恐怕党军，又说因有朋友们劝他剪辫；这都未必确罢，党军何至于要害他，剪辫更不必以生死争。我想，王君以头脑清晰的学者而去做遗老弄经学，结果是思想的冲突与精神的苦闷，这或者是自杀——至少也是悲观的主因。王君是国学家，但他也研究过西洋学问，知道文学哲学的意义，并不是专做古人的徒弟的，所以在二十年前我们对于他是很有尊敬与希望，不知道怎么一来，王君以一了无关系之“征君”资格而忽然做了遗老，随后还就了“废帝”的师傅之职，一面在学问上也钻到“朴学家”的壳里去，全然抛弃了哲学文学去治经史，这在《静庵文集》与《观堂集林》上可以看出变化来。（譬如《文集》中有论《红楼梦》一文，便可以见他对于软文学之了解，虽在研究思索一方面或者《集林》的论文更为成熟。）在王君这样理知发达的人，不会不发见自己生活的矛盾与工作的偏颇，或者简直这都与他的趣味倾向相反而感到一种苦闷，——是的，只要略有美感的人决不会自己愿留这一支辫发的，徒以情势牵连莫能解脱，终至进退维谷，不能不出于破灭之一途了。一般糊涂卑鄙的遗老，大言辛亥“盗起湖北”，及“不忍见国门”云云，而仍出入京津，且进故宫叩见鹿“司令”为太监说情，此辈全无心肝，始能恬然过其粍子蝗虫之生活，绝非常人所能模仿，而王君不慎，贸然从之，终以身殉，亦可悲矣。语云，其作始也简，其将毕也巨，学者其以此为鉴：治学术艺文者须一依自己的本性，坚持勇往，勿涉及政治的意见而改其趋向，终成为二重的生活，身心分裂，趋于毁灭，是为至要也。

写此文毕，见本日《顺天时报》，称王君为保皇党，云“今夏虑清帝之安危，不堪烦闷，遂自投昆明湖，诚与屈平后先辉映”，读之始而肉麻，继而“发竖”。甚矣日本人之荒谬绝伦也！日本保皇党为欲保持其万世一系故，苦心于中国复辟之鼓吹，以及逆徒遗老之表彰，今以王君有辫之故而引为同志，称其忠荩，亦正是这个用心。虽然，我与王君只见过二三面，我所说的也只是我的想象中的王君，合于事实与否，所不敢信，须待深知王君者之论定：假如王君而信如日本人所说，则我认错误，此文即拉杂摧烧之可也。

民国十六年六月四日，旧端阳

（选自《谈虎集》，一九二七年五至六月）

志摩纪念

面前书桌上放着九册新旧的书，这都是志摩的创作，有诗，文，小说，戏剧——有些是旧有的。有些给小孩们拿去看丢了，重新买来的。《猛虎集》是全新的，衬页上写了这几行字："志摩飞往南京的前一天，在景山东大街遇见，他说还没有送你《猛虎集》，今天从志摩的追悼会出来，在景山书社买得此书。"

志摩死了，现在展对遗书，就只感到古人的人琴俱亡这一句话，别的没有什么可说。

志摩死了，这样精妙的文章再也没有人能做了。但是，这几册书遗留在世间，志摩在文学上的功绩也仍长久存在。中国新诗已有十五六年的历史，可是大家都不大努力，更缺少锲而不舍地继续努力的人，在这中间志摩要算是惟一的忠实同志，他前后苦心地创办诗刊，助成新诗的生长，这个劳绩是很可纪念的，他自己又孜孜矻矻地从事于创作，自《志摩的诗》以至《猛虎集》，进步很是显然，便是像我这样外行也觉得这是显然。散文方面志摩的成就也并不小。据我个人的愚见，中国散文中现有几派：适之、仲甫一派的文章清新明白，长于说理讲学，好像西瓜之有口皆甜，平伯、废名一派涩如青果；志摩可以与冰心女士归在一派，仿佛是鸭儿梨的样子，流丽轻脆，在白话的基本上加入古文方言欧化种种成分，使引车卖浆之徒的话进而为一种富有表现力的文章，这就是单从文体变迁上讲也是很大的一个贡献了。志摩的诗，文以及小说、戏剧在新文学上的位置与价值，将来自有公正的文学史家会来精查公布，我这里只是笼统地回顾一下，觉得他半生的成绩已经很够不朽，而在这壮年，尤其是在这艺术地“复活”的时期中途凋丧，更是中国文学的一大损失了。

但是，我们对于志摩之死所更觉得可惜的是人的损失。文学的损失是公的，公摊了时个人所受到的只是一份，人的损失却是私的，就是分担也总是人数不会太多而分量也就较重了。照交情来讲，我与志摩不算顶深，过从不密切，所以留在记忆上想起来时可以引动悲酸的情感的材料也不很多，但即使如此，我对于志摩的人的悼惜也并不少。的确如适之所说，志摩这人很可爱，他有他的主张，有他的派路，或者也许有他的小毛病，但是他的态度和说话总是和蔼真率，令人觉得可亲近，凡是见过志摩几面的人，差不多都受到这种感化，引起一种好感，就是有些小毛病小缺点也好像脸上某处的一颗小黑痣，他是造成好感的一小小部分，只令人微笑点头，并没有嫌憎之感。有人戏称志摩为诗哲，或者笑他的戴印度帽，实在这些戏弄里都仍含有好意的成分，有如老同窗要举发从前吃戒尺的逸事，就是有派别的作家加以攻击，我相信这所以招致如此怨恨者也只是志摩的阶级之故，而决不是他的个人。适之又说志摩是诚实的理想主义者，这个我也同意，而且觉得志摩因此更是可尊了。这个年头儿，别的什么都有，只是诚实却早已找不到，便是爪哇国里恐怕也不会有了罢，志摩却还保守着他天真烂漫的诚实，可以说是世所希有的奇人了。我们平常看书看杂志报章，第一感到不舒服的是那伟大的说诳，上自国家大事，下至社会琐闻，不是恬然地颠倒黑白，便是无诚意地弄笔头，其实大家也各自知道是怎么一回事，自己未必相信，也未必望别人相信，只觉得非这样地说不可。知识阶级的人挑着一副担子，前面是一筐子马克思，后面一口袋尼采，也是数见不鲜的事。在这时候有一两个人能够诚实不欺地在言行上表现出来，无论这是哪一种主张，总是很值得我们的尊重的了。关于志摩的私德，适之有代为辩明的地方，我觉得这并不成什么问题。

为爱惜私人名誉起见，辩明也可以说是朋友的义务，若是从艺术方面看去这似乎无关重要。诗人文人这些人，虽然与专做好吃的包子的厨子、雕好看的石像的匠人略有不同，但总之小德逾闲与否于其艺术没有多少关系，这是我想可以明言的。不过这也有例外，假如是文以载道派的艺术家，以教训指导我们大众自任，以先知哲人自任的，我们在同样谦恭地接受他的艺术以前，先要切实地检察他的生活，若是言行不符，那便是假先知，须得谨防上他的当。现今中国的先知有几个禁得起这种检察的呢，这我可不得而知了。

这或者是我个人的偏见亦未可知，但截至现在我还没有找到觉得更对的意见，所以对于志摩的事也就只得仍是这样地看下去了。

志摩死后已是二十几天了，我早想写小文纪念他，可是这从那里去着笔呢？我相信写得出的文章大抵都是可有可无的，真的深切的感情只有声音，颜色，姿势，或者可以表出十分之一二，到了言语便有点儿可疑，何况又到了文字。文章的理想境界我想应该是禅，是个不立文字，以心传心的境界，有如世尊拈花，迦叶微笑，或者一声“且道”，如棒敲头，夯地一下顿然明了，才是正理，此外都不是路。我们回想自己最深密的经验，如恋爱和死生之至欢极悲，自己以外只有天知道，何曾能够于金石竹帛上留下一丝痕迹，即使呻吟作苦，勉强写下一联半节，也只是普通的哀辞和定情诗之流，那里道得出一分苦甘，只看汗牛充栋的集子里多是这样物事，可知除圣人天才之外谁都难逃此难。我只能写可有可无的文章，而纪念亡友又不是可以用这种文章来敷衍的，而纪念刊的收稿期限又迫切了，不得已还只得写，结果还只能写出一篇可有可无的文章，这使我不得不重又叹息。这篇小文的次序和内容差不多是套适之在追悼会所发表的演辞的，不过我的话说得很是素朴粗笨，想起志摩平素是爱说老实话的，那么我这种老实的说法或者是志摩的最好纪念亦未可知，至于别的一无足取也就没有什么关系了。

民国二十年十二月十三日，于北平

（选自《看云集》，一九三一年十二月）

半农纪念

七月十五日夜我们来到东京，次日定居本乡菊坂町。二十日我同妻出去，在大森等处跑了一天，傍晚回寓，却见梁宗岱先生和陈女士已在那里相候。谈次陈女士说在南京看见报载刘半农先生去世的消息，我们听了觉得不相信，徐耀辰先生在座，也说这恐怕又是别一个刘复吧，但陈女士说报上说的不是刘复而是刘半农，又说北京大学给他照料治丧，可见这是不会错的了。我们将离开北平的时候，知道半农往绥远方面旅行去了，前后相去不过十日，却又听说他病死了已有七天了。世事虽然本来是不可测的，但这实在来得太突然，只觉得出于意外，惘然若失而外，别无什么话可说。

半农和我是十多年的老朋友，这回半农的死对于我是一个老友的丧失，我所感到的也是朋友的哀感，这很难得用笔墨纪录下来。朋友的交情可以深厚，而这种悲哀总是淡泊而平定的，与夫妇子女间沉挚激越者不同，然而这两者却是同样地难以文字表示得恰好。假如我同半农要疏一点，那么我就容易说话，当作一个学者或文人去看，随意说一番都不要紧。很熟的朋友都只作一整个的人看，所知道的又太多了，要想分析想挑选了说极难着手，而且褒贬稍差一点分量，心里完全明了，就觉得不诚实，比不说还要不好。荏苒四个多月过去了，除了七月二十四日写了一封信给半农的长女小蕙女士外，什么文章都没有写，虽然有三四处定期刊物叫我写纪念的文章，都谢绝了，因为实在写不出。九月十四日，半农死后整两个月，在北京大学举行追悼会，不得不送一副挽联，我也只得写这样平凡的几句话去：

十七年尔汝旧交，追忆还在卯字号，
廿余日驰驱大漠，归来竟作丁令威。

这是很空虚的话，只是仪式上所需的一种装饰的表示而已。学校决定要我充当致辞者之一，我也不好拒绝，但是我仍是明白我的不胜任，我只能说说临时想出来的半农的两种好处。其一是半农的真。他不装假，肯说话，不投机，不怕骂，一方面却是天真烂漫，对什么人都无恶意。其二是半农的杂学。他的专门是语音学，但他的兴趣很广博，文学美术他都喜欢，做诗，写字，照相，搜书，讲文法，谈音乐。有人或者嫌他杂，我觉得这正是好处，方面广，理解多，于处世和治学都有用，不过在思想统一的时代，自然有点不合式。我所能说者也就是极平凡的这寥寥几句。

前日阅《人间世》第十六期，看见半农遗稿《双凤凰专斋小品文》之五十四，读了很有所感。其题目曰《记砚兄之称》，文云：

“余与知堂老人每以砚兄相称，不知者或以为儿时同窗友也。其实余二人相识，余已二十六，岂明已三十三。时余穿鱼皮鞋，犹存上海少年滑头气，岂明则蓄浓髯，戴大绒帽，披马夫式大衣，俨然一俄国英雄也。越十年，红胡入关主政，北新封，《语丝》停，李丹忱捕，余与岂明同避菜厂胡同一友人家。小厢三楹，中为膳食所，左为寝室，席地而卧，右为书室，室仅一桌，桌仅一砚。寝，食，相对枯坐而外，低头共砚写文而已，砚兄之称自此始。居停主人不许多友来视，能来者余妻岂明妻而外，仅有徐耀辰兄传递外间消息，日或三四至也。时民国十六年，以十月二十四日去，越一星期归，今日思之，亦如梦中矣。

这文章写得颇好，文章里边存着作者的性格，读了如见半农其人。民国六年春间我来北京，在《新青年》上初见半农的文章，那时他还在南方，留下一种很深的印象，这是几篇《灵霞馆笔记》，觉得有清新的生气，这在别人笔下是没有的。现在读这篇遗文，恍然记及十七年前的事，清新的生气仍在，虽然更加上一点苍老与着实了。但是时光过得真快，鱼皮鞋子的故事在今日活着的人里只有我和玄同还知道吧，而菜厂胡同一节说起来也有车过腹痛之感了。前年冬天半农同我谈到蒙难纪念，问这是那一天，我查旧日记，恰巧民国十六年中有几个月不曾写，于是查对《语丝》末期出版月日等等，查出这是在十月二十四，半农就说下回要大举请客来作纪念，我当然赞成他的提议，去年十月不知道怎么一混大家都忘记了，今年夏天半农在电话里还说起，去年可惜又忘记了，今年一定要举行。然而半农在七月十四日就死了，计算到十月二十四恰是一百天。

昔时笔祸同蒙难，菜厂幽居亦可怜。
算到今年逢百日，寒泉一盏荐君前。

这是我所作的打油诗，九月中只写了两首，所以在追悼会上不曾用，今见半农此文，便拿来题在后面。所云菜厂在北河沿之东，是土肥原的旧居，居停主人即土肥原的后任某少佐也，秋天在东京本想去访问一下，告诉他半农的消息，后来听说他在长崎，没有能见到。

还有一首打油诗，是拟近来很时髦的浏阳体的，结果自然是仍旧拟不像，其辞曰：

漫云一死恩仇泯，海上微闻有笑声。

空向刀山长作揖，阿旁牛首太狰狞。

半农从前写过一篇《作揖主义》，反招了许多人的咒骂。我看他实在并不想侵犯别人，但是人家总喜欢骂他，仿佛在他死后还有人骂。本来骂人没有什么要紧，何况又是死人，无论骂人或颂扬人，里边所表示出来的反正都是自己。我们为了交谊的关系，有时感到不平，实在是一种旧的惯性，倒还是看了自己反省要紧。譬如我现在来写纪念半农的文章，固然并不想骂他，就是空虚地说上好些好话，于半农了无损益，只是自己出乖露丑。所以我今日只能说这些闲话，说的还是自己，至多是与半农的关系罢了，至于目的虽然仍是纪念半农。半农是我的老朋友之一，我很悼惜他的死。在有些不会赶时髦结识新相好的人，老朋友的丧失实在是最可悼惜的事。

民国二十三年十一月三十日，于北平苦茶庵记

（选自《苦茶随笔》，一九三四年十一月）

关于阿 Q

阿 Q 近来也阔气起来了，居然得到画家给他画像，不但画而且还有两幅。其一是丰子恺所画，见于《漫画阿 Q 正传》。其二是蒋兆和所画，本来在他的画册中，在报上见到。丰君的画从前似出于竹久梦二，后来渐益浮滑，大抵赶得着王冶梅算是最好的了，这回所见虽然不能说比《护生画集》更坏，也总不见得好。阿 Q 这人，在《正传》里是可笑可气而又可怜的，蒋君所画能抓到这一点，我觉得大可佩服，那一条辫子也安放得恰好，与漫画迥不相同。不过蒋君的阿 Q 似乎太瘦一点了，在有些场面，特别是无赖胡扯的时候，阿 Q 如是那么瘦便有点不相称的，实际上阿 Q 本人也还比较的胖。文学家所写，艺术家所画的人物，自然不必全要照原样，但是实物的比较有时也不是无用。我在三十年前曾认识真阿 Q，说起来有点面善，就所记忆略记数则，以供参考。

阿 Q 本来是阿桂拼音的缩写，照例拼音应该写作 Kuei，那么当作阿 K，但是作者因为字样子好玩，好像有一条小辫，所以定为阿 Q，虽然声音稍有不对也不管了。其实阿桂也原是对音的字，或者是阿贵也说不定，只因通常写作阿桂，这里也就沿用，不问他的生日是否在阴历八月里。阿桂姓谢，这是我查了民国四年的日记才记起来的。说到民国四年，那么阿 Q 在辛亥年未被枪毙可想而知了，作者硬把他枪毙了事，这里有两个原因，其一是不枪毙这《正传》便无从结束，其二更重要的则由于作者对于死罪犯人沿路唱戏大家喝彩的事很感兴味，借此可以写进去。阿桂平日只是小小的偷点东西罢了。他有一个胞兄，名叫阿有，专门给人家舂米，勤苦度日，大家因为他为人诚实，多喜欢用他，主妇们也不叫他阿有，却呼为有老官，以表示客气之意。阿桂在名义上也是打杂的短工，但总是穷得很，虽然并不见他酗酒或是抽大烟。到了穷极的时候，他便跑去找他老兄，有一回老兄不肯给钱，他央求着说，这几天实在运气不好，偷不着东西，务必请借给一点，得手时即可奉还。他哥哥喝道，这叫作什么话，你如不快走，我就要大声告诉人家了。他这才急忙逃去。其时阿有寄住在我们一族的大门的西边门房里，所以这件事我记得很清楚。阿桂虽然以偷为副业，打杂总算是正业罢，可是似乎不曾被破获过，吊了来打，或是送官戴大枷，假如有过，一定会得街口传遍，我们也就立刻知道了。所以他在这一点上，未始不是运气很好。但是话虽如是，枪毙可能他也并不是没有。辛亥革命那一年，杭州已经反正，绍兴的知县和绿营管带都逃走了，城防空虚，人心皇皇，那时阿桂在街上走着嚷道，我们的时候来了，到了明天我们钱也有了，老婆也有了。有破落的大家子弟对他说，像我这样的人家可以不要怕。阿桂对答得好：你们总比我有。有者，俗语谓有钱也。这样下去，阿桂说不定真会动起手来，可是不凑巧，嵊县的王金发已由省城率队到来，自己立起军政分府，于是这机会就永远失掉了。

阿桂虽穷而并不憔悴，身体颇壮健，面微圆，颇有乐天气象。我所记得的阿桂的印象是这一副形相，赤背，赤脚，系短布裤，头上盘辫。吾乡农工平常无不盘辫，盖为便于操作故也，见士绅时始站立将辫发推下，这就是说把盘在头上的辫子向后一推，使下垂背后，以表敬意。赤脚也是乡民的常习，赤背在夏天原是很普通的事，——但是阿桂难道通年如此的么？这未必然。那么为什么我总记得他是赤背的呢？理由其实很是简单。有一年的夏天，大约总是民国初年，我看见他在我们门口走过，赤着背，如上文所记的那种形相，两手捧着一只母鸡，说道，谁要不要买？有人笑问，阿桂你这鸡那里抓来的？他微笑不答。恐怕这鸡倒不是偷来的，有些破落的大人家临时要用钱，随手拿起东西叫人去卖，得了几角小洋，便从中拿一角给做酬劳，这是常有的事。我还有一回看见阿桂拿了一个铜火锅叫卖，那时他的服装已记不得了，不知怎的那回卖鸡的印象留得很深，所以想起来时总觉得他是赤着背。此外大约还卖别的各色东西，虽然我未曾亲见，但是听人说这什么是向阿桂买来的，也是常有的事。我同阿桂做过几次交易，却是古砖之类，他听说我要买有字的砖头，找了几块来卖，后来大概因为没有多大油水的缘故罢，不再拿来了。查旧日记，在民国四年乙卯那一册里找到这几项记录。

> 十一月十六日，雨。上午谢阿桂携一砖来，三面有文，云永和十年太岁在甲寅，□月□章孟高作，孟南成，共十九字，字多讹泐，顶有双鱼，两面各平列八鱼形。下午又以其一来，顶文曰十二月葬，正书，云皆是胡氏物，共以一元易得之。
>
> 十九日，阴。下午阿桂以二断砖来，留拓二纸。
>
> 廿一日，阴雨，上午阿桂来，断砖因索值高，议不谐，即还之。
>
> 十二月廿五日，晴。上午谢阿桂又持天监、普通二断砖来，以五角收之。

右四砖均于民国八年移家时搬至北京。永和十年砖后来托平伯持赠阶青先生，曾见其手拓一纸，有题记曰，“永和专见著录者二十有四，十年甲寅作者有汝氏及泉文专，而长及一尺一寸，且遍刻鱼文者，惟此一专，弥可珍矣。阶青记。”梁砖全文，一曰天鉴二年癸未，一曰普通四年作，亦胡氏物，皆未上蜡，而坚黑如铁沙，天监又写作鉴，特别可喜。十二月葬乃是常砖，我看至多是赵宋时代而已，或曰葬字写得怪，恐非唐人不能，我也不能表示是否。总之阿桂卖给我过这些砖头，我对于他是不无好意的。他的行状，据我们知道可以说的就是这一点。《正传》

中有许多乃是他的弟兄们的事，如对了主人家的仆妇跪下道，你给我做老婆罢，这事是另有主名的，移转来归入他的账下。先贤说过，恶居下流，天下之恶皆归焉，其是之谓欤。

廿八年十二月三十日记

（原载于《中国文艺》第二卷第一期，一九四〇年三月一日）

关于鲁迅

《阿Q正传》发表以后，我写过一篇小文章，略加以说明，登在那时的《晨报副镌》上。后来《阿Q正传》与《狂人日记》等一并编成一册，即是《呐喊》，出在新潮社丛书里，其时傅孟真罗志希诸君均已出国留学去了，《新潮》交给我编辑，这丛书的编辑也就用了我的名义。出版以后大被成仿吾所挖苦，说这本小说集既然是他兄弟编的，一定好的了不得。——原文不及查考，大意总是如此。于是我恍然大悟，原来关于此书的编辑或评论我是应当回避的。这是我所得的第一个教训。不久在中国文坛上又起了《阿Q正传》是否反动的问题。恕我记性不好，不大能记得谁是怎么说的了，但是当初决定《正传》是落伍的反动的文学的，随后又改口说这是中国普罗文学的正宗者往往有之。这一笔"阿Q的旧账"至今我还是看不懂，本来不懂也没有什么要紧，不过这切实的给我一个教训，就是使我明白这件事的复杂性，最好还是不必过问。于是我就不再过问，就是那一篇小文章也不收到文集里去，以免为无论哪边的批评家所援引，多生些小是非。现在鲁迅死了，一方面固然也可以如传闻乡试封门时所祝，正是"有恩报恩有怨报怨"的时候，一方面也可以说，要骂的捧的或利用的都已失了对象，或者没有什么争论了亦未可知。这时候我想来说几句话，似乎可以不成问题，而且未必是无意义的事，因为鲁迅的学问与艺术的来源有些都非外人所能知，今本人已死，舍弟那时年幼亦未闻知，我所知道已为海内孤本，深信值得录存，事虽细微而不虚诞，世之识者当有取焉。这里所说限于有个人独到之见独创之才的少数事业，若其他言行已有人云亦云的毁或誉者概置不论，不但仍以避免论争，盖亦本非上述趣意中所摄者也。

鲁迅本名周樟寿，生于清光绪辛巳八月初三日。祖父介孚公在北京做京官，得家书报告生孙，其时适有张——之洞还是之万呢？来访，因为命名曰张，或以为与灶君同生日，故借灶君之姓为名，盖非也。书名定为樟寿，虽然清道房同派下群从谱名为寿某，祖父或忘记或置不理均不可知，乃以寿字属下，又定字曰豫山，后以读音与雨伞相近，请于祖父改为豫才。戊戌春间往南京考学堂，始改名树人，字如故，义亦可相通也。留学东京时，刘申叔为河南同乡办杂志曰《河南》，孙竹丹来为拉稿，豫才为写几篇论文，署名一曰迅行，一曰令飞，至民七在《新青年》上发表《狂人日记》，于迅上冠鲁姓，遂成今名。写随感录署名唐俟，唐者“功不唐捐”之唐，意云空等候也，《阿Q正传》特署巴人，已忘其意义。

鲁迅在学问艺术上的工作可以分为两部，甲为搜集辑录校勘研究，乙为创作。今略举于下：

甲部

一，《会稽郡故书杂集》。

二，谢承《后汉书》（未刊）。

三，《古小说钩沉》（未刊）。

四，《小说旧闻钞》。

五，《唐宋传奇集》。

六，《中国小说史》。

七，《嵇康集》（未刊）。

八，《岭表录异》（未刊）。

九，汉画石刻（未完成）。

乙部

一，小说:《呐喊》,《彷徨》。

二，散文:《朝花夕拾》，等。

这些工作的成就有大小，但无不有其独得之处，而其起因亦往往很是久远，其治学与创作的态度与别人颇多不同，我以为这是最可注意的事。豫才从小就喜欢书画，——这并不是书家画师的墨宝，乃是普通的一册一册的线装书与画谱。最初买不起书，只好借了绣像小说来看。光绪癸巳祖父因事下狱，一家分散，我和豫才被寄存在大舅父家里，住在皇甫庄，是范啸风的隔壁，后来搬往小皋步，即秦秋渔的娱园的厢房。这大约还是在皇甫庄的时候，豫才向表兄借来一册《荡寇志》的绣像，买了些叫作吴公纸的一种毛太纸来，一张张的影描，订成一大本，随后仿佛记得以一二百文钱的代价卖给书房里的同窗了。回家以后还影写了好些画谱，还记得有一次在堂前廊下影描马镜江的《诗中画》，或是王冶梅的《三十六赏心乐事》，描了一半暂时他往，祖母看了好玩，就去画了几笔，却画坏了，豫才扯去另画，祖母有点怅然。后来压岁钱等等略有积蓄，于是开始买书，不再借抄了。顶早买到的大约是两册石印本冈元凤所著的《毛诗品物图考》，这书最初也是在皇甫庄见到，非常歆羡，在大街的书店买来一部，偶然有点纸破或墨污，总不能满意，便拿去掉换，至再至三，直到伙计烦厌了，戏弄说，这比姊姊的面孔还白呢，何必掉换，乃愤然出来，不再去买书。这书店大约不是墨润堂，却是邻近的奎照楼吧。这回换来的书好像又有什么毛病，记得还减价以一角小洋卖给同窗，再贴补一角去另买了一部。画谱方面那时的石印本大抵陆续都买了，《芥子园画传》自不必说，可是却也不曾自己学了画。此外陈淏子的《花镜》恐怕是买来的第一部书，是用了二百文钱从一个同窗的本家那里得来的。家中原有几箱藏书，却多是经史及举业的正经书，也有些小说如《聊斋志异》，《夜谈随录》，以至《三国演义》，《绿野仙踪》等，其余想看的须得自己来买添，我记得这里边有《酉阳杂俎》，《容斋随笔》，《辍耕录》，《池北偶谈》，《六朝事迹类编》，《二酉堂丛书》，《金石存》，《徐霞客游记》等。新年出城拜岁，来回总要一整天，船中枯坐无聊，只好看书消遣，那时放在"帽盒"中带了去的大抵是《游记》或《金石存》，——后者自然是石印本，前者乃是图书集成局的扁体字的。《唐代丛书》买不起，托人去转借来看过一遍，我很佩服那里的一篇《黑心符》，钞了《平泉草木记》，豫才则抄了三卷《茶经》和《五木经》。好容易凑了块把钱，买来一部小丛书，共二十四册，现在头本已缺无可查考，但据每册上特请一位族叔题的字，或者名为《艺苑捃华》吧，当时很是珍重耽读，说来也很可怜，这原来乃是书估从《龙威秘书》中随意抽取，杂凑而成的一碗"拼拢坳羹"而已。这些事情都很琐屑，可是影响却颇不小，它就"奠定"了半生学问事业的倾向，在趣味上到了晚年也还留下好些明了的痕迹。

戊戌往南京，由水师改入陆师附设的路矿学堂，至辛丑毕业派往日本留学，此三年中专习科学，对于旧籍不甚注意，但所作随笔及诗文盖亦不少，在我的旧日记中略有录存。如戊戌年作《戛剑生杂记》四则云：

"行人于斜日将堕之时，暝色逼人，四顾满目非故乡之人，细聆满耳皆异乡之语，一念及家乡万里，老亲弱弟必时时相语，谓今当至某处矣，此时真觉柔肠欲断，涕不可仰。故予有句云，日暮客愁集，烟深人语喧，皆所身历，非托诸空言也。"

"生鲈鱼与新粳米炊熟，鱼须斫小方块，去骨，加秋油，谓之鲈鱼饭。味甚鲜美，名极雅饬，可入林洪《山家清供》。”

“夷人呼茶为悌，闽语也。闽人始贩茶至夷，故夷人效其语也。”

“试烧酒法，以缸一只猛注酒于中，视其上面浮花，顷刻迸散净尽者为活酒，味佳，花浮水面不动者为死酒，味减。”

又《莳花杂志》二则云：

“晚香玉本名土馝螺斯，出塞外，叶阔似吉祥草，花生穗间，每穗四五球，每球四五朵，色白，至夜尤香，形如喇叭，长寸余，瓣五六七不等，都中最盛。昔圣祖仁皇帝因其名俗，改赐今名。”

“里低母斯，苔类也，取其汁为水，可染蓝色纸，遇酸水则变为红，遇碱水又复为蓝。其色变换不定，西人每以之试验化学。”

诗则有庚子年作《莲蓬人》七律，《庚子送灶即事》五绝，各一首，又庚子除夕所作《祭书神文》一首，今不具录。辛丑东游后曾寄数诗，均分别录入旧日记中，大约可有十首，此刻也不及查阅了。

在东京的这几年是鲁迅翻译及写作小说之修养时期，详细须得另说，这里为免得文章线索凌乱，姑且从略。鲁迅于庚戌（一九一〇年）归国，在杭州两级师范绍兴第五中学及师范等校教课或办事，民元以后任教育部佥事，至十四年去职，这是他的工作中心时期，其间又可分为两段落，以《新青年》为界。上期重在辑录研究，下期重在创作，可是精神还是一贯，用旧话来说可云不求闻达。鲁迅向来勤苦作事，为他人所不能及，在南京的时候手抄汉译赖耶尔（C. Lyell）的《地学浅说》（案即是 Principles of Geology）两大册，图解精密，其他教本称是，但因为我不感到兴趣，所以都忘记是什么书了。归国后他就开始钞书，在这几年中不知共有若干种，只是记得的就有《穆天子传》,《南方草木状》,《北户录》,《桂海虞衡志》，程瑶田的《释虫小记》，郝懿行的《燕子春秋》，《蜂衙小记》与《记海错》，还有从《说郛》钞出的多种。其次是辑书。清代辑录古逸书的很不少，鲁迅所最受影响的还是张介侯的二酉堂吧，如《凉州记》，段颎阴铿的集，都是乡邦文献的辑集也。（老实说，我很喜欢张君所著书，不但是因为辑古逸书收存乡邦文献，刻书字体也很可喜，近求得其所刻《蜀典》，书并不珍贵，却是我所深爱。）他一面翻古书抄唐以前小说逸文，一而又抄唐以前的越中史地书。这方面的成绩第一是一部《会稽郡故书杂集》，其中有谢承《会稽先贤传》，虞预《会稽典录》，钟离岫《会稽后贤传记》，贺氏《会稽先贤像赞》，朱育《会稽土地记》，贺循《会稽记》，孔灵符《会稽记》，夏侯曾先《会稽地志》，凡八种，各有小引，卷首有叙，题曰太岁在阏逢摄提格（民国三年甲寅）九月既望记，乙卯二月刊成，木刻一册。叙中有云：

“幼时尝见武威张澍所辑书，于凉土文献撰集甚众，笃恭乡里，尚此之谓，而会稽故籍零落，至今未闻后贤为之纲纪，乃创就所见书传刺取遗篇，累为一帙。”又云：

“书中贤俊之名，言行之迹，风土之美，多有方志所遗，舍此更不可见，用遗邦人，庶几供其景行，不忘于故。”这里辑书的缘起与意思都说的很清楚，但是另外有一点值得注意的，叙文署名“会稽周作人记”，向来算是我的撰述，这是什么缘故呢？查书的时候我也曾帮过一点忙，不过这原是豫才的发意，其一切编排考订，写小引叙文，都是他所做的，起草以至誊清大约有三四遍，也全是自己抄写，到了付刊时却不愿出名，说写你的名字吧，这样便照办了，一直拖了二十余年，现在觉得应该说明了，因为这一件小事我以为很有点意义。这就是证明他做事全不为名誉，只是由于自己的爱好。这是求学问弄艺术的最高的态度，认得鲁迅的人平常所不大能够知道的。其所辑录的古小说逸文也已完成，定名为《古小说钩沉》，当初也想用我的名字刊行，可是没有刻版的资财，托书店出版也不成功，至今还是搁着。此外又有一部谢承《后汉书》，因为谢伟平是山阴人的缘故，特为辑集，可惜分量太多，所以未能与《故书杂集》同时刊版，这从笃恭乡里的见地说来也是一件遗憾的事。豫才因为古小说逸文的搜集，后来能够有小说史的著作，说起缘由来很有意思。豫才对于古小说虽然已有十几年的用力，（其动机当然还在小时候所读的书里，）但因为不喜夸示，平常很少有人知道。那时我在北京大学中国文学系做“票友”，马幼渔君正当主任，有一年叫我讲两小时的小说史，我冒失的答应了回来，同豫才说起，或者由他去教更为方便，他说去试试也好，于是我去找幼渔换了别的什么功课，请豫才教小说史，后来把讲义印了出来，即是那一部书。其后研究小说史的渐多，如胡适之马隅卿郑西谛孙子书诸君，各有收获，有后来居上之概，但那些似只在后半部，即宋以来的章回小说部分，若是唐以前古逸小说的稽考恐怕还没有更详尽的著作，这与《古小说钩沉》的工作正是极有关系的。对于画的爱好使他后来喜欢翻印外国的板画，编选北平的诗笺，为世人所称，但是他半生精力所聚的汉石刻画像终于未能编印出来，或者也还没有编好吧。

末了我们略谈鲁迅创作方面的情形。他写小说其实并不始于《狂人日记》，辛亥冬天在家里的时候曾经写过一篇，以东邻的富翁为“模特儿”，写革命的前夜的事，性质不明的革命军将要进城，富翁与清客闲汉商议迎降，颇富于讽刺的色彩。这篇文章未有题名，过了两三年由我加了一个题目与署名，寄给《小说月报》，那时还是小册，系恽铁樵编辑，承其覆信大加称赏，登在卷首，可是这年月与题名都完全忘记了，要查民初的几册旧日记才可知道。第二次写小说是众所共知的《新青年》时代，所用笔名是鲁迅，在《晨报副镌》为孙伏园每星期日写《阿Q正传》则又署名巴人，所写随感录大抵署名唐俟，我也有一两篇是用这个署名的，都登在《新青年》上，近来看见有人为鲁迅编一本集子，里边所收就有一篇是我写的，后来又有人选入什么读本内，觉得有点可笑。当时世间颇疑巴人是蒲伯英，鲁迅则终于无从推测，教育部中有时纷纷议论，毁誉不一，鲁迅就在旁边，茫然相对，是很有“幽默”趣味的事。他为什么这样做的呢？并不如别人所说，因为言论激烈所以匿名，实在只如上文所说不求闻达，但求自由的想或写，不要学者文人的名，自然也更不为利，《新青年》是无报酬的，《晨报副刊》多不过一字一二厘罢了。以这种态度治学问或做创作，这才能够有独到之见，独创之才，有自己的成就，不问工作大小都有价值，与制艺异也。鲁迅写小说散文又有一特点，为别人所不能及者，即对于中国民族的深刻的观察。大约现代文人中对于中国民族抱着那样一片黑暗的悲观的难得有第二个人吧。豫才从小喜欢“杂览”，读野史最多，受影响亦最大，——譬如读过《曲洧旧闻》里的《因子巷》一则，谁会再忘记，会不与《一个小人物的忏悔》所记的事情同样的留下很深的印象呢？在书本里得来的知识上面，又加上亲自从社会里得来的经验，结果便造成一种只有苦痛与黑暗的人生观，让他无条件（除艺术的感觉外）的发现出来，就是那些作品。从这一点说来，《阿Q正传》正是他的代表作，但其被普罗批评家所（曾）痛骂也正是应该的。这是寄悲愤绝望于幽默，在从前那篇小文里我曾说用的是显克微支夏目漱石的手法，著者当时看了我的草稿也加以承认的，正如《炭画》一般里边没有一点光与空气，到处是愚与恶，而愚与恶又复厉害到可笑的程度。有些牧歌式的小话都非佳作，《药》里稍露出一点的情热，这是对于死者的，而死者又已是做了“药”了，此外就再也没有东西可以寄托希望与感情。不被礼教吃了肉去就难免被做成“药渣”，这是鲁迅对于世间的恐怖，在作品上常表现出来，事实上也是如此。讲到这里我的话似乎可以停止了，因为我只想略讲鲁迅的学问艺术上的工作的始基，这有些事情是人家所不能知道的，至于其他问题能谈的人很多，还不如等他们来谈罢。

廿五年十月廿四日，北平

（选自《瓜豆集》，一九三六年十月）

关于范爱农

偶然从书桌的抽屉里找出一个旧的纸护书来，检点里边零碎纸片的年月，最迟的是民国六年三月的快信收据，都是我离绍兴以前的东西，算来已经过了二十一年的岁月了。从前有一张太平天国的收条，记得亦是收藏在这里的，后来送了北京大学的研究所国学门，不知今尚存否。现在我所存的还有不少资料，如祖父少时所作艳诗手稿，父亲替人代作祭文草稿，在我都觉可珍重的，实在也是先人唯一的手迹了，除了书籍上尚有一二题字以外。但是这于别人有甚么关系呢，可以不必絮说。护书中又有鲁迅的《哀范君三章》手稿，我的抄本附自作诗一首，又范爱农来信一封。（为行文便利起见，将诗写在前头，其实当然是信先来的。又鲁迅这里本该称豫才，却也因行文便利计而改称了。）这几叶废纸对于大家或者不无一点兴趣，假如读过鲁迅的《朝花夕拾》的人不曾忘记，末了有一篇叫作《范爱农》的文章。

鲁迅的文章里说在北京听到爱农溺死的消息以后，“一点法子都没有。只做了四首诗，后曾在一种日报上发表，现在将要忘记了，只记得一首里的六句，起首四句是，把酒论天下，先生小酒人。大圜犹酩酊，微醉合沉沦。中间忘掉两句，末了是旧朋云散尽，余亦等轻尘。”日本改造社译本此处有注云：

“此云中间忘掉两句，今《集外集》中有《哭范爱农》一首。其中间有两句乃云，幽谷无穷夜，新宫自在春。”原稿却又不同，今将全文抄录于下，以便比较。

哀范君三章

其一

风雨飘摇日，余怀范爱农。
华颠萎寥落，白眼看鸡虫。
世味秋荼苦，人间直道穷。
奈何三月别，遽尔失畸躬。

其二

海草国门碧，多年老异乡。
狐狸方去穴，桃偶尽登场。
故里彤云恶，炎天凛夜长。
独沉清洌水，能否洗愁肠。

其三

把酒论当世，先生小酒人。
大圜犹酩酊，微醉自沉沦。
此别成终古，从兹绝绪言。
故人云散尽，我亦等轻尘。

题目下原署真名姓，涂改为黄棘二字，稿后附书四行，其文云：

“我于爱农之死为之不怡累日，至今未能释然。昨忽成诗三章，随手写之，而忽将鸡虫做入，真是奇绝妙绝，辟历一声……今录上，希大鉴定家鉴定，如不恶乃可登诸《民兴》也。天下虽未必仰望已久，然我亦岂能已于言乎。二十三日，树又言。”这是信的附片，正张已没有了，不能知道是那一月，但是在我那抄本上却有点线索可寻。抄本只有诗三章，无附言，因为我这是抄了去送给报馆的，末了却附了我自己的一首诗。

哀爱农先生

天下无独行，举世成萎靡。
皓皓范夫子，生此寂寞时。
傲骨遭俗忌，屡见蝼蚁欺。
坎壈终一世，毕生清水湄。
会闻此人死，令我心伤悲。
峨峨使君辈，长生亦若为。

这诗不足道，特别是敢做五古，实在觉得差得很，不过那是以前的事，也没法子追悔，而且到底和范君有点相干，所以录了下来。但是还有重要的一点，较有用处的乃是题目下有小注“壬子八月”四个字，由此可以推知上边的二十三日当是七月，爱农的死也即在这七月里吧。据《朝花夕拾》里说，范君尸体在菱荡中找到，也证明是在秋天，虽然实在是蹲踞而并非如书上所说的直立着。我仿佛记得他们是看月去的，同去的大半是民兴报馆中人，族叔仲翔君确是去的，惜已久归道山，现在留在北方的只有宋紫佩君一人，想他还记得清楚，得便当一问之也。所谓在一种日报上登过，即是这《民兴报》，又四首乃三首之误，大抵作者写此文时在广州，只凭记忆，故有参差，旧日记中当有记录可据，但或者诗语不具录亦未可知，那么这一张底稿也就很有留存的价值了。

爱农的信是三月二十七号从杭州千胜桥沈寓所寄，有杭省全盛源记信局的印记，上批“局资例”，杭绍间信资照例是十二文，因为那时是民国元年，民间信局还是存在。原信系小八行书两张，其文如下。

“豫才先生大鉴：晤经子渊暨接陈子英函，知大驾已自南京回。听说南京一切措施与杭绍鲁卫，如此世界，实何生为，盖吾辈生成傲骨，未能随波逐流，惟死而已，端无生理。弟于旧历正月二十一日动身来杭，自知不善趋承，断无谋生机会，未能抛得西湖去，故又此小作勾留耳。现因承蒙傅励臣函邀担任师校监学事，虽然允他，拟阳月抄返绍一看，为偷生计，如可共事，或暂任数月。罗扬伯居然做第一科课长，足见实至名归，学养优美。朱幼溪亦得列入学务科员，何莫非志趣过人，后来居上，羡煞羡煞。令弟想已来杭，弟拟明日前往一访。相见不远，诸容面陈，专此敬请著安。弟范斯年叩，廿七号。《越铎》事变化至此，恨恨，前言调和，光景绝望矣。又及。”

这一封信里有几点是很可注意的。绝望的口气，是其一。挖苦的批评，是其二。信里与故事里人物也有接触之处，如傅励臣即孔教会会长之傅力臣，朱幼溪即接收学校之科员，《越铎》即骂都督的日报，不过所指变化却并不是报馆案，乃是说内部分裂，《民兴》即因此而产生。鲁迅诗云，桃偶尽登场，又云，白眼看鸡虫，此盖为范爱农悲剧之本根，他是实实被挤得穷极而死也。鲁迅诗后附言中于此略有所说及，但本系游戏的廋辞，释明不易，故且从略，即如天下仰望已久一语，便是一种典故，原出于某科员之口头，想镜水稽山间曾亲闻此语者尚不乏其人欤。信中又提及不佞，则因尔时承浙江教育司令为视学，唯因家事未即赴任，所以范君杭州见访时亦未得相见也。

《朝花夕拾》里说爱农戴着毡帽，这是绍兴农夫常用的帽子，用毡制成球状，折作两层如碗，卷边向上，即可戴矣。王府井大街的帽店中今亦有售者，两边不卷，状如黑羊皮冠，价须一圆余，非农夫所戴得起，但其质地与颜色则同，染色不良，戴新帽少顷前额即现乌青，两者亦无所异也。改造社译本乃旁注毡字曰皮罗独，案查大槻文彦著《言海》，此字系西班牙语威路达之音读，汉语天鹅绒，审如所云则爱农与绍兴农夫所戴者当是天鹅绒帽，此事颇有问题，爱农或尚无不可，农夫如闰土之流实万万无此雅趣耳。改造社译本中关于陈子英有注云，“姓陈名濬，徐锡麟之弟子，当时留学东京。”此亦不甚精确。子英与伯荪只是在东湖密谋革命时的同谋者，同赴日本，及伯荪在安庆发难，子英已回乡，因此乃再逃往东京，其时当在争电报之后。又关于王金发有注云，“真姓名为汤寿潜。”则尤大误。王金发本在嵊县为绿林豪客，受光复会之招加入革命，亦徐案中人物，辛亥绍兴光复后来主军政，自称都督，改名王逸，但越人则唯知有王金发而已。二次革命失败后，朱瑞为浙江将军承袁世凯旨诱金发至省城杀之，人民虽喜得除得一害，然对于朱瑞之用诈杀降亦弗善也。汤寿潜为何许人，大抵在杭沪的人总当知道一点，奈何与王金发相溷。改造社译本注多有误，如平地木见于《花镜》，即日本所谓薮柑子，注以为出于内蒙古某围场，又如揍字虽是北方方言，却已见于《七侠五义》等书，普通也只是打的意思耳，而注以为系猥亵语，岂误为草字音乎。因讲范爱农而牵连到译本的注，今又牵连到别篇上去，未免有缠夹之嫌，逐即住笔。

廿七年二月十三日

（选自《药味集》，一九三八年二月）

玄同纪念

玄同于一月十七日去世，于今百日矣。此百日中，不晓得有过多少次，摊纸执笔想要写一篇小文给他作纪念，但是每次总是沉吟一回，又复中止。我觉得这无从下笔。第一，因为我认识玄同很久，从光绪戊申在民报社相见以来，至今已是三十二年，这其间的事情实在太多了，要挑选一两点来讲，极是困难。——要写只好写长篇，想到就写，将来再整理，但这是长期的工作，现在我还没有这余裕。第二，因为我自己暂时不想说话。《东山谈苑》记倪元镇为张士信所窘辱，绝口不言，或问之，元镇曰，一说便俗。这件事我向来很是佩服，在现今无论关于公私的事有所声说，都不免于俗，虽是讲玄同也总要说到我自己，不是我所愿意的事。所以有好几回拿起笔来，结果还是放下。但是，现在又决心来写，只以玄同最后的十几天为限，不多讲别的事，至于说话人本来是我，好歹没有法子，那也只好不管了。

廿八年一月三日，玄同的大世兄秉雄来访，带来玄同的一封信，其文曰：

知翁：元日之晚，召诒坌息来告，谓兄忽遇狙，但幸无恙，骇异之至，竟夕不宁。昨至丘道，悉铿诒炳扬诸公均已次第奉访，兄仍从容坐谈，稍慰。晚，铁公来详谈，更为明了，唯无公情形，迄未知悉，但祝其日趋平复也。事出意外，且闻前日奔波甚剧，想日来必感疲乏，愿多休息，且本平日宁静乐天之胸襟加意排解摄卫！弟自己是一个浮躁不安的人，乃以此语奉劝，岂不不自量而可笑，然实由衷之言，非劝慰泛语也。旬日以来，雪冻路滑，弟懔履冰之戒，只好家居，惮于出门，丘道亦只去过两三次，且迂道黄城根，因怕走柏油路也。故尚须迟日拜访，但时向奉访者探询尊况。顷雄将走访，故草此纸。

龥阇白。

廿八，一，三

这里需要说明的只有几个名词。丘道即是孔德学校的代称，玄同在那里有两间房子，安放书籍兼住宿，近两年觉得身体不大好，住在家里，但每日总还去那边，有时坐上小半日。龥阇是其晚年别号之一。去年冬天曾以一纸寄示，上钤好些印文，都是新刻的，有肄龥，觚叟，龥庵居士，逸谷老人，忆菰翁等。这大都是从疑古二字变化来，如逸谷只取其同音，但有些也兼含意义，如觚龥本同是一字，此处用为小学家的表征，菰乃是吴兴地名，此则有敬乡之意存焉。玄同又自号鲍山疒叟，据说鲍山亦在吴兴，与金盖山相近，先代坟墓皆在其地云。曾托张樾丞刻印，八月六日有信见告云：

日前以三孔子赠张老丞，蒙他见赐疒叟二字，书体似颇不恶，盖颇像《百衲本廿四史》第一种宋黄善夫本《史记》也，唯看上一字，似应云，象人高踞床阑干之颠，岂不异欤！老兄评之以为何如？此信原本无标点，印文用六朝字体，疒字左下部分稍右移居画下之中，故云然，此盖即鲍山疒叟之省文也。

十日下午玄同来访，在苦雨斋西屋坐谈，未几又有客至，玄同遂避入邻室，旋从旁门走出自去。至十六收来信，系十五日付邮者，其文曰：

起孟道兄：今日上午十一时得手示，即至丘道交与四老爷，而祖公即于十二时电四公，于是下午他们（四与安）和它们（《九通》）共计坐了四辆洋车，给这书点交给祖公了。此事总算告一段落矣。日前拜访，未尽欲言，即挟《文选》而走，此《文选》疑是唐人所写，如不然，则此君杌唐可谓工夫甚深矣（案，此处略去五句三十五字）。研究院式的作品固觉无意思，但鄙意老兄近数年来之作风颇觉可爱，即所谓“文抄”是也。儿童 ……（不记得那天你说的底下两个字了，故以虚线号表之）也太狭（此字不妥），我以为“似尚宜”用“社会风俗”等类的字面（但此四字更不妥，而可以意会，盖即数年来大作那类性质的文章，——愈说愈说不明白了），先生其有意乎？（案，此处略去七句六十九字）旬日之内尚拟拜访面罄。但窗外风声呼呼，明日似又将雪矣，泥滑滑泥，行不得也哥哥，则或将延期矣。无公病状如何？有起色否？甚念！弟师黄再拜。

廿八，一，十四，灯下。

这封信的封面写鲍缄，署名师黄则是小时候的名字，黄即是黄山谷。所云《九通》，乃是李守常先生的遗书，其后人窘迫求售，我与玄同给他们设法卖去，四祖诸公都是帮忙搬运过付的人。这件事说起来话长，又有许多感慨，总之在这时候告一段落，是很好的事。信中间略去两节，觉得很是可惜，因为这里讲到我和他自己的关于生计的私事，虽然很有价值有意思，却也就不能发表。只有关于《文选》，或者须有说明。这是一个长卷，系影印古写本的一卷《文选》，有友人以此见赠，十日玄同来时便又转送给他了。

我接到这信之后即发了一封回信去，但是玄同就没有看到。十七日晚得钱太太电话，云玄同于下午六时得病，现在德国医院。九时顷我往医院去看，在门内廊下去遇见稻孙、少铿、令杨、炳华诸君，知道情形已是绝望，再看病人形势刻刻危迫，看护妇之仓皇与医师之紧张，又引起十年前若子死时的情景，乃于九点三刻左右出院径归，至次晨打电话问少铿，则玄同于十时半顷已长逝矣。我因行动不能自由，十九日大殓以及二十三日出殡时均不克参与，只于二十一日同内人到钱宅一致吊奠，并送去挽联一副，系我自己所写，其词曰：

> 戏语竟成真，何日得见道山记。
> 同游今散尽，无人共话小川町。

这副挽联上本来撰有小注，临时却没有写上去。上联注云："前屡传君归道山，曾戏语之曰，道山何在？无人能说，君既曾游，大可作记以示来者。君殁之前二日有信来，覆信中又复提及，唯寄到时君已不及见矣。"下联注云："余识君在戊申岁，其时尚号德潜，共从太炎先生听讲《说文解字》，每星期日集新小川町民报社。同学中龚宝铨、朱宗莱、家树人均先殁，朱希祖、许寿裳现在川陕，留北平者唯余与玄同而已。每来谈常及尔时出入民报社之人物，窃有开天遗事之感，今并此绝响矣。"挽联共作四副，此系最后之一，取其尚不离题，若太深切便病晦或偏，不能用也。

关于玄同的思想与性情有所论述，这不是容易的事，现在也还没有心情来做这种难工作，我只简单的一说在听到凶信后所得的感想。我觉得这是一个大损失。玄同的文章与言论平常看去似乎颇是偏激，其实他是平正通达不过的人。近几年来和他商量孔德学校的事情，他总最能得要领，理解其中的曲折，寻出一条解决的途径，他常诙谐的称为"贴水膏药"，但在我实在觉得是极难得的一种品格，平时不觉得，到了不在之后方才感觉可惜，却是来不及了，这是真的可惜。老朋友中玄同和我见面时候最多，讲话也极不拘束而且多游戏，但他实在是我的畏友，浮泛的劝诫与嘲讽，虽然用意不同，一样的没有什么用处。玄同平常不务苛求，有所忠告必以谅察为本，务为受者利益计，亦不泛泛徒为高论，我最觉得可感，虽或未能悉用而重违其意，恒自警惕，总期勿太使他失望也。今玄同往矣，恐遂无复有能规诫我者。这里我只是少讲私人的关系，深愧不能对于故人的品格学问有所表扬，但是我于此破了二年来不说话的戒写下这一篇文章，在我未始不是一个大的决意，姑以是为故友纪念可也。

民国二十八年四月二十八日

（选自《药味集》，一九三九年四月）

怀废名

“余识废名在民十以前，于今将二十年，其间可记事颇多，但细思之又空空洞洞一片，无从下笔处。废名之貌奇古，其额如螳螂，声音苍哑，初见者每不知其云何。所写文章甚妙，但此是隐居西山前后事，《莫须有先生传》与《桥》皆是，只是不易读耳。废名曾寄住余家，常往来如亲属，次女若子亡十年矣，今日循俗例小作法事，废名如在北平，亦必来赴，感念今昔，弥增怅触。余未能如废名之悟道，写此小文，他日如能觅路寄予一读，恐或未必印可也。”

以上是民国廿七年十一月末所写，题曰《怀废名》，但是留得底稿在，终于未曾抄了寄去。于今又已过了五年了，想起要写一篇同名的文章，极自然的便把旧文抄上，预备拿来做个引子，可是重读了一遍之后，觉得可说的话大都也就有了，不过或者稍为简略一点，现在所能做的只是加以补充，也可以说是作笺注罢了。关于认识废名的年代，当然是在他进了北京大学之后，推算起来应当是民国十一年考进预科，两年后升入本科，中间休学一年，至民国十八年才毕业。但是在他来北京之前，我早已接到他的几封信，其时当然只是简单的叫冯文炳，在武昌当小学教师，现在原信存在故纸堆中，日记查找也很费事，所以时日难以确知，不过推想起来这大概总是在民九民十之交吧，距今已是二十年以上了。废名眉棱骨奇高，是最特别处。在《莫须有先生传》第四章中房东太太说，莫须有先生，你的脖子上怎么那么多的伤痕？这是他自己讲到的一点，此盖由于瘰疬，其声音之低哑或者也是这个缘故吧。

废名最初写小说，登在胡适之的《努力周报》上，后来结集为《竹林的故事》，为新潮社文艺丛书之一。这《竹林的故事》现在没有了，无从查考年月，但我的序文抄存在《谈龙集》里，其时为民国十四年九月，中间说及一年多前答应他做序，所以至迟这也就是民国十二年的事吧。废名在北京大学进的是英文学系，民国十六年张大元帅入京，改办京师大学校，废名失学一年余，及北大恢复乃复入学。废名当初不知是住公寓还是寄宿舍，总之在那失学的时代也就失所寄托，有一天写信来说，近日几乎没得吃了。恰好章矛尘夫妇已经避难南下，两间小屋正空着，便招废名来住。后来在西门外一个私立中学走教国文，大约有半年之久，移住西山正黄旗村里，至北大开学再回城内。这一期间的经验与他的写作很有影响，村居，读莎士比亚，我所推荐的《吉诃德先生》，李义山诗，这都是构成《莫须有先生传》的分子。从西山下来的时候，也还寄住在我们家里，以后不知是那一年，他从故乡把妻子接了出来，在地安门里租屋居住，其时在北京大学国文学系做讲师，生活很是安定，到了民国二十五六年，不知怎的忽然又将夫人和子女打发回去，自己一个人住在雍和宫的喇嘛庙里。当然大家觉得他大可不必，及至芦沟桥事件发生，又很羡慕他，虽然他未必真有先知。废名于那年的冬天南归，因为故乡是拉锯之地，不能在大南门的老屋里安住，但在附近一带托迹，所以时常还可彼此通信，后来渐渐消息不通，但是我总相信他仍是在哪一个小村庄里隐居，教小学生念书，只是多“静坐沉思”，未必再写小说了吧。

翻阅旧日稿本，上边抄存两封给废名的信，这可以算是极偶然的事，现在却正好利用，重录于下。其一云：

“石民君有信寄在寒斋，转寄或恐失落，信封又颇大，故拟暂图存，俟见面时交奉。星期日林公未来，想已南下矣。旧日友人各自上飘游之途，回想《明珠》时代，深有今昔之感。自知如能将此种怅惘除去，可以近道，但一面也不无珍惜之意，觉得有此怅惘，故对于人间世未能恝置，此虽亦是一种苦，目下却尚不忍即舍去也。匆匆。九月十五日。”时为民国二十六年，其时废名盖尚在雍和宫。这里提及《明珠》，顺便想说明一下。废名的文艺的活动大抵可以分几个段落来说。甲是《努力周报》时代，其成绩可以《竹林的故事》为代表。乙是《语丝》时代，以《桥》为代表。丙是《骆驼草》时代，以《莫须有先生》为代表。以上都是小说。丁是《人间世》时代，以《读论语》这一类文章为主。戊是《明珠》时代，所作都是短文。那时是民国二十五年冬天，大家深感到新的启蒙运动之必要，想再来办一个小刊物，恰巧《世界日报》的副刊《明珠》要改编，便接受了来，由林庚编辑，平伯、废名和我帮助写稿，虽然不知道读者觉得何如，在写的人则以为是颇有意义的事。但是报馆感觉得不大经济，于二十六年元旦又断行改组，所以林庚主编的《明珠》只办了三个月，共出了九十二号，其中废名写了很不少，十月九篇，十一二月各五篇，里边颇有些好文章好意思。例如十月份的《三竿两竿》，《陶渊明爱树》，《陈亢》，十一月份的《中国文章》，《孔门之文》，我都觉得很好。《三竿两竿》起首云，

“中国文章，以六朝人文章为最不可及。”《中国文章》也劈头就说道，

“中国文章里简直没有厌世派的文章，这是很可惜的事。”后边又说，

“我尝想，中国后来如果不是受了一点佛教影响，文艺里的空气恐怕更陈腐，文章里恐怕更要损失好些好看的字面。”这些话虽然说的太简单，但意思极正确，是经过好多经验思索而得的，里边有其颠扑不破的地方。废名在北大读莎士比亚，读哈代，转过来读本国的杜甫李商隐，《诗经》，《论语》，《老子》，《庄子》，渐及佛经，在这一时期我觉得他的思想最是圆满，只可惜不曾更多所述著，这以后似乎更转入神秘不可解的一路去了。

我的第二封信已在废名走后的次年，时为民国二十七年三月，其文云：

“偶写小文，录出呈览。此可题曰《读大学中庸》，题目甚正经，宜为世所喜，惜内容稍差，盖太老实而平凡耳。惟亦正以此故，可以抄给朋友们一看，虽是在家人亦不打诳语，此鄙人所得之一点滴的道也。日前寄一二信，想已达耶，匆匆不多赘。三月六日晨，知堂白。”所云前寄一二信悉未存底，唯《读大学中庸》一文系三月五日所写，则抄在此信稿的前面，今亦抄录于后：

近日想看《礼记》，因取郝兰皋笺本读之，取其简洁明了也。读《大学》《中庸》各一过，乃不觉惊异。文句甚顺口，而意义皆如初会面，一也。意义还是很难懂，懂得的地方也只是些格言，二也。《中庸》简直多是玄学，不佞盖犹未能全了物理，何况物理后学乎。《大学》稍可解，却亦无甚用处，平常人看看想要得点受用，不如《论语》多多矣。不知道世间何以如彼珍重，殊可惊诧，此其三也。从前书房里念书，真亏得小孩们记得住这些。不佞读‘下中’时是十二岁了，愚钝可想，却也背诵过来，反覆思之，所以能成诵者，岂不正以其不可解故耶。”此文也就只是《明珠》式的一种感想小篇，别无深义，寄去后也不记得废名覆信云何，只在笔记一页之末录有三月十四日黄梅发信中数语云：“学生在乡下常无书可读，写字乃借改男的笔砚，乃近来常觉得自己有学问，斯则奇也。”寥寥的几句话，却很可看出他特殊的谦逊与自信。废名常同我们谈莎士比亚，庾信，杜甫，李义山，《桥》下篇第十八章中有云：

“今天的花实在很灿烂，——李义山咏牡丹诗有两句我很喜欢，我是梦中传彩笔，欲书花叶寄朝云。你想，红花绿叶，其实在夜里都布置好了，——朝云一刹那见。”此可为一例。随后他又谈《论语》，《庄子》，以及佛经，特别是佩服《涅槃经》，不过讲到这里，我是不懂玄学的，所以就觉得不大能懂，不能有所评述了。废名南归后曾寄示所写小文一二篇，均颇有佳处，可惜一时找不出，也有很长的信讲到所谓道，我觉得不能赞一辞所以回信中只说些别的事情，关于道字了不提及。废名见了大为失望，于致平伯信中微露其意，但即是平伯亦未敢率尔与之论道也。

关于废名的这一方面的逸事，可以略记一二。废名平常颇佩服其同乡熊十力翁，常与谈论儒道异同等事，等到他着手读佛书以后，却与专门学佛的熊翁意见不合，而且多有不满之意。有余君与熊翁同住在二道桥，曾告诉我说，一日废名与熊翁论僧肇，大声争论，忽而静止，则二人已扭打在一处，旋见废名气哄哄的走出，但至次日，乃见废名又来，与熊翁在讨论别的问题矣。余君云系亲见，故当无错误。废名自云喜静坐深思，不知何时乃忽得特殊的经验，趺坐少顷，便两手自动，作种种姿态，有如体操，不能自已，仿佛自成一套，演毕乃复能活动。鄙人少信，颇疑是一种自己催眠，而废名则不以为然。其中学同窗有为僧者，甚加赞叹，以为道行之果，自己坐禅修道若干年，尚未能至，而废名偶尔得之，可为幸矣。废名虽不深信，然似亦不尽以为妄。假如是这样，那么这道便是于佛教之上又加了老庄以外的道教分子，于不佞更是不可解，照我个人的意见说来，废名谈中国文章与思想确有其好处，若舍而谈道，殊为可惜。废名曾撰联语见赠云，微言欣其知之为诲，道心恻于人不胜天。今日找出来抄录于此，废名所赞虽是过量，但他实在是知道我的意思之一人，现在想起来，不但有今昔之感，亦觉得至可怀念也。

三十二年三月十五日，记于北京

（原载于《古今》半月刊，一九四三年三月）

文艺上的宽容

英国伯利（Bury）教授著《思想自由史》第四章上有几句话道，“新派对于罗马教会的反叛之理智上的根据，是私人判断的权利，便是宗教自由的要义。但是那改革家只对于他们自己这样主张，而且一到他们将自己的信条造成了之后，又将这主张取消了。”这个情形不但在宗教上是如此，每逢文艺上一种新派起来的时候，必定有许多人，——自己是前一次革命成功的英雄，拿了批评上的许多大道理，来堵塞新潮流的进行。我们在文艺的历史上看见这种情形的反复出现，不免要笑，觉得聪明的批评家之希有，实不下于创作的天才。主张自己的判断的权利而不承认他人中的自我，为一切不宽容的原因，文学家过于尊信自己的流别，以为是唯一的“道”，至于蔑视别派为异端，虽然也无足怪，然而与文艺的本性实在很相违背了。

文艺以自己表现为主体，以感染他人为作用，是个人的而亦为人类的，所以文艺的条件是自己表现，其余思想与技术上的派别都在其次，——是研究的人便宜上的分类，不是文艺本质上判分优劣的标准。各人的个性既然是各各不同，（虽然在终极仍有相同之一点，即是人性）那么发现出来的文艺，当然是不相同。现在倘若拿了批评上的大道理要去强迫统一，即使这不可能的事情居然实现了，这样文艺作品已经失了他唯一的条件，其实不能成为文艺了。因为文艺的生命是自由不是平等，是分离不是合并，所以宽容是文艺发达的必要的条件。

然而宽容决不是忍受。不滥用权威去阻遏他人的自由发展是宽容，任凭权威来阻遏自己的自由发展而不反抗是忍受。正当的规则是，当自己求自由发展时对于迫压的势力，不应取忍受的态度；当自己成了已成势力之后，对于他人的自由发展，不可不取宽容的态度。聪明的批评家自己不妨属于已成势力的一分子，但同时应有对于新兴潮流的理解与承认。他的批评是印象的鉴赏，不是法理的判决，是诗人的而非学者的批评。文学固然可以成为科学的研究，但只是已往事实的综合与分析，不能作为未来的无限发展的轨范。文艺上的激变不是破坏（文艺的）法律，乃是增加条文，譬如无韵诗的提倡，似乎是破坏了“诗必须有韵”的法令，其实他只是改定了旧时狭隘的范围，将他放大，以为“诗可以无韵”罢了。表示生命之颤动的文学，当然没有不变的科律；历代的文艺在他自己的时代都是一代的成就，在全体上只是一个过程。要问文艺到什么程度是大成了，那犹如问文化怎样是极顶一样，都是不能回答的事，因为进化是没有止境的。许多人错把全体的一过程认做永久的完成，所以才有那些无聊的争执，其实只是自扰，何不将这白费的力气去做正当的事，走自己的路程呢。

近来有一群守旧的新学者，常拿了新文学家的“发挥个性，注重创造”的话做挡牌，以为他们不应该“而对于为文言者仇雠视之”；这意思似乎和我所说的宽容有些相象，但其实是全不相干的。宽容者对于过去的文艺固然予以相当的承认与尊重，但是无所用其宽容，因为这种文艺已经过去了，不是现在的势力所能干涉，便再没有宽容的问题了。所谓宽容乃是说已成势力对于新兴流派的态度，正如壮年人的听任青年的活动，其重要的根据，在于活动变化是生命的本质，无论流派怎么不同，但其发展个性注重创造，同是人生的文学的方向，现象上或是反抗，在全体上实是继续，所以应该宽容，听其自由发育。若是“为文言”或拟古（无论拟古典或拟传奇派）的人们，既然不是新兴的更进一步的流派，当然不在宽容之列。——这句话或者有点语病，当然不是说可以“仇雠视之”，不过说用不着人家的宽容罢了。他们遵守过去的权威的人，背后得有大多数人的拥护，还怕谁去迫害他们呢。老实说，在中国现在文艺界上宽容旧派还不成为问题，倒是新派究竟已否成为势力，应否忍受旧派的迫压，却是未可疏忽的一个问题。

临末还有一句附加的说明，旧派的不在宽容之列的理由，是他们不合发展个性的条件。服从权威正是把个性汩没了，还发展什么来。新古典派——并非英国十八世纪的——与新传奇派，是融和而非模拟，所以仍是有个性的。至于现代的古文振，却只有一个拟古的通性罢了。

一九二二年

（选自《自己的园地》，一九二二年）

人的文学

我们现在应该提倡的新文学，简单的说一句，是“人的文学”。应该排斥的，便是反对的非人的文学。

新旧这名称，本来很不妥当，其实“太阳底下何尝有新的东西”？思想道理，只有是非，并无新旧。要说是新，也单是新发见的新，不是新发明的新。“新大陆”是在十五世纪中，被哥仑布发见，但这地面是古来早已存在。电是在十八世纪中，被弗兰克林发见，但这物事也是古来早已存在。无非以前的人，不能知道，遇见哥仑布与弗兰克林才把他看出罢了。真理的发见，也是如此。真理永远存在，并无时间的限制，只因我们自己愚昧，闻道太迟，离发见的时候尚近，所以称他新。其实他原是极古的东西，正如新大陆同电一般，早在这宇宙之内，倘若将他当作新鲜果子、时式衣裳一样看待，那便大错了。譬如现在说“人的文学”，这一句话，岂不也像时髦。却不知世上生了人，便同时生了人道。无奈世人无知，偏不肯体人类的意志，走这正路，却迷入兽道鬼道里去，彷徨了多年，才得出来。正如人在白昼时候，闭着眼乱闯，末后睁开眼睛，才晓得世上有这样好阳光；其实太阳照临，早已如此，已有了许多年代了。

欧洲关于这“人”的真理的发见，第一次是在十五世纪，于是出了宗教改革与文艺复兴两个结果。第二次成了法国大革命，第三次大约便是欧战以后将来的未知事件了。女人与小儿的发见，却迟至十九世纪，才有萌芽。古来女人的位置，不过是男子的器具与奴隶。中古时代，教会里还曾讨论女子有无灵魂，算不算得一个人呢。小儿也只是父母的所有品，又不认他是一个未长成的人，却当他作具体而微的成人，因此又不知演了多少家庭的与教育的悲剧。自从苐罗培尔（Froebel）与戈特文（Godwin）夫人以后，才有光明出现。到了现在，造成儿童学与女子问题这两大研究，可望长出极好的结果来。中国讲到这类问题，却须从头做起，人的问题，从来未经解决，女人小儿更不必说了。如今第一步先从人说起，生了四千余年，现在却还讲人的意义，从新要发见“人”，去“辟人荒”，也是可笑的事。但老了再学，总比不学该胜一筹罢。我们希望从文学上起首，提倡一点人道主义思想，便是这个意思。

我们要说人的文学，须得先将这个人字，略加说明。我们所说的人，不是世间所谓“天地之性最贵”，或“圆颅方趾”的人。乃是说，“从动物进化的人类”。其中有两个要点，（一）“从动物”进化的，（二）从动物“进化”的。

我们承认人是一种生物。他的生活现象，与别的动物并无不同，所以我们相信人的一切生活本能，都是美的善的，应得完全满足。凡有违反人性不自然的习惯制度，都应该排斥改正。

但我们又承认人是一种从动物进化的生物。他的内面生活，比别的动物更为复杂高深，而且逐渐向上，有能够改造生活的力量。所以我们相信人类以动物的生活为生存的基础，而其内面生活，却渐与动物相远，终能达到高上和平的境地。凡兽性的余留，与古代礼法可以阻碍人性向上的发展者，也都应该排斥改正。

这两个要点，换一句话说，便是人的灵肉二重的生活。古人的思想，以为人性有灵肉二元，同时并存，永相冲突。肉的一面，是兽性的遗传；灵的一面，是神性的发端。人生的目的，便偏重在发展这神性；其手段，便在灭了体质以救灵魂。所以古来宗教，大都厉行禁欲主义，有种种苦行，抵制人类的本能。一方面却别有不顾灵魂的快乐派，只愿“死便埋我”。其实两者都是趋于极端，不能说是人的正当生活。到了近世，才有人看出这灵肉本是一物的两面，并非对抗的二元。兽性与神性，合起来便只是人性。英国十八世纪诗人勃莱克（Blake）在《天国与地狱的结婚》一篇中，说得最好：

（一）人并无与灵魂分离的身体。因这所谓身体者，原止是五官所能见的一部分的灵魂。

（二）力是唯一的生命，是从身体发生的。理就是力的外面的界。

（三）力是永久的悦乐。

他这话虽然略含神秘的气味，但很能说出灵肉一致的要义。我们所信的人类正当生活，便是这灵肉一致的生活。所谓从动物进化的人，也便是指这灵肉一致的人，无非用别一说法罢了。

这样“人”的理想生活，应该怎样呢？首先便是改良人类的关系。彼此都是人类，却又各是人类的一个。所以须营一种利己而又利他，利他即是利己的生活。第一，关于物质的生活，应该各尽人力所及，取人事所需。换一句话，便是各人以心力的劳作，换得适当的衣食住与医药，能保持健康的生存。第二，关于道德的生活，应该以爱智信勇四事为基本道德，革除一切人道以下或人力以上的因袭的礼法，使人人能享自由真实的幸福生活。这种“人的”理想生活，实行起来，实于世上的人无一不利。富贵的人虽然觉得不免失去了他的所谓尊严，但他们因此得从非人的生活里救出，成为完全的人，岂不是绝大的幸福么？这真可说是二十世纪的新福音了。只可惜知道的人还少，不能立地实行。所以我们的在文学上略略提倡，也稍尽我们爱人类的意思。

但现在还须说明，我所说的人道主义，并非世间所谓“悲天悯人”或“博施济众”的慈善主义，乃是一种个人主义的人间本位主义。这理由是，第一，人在人类中，正如森林中的一株树木。森林盛了，各树也都茂盛。但要森林盛，却仍非靠各树各自茂盛不可。第二，个人爱人类，就只为人类中有了我，与我相关的缘故。墨子说，“爱人不外己，己在所爱之中”，便是最透澈的话。上文所谓利己而又利他，利他即是利己，正是这个意思，所以我说的人道主义，是从个人做起。要讲人道，爱人类，便须先使自己有人的资格，占得人的位置。耶稣说，“爱邻如己”。如不先知自爱，怎能“如己”的爱别人呢？至于无我的爱，纯粹的利他，我以为是不可能的。人为了所爱的人，或所信的主义，能够有献身的行为。若是割肉饲鹰，投身给饿虎吃，那是超人间的道德，不是人所能为的了。

用这人道主义为本，对于人生诸问题，加以记录研究的文字，便谓之人的文学。其中又可以分作两项，（一）是正面的，写这理想生活，或人间上达的可能性；（二）是侧面的，写人的平常生活，或非人的生活，都很可以供研究之用。这类著作，分量最多，也最重要。因为我们可以因此明白人生实在的情状，与理想生活比较出差异与改善的方法。这一类中写非人的生活的文学，世间每每误会，与非人的文学相溷，其实却大有分别。譬如法国莫泊三（Maupassant）的小说《一生》（Une Vie），是写人间兽欲的人的文学；中国的《肉蒲团》却是非人的文学。俄国库普林（Kuprin）的小说《坑》（Jama），是写娼妓生活的人的文学；中国的《九尾龟》却是非人的文学。这区别就只在著作的态度不同。一个严肃，一个游戏。一个希望人的生活，所以对于非人的生活，怀着悲哀或愤怒；一个安于非人的生活，所以对于非人的生活，感着满足，又多带些玩弄与挑拨的形迹。简明说一句，人的文学与非人的文学的区别，便在著作的态度，是以人的生活为是呢，非人的生活为是呢这一点上。材料方法，别无关系。即如提倡女人殉葬——即殉节——的文章，表面上岂不说是“维持风教”；但强迫人自杀，正是非人的道德，所以也是非人的文学。中国文学中，人的文学本来极少。从儒教道教出来的文章，几乎都不合格。现在我们单从纯文学上举例如：

（一）色情狂的淫书类

（二）迷信的鬼神书类（《封神榜》《西游记》等）

（三）神仙书类（《绿野仙踪》等）

（四）妖怪书类（《聊斋志异》《子不语》等）

（五）奴隶书类（甲种主题是皇帝状元宰相，乙种主题是神圣的父与夫）

（六）强盗书类（《水浒》《七侠五义》《施公案》等）

（七）才子佳人书类（《三笑姻缘》等）

（八）下等谐谑书类（《笑林广记》等）

（九）黑幕类

（十）以上各种思想和合结晶的旧戏

这几类全是妨碍人性的生长，破坏人类的平和的东西，统应该排斥。这宗著作，在民族心理研究上，原都极有价值。在文艺批评上，也有几种可以容许。但在主义上，一切都该排斥。倘若懂得道理，识力已定的人，自然不妨去看。如能研究批评，便于世间更为有益，我们也极欢迎。

人的文学，当以人的道德为本，这道德问题方面很广，一时不能细说。现在只就文学关系上，略举几项。譬如两性的爱，我们对于这事，有两个主张。（一）是男女两本位的平等，（二）是恋爱的结婚。世间著作，有发挥这意思的，便是绝好的人的文学。如诺威伊孛然（Ibsen）的戏剧《娜拉》（Et Dukkehjem）《海女》（Fruen fra Havet），俄国托尔斯泰（Tolstoj）的小说 Anna Karenina，英国哈兑（Hardy）的小说《台斯》（Tess）等就是。恋爱起原，据芬阑学者威思德马克（Westermarch）说，由于"人的对于我快乐者的爱好"。却又如奥国卢闿（Lucke）说，因多年心的进化，渐变了高上的感情。所以真实的爱与两性的生活，也须有灵肉二重的一致。但因为现世社会境势所迫，以致偏于一面的，不免极多。这便须根据人道主义的思想，加以记录研究。却又不可将这样生活，当作幸福或神圣，赞美提倡。中国的色情狂的淫书，不必说了。旧基督教的禁欲主义的思想，我也不能承认他为是。又如俄国陀思妥也夫斯奇（Dostojevskij）是伟大的人道主义作家。但他在一部小说中，说一男人爱一女子，后来女子爱了别人，他却竭力斡旋，使他们能够配合。陀思妥也夫斯奇自己，虽然言行竟是一致，但我们总不能承认这种种行为，是在人情以内，人力以外，所以不愿提倡。又如印度诗人泰戈尔（Tagore）做的小说，时时颂扬东方思想。有一篇记一寡妇的生活，描写他的"心的撒提（Suttee）"（撒提是印度古语，指寡妇与她丈夫的尸体一同焚化的习俗），又一篇说一男人弃了他的妻子，在英国别娶，他的妻子，还典卖了金珠宝玉，永远的接济他。一个人如有身心的自由，以自由选择，与人结了爱，遇着生死的别离，发生自己牺牲的行为，这原是可以称道的事。但须全然出于自由意志，与被专制的因袭礼法逼成的动作，不能并为一谈。印度人身的撒提，世间都知道是一种非人道的习俗，近来已被英国禁止。至于人心的撒提，便只是一种变相。一是死刑，一是终身监禁。照中国说，一是殉节，一是守节，原来撒提这字，据说在梵文，便正是节妇的意思。印度女子被"撒提"了几千年，便养成了这一种畸形的贞顺之德。讲东方化的，以为是国粹，其实只是不自然的制度习惯的恶果。譬如中国人磕头惯了，见了人便无端的要请安拱手作揖，大有非跪不可之意，这能说是他的谦和美德么？我们见了这种畸形的所谓道德，正如见了塞在坛子里养大的、身子像罗卜形状的人，只感着恐怖嫌恶悲哀愤怒种种感情，决不该将他提倡，拿他赏赞。

其次如亲子的爱。古人说，父母子女的爱情，是"本于天性"，这话说得最好。因他本来是天性的爱，所以用不着那些人为的束缚，妨害他的生长。假如有人说，父母生子，全由私欲，世间或要说他不道。今将他改作由于天性，便极适当。照生物现象看来，父母生子，正是自然的意志。有了性的生活，自然有生命的延续，与哺乳的努力，这是动物无不如此。到了人类，对于恋爱的融合，自我的延长，更有意识，所以亲子的关系，尤为浓厚。近时识者所说儿童的权利，与父母的义务，便即据这天然的道理推演而出，并非时新的东西。至于世间无知的父母，将子女当作所有品，牛马一般养育，以为养大以后，可以随便唤他骑他，那便是退化的谬误思想。英国教育家戈思德（Gorst）称他们为“猿类之不肖子”，正不为过。日本津田左右吉著《文学上国民思想的研究》卷一说，“不以亲子的爱情为本的孝行观念，又与祖先为子孙而生存的生物学的普遍事实，人为将来而努力的人间社会的实际状态，俱相违反，却认作子孙为祖先而生存，如此道德中，显然含有不自然的分子。”祖先为子孙而生存，所以父母理应爱重子女，子女也就应该爱敬父母。这是自然的事实，也便是天性。文学上说这亲子的爱的，希腊诃美罗斯（Homeros）史诗《伊理亚斯》（Ilias）与欧里毕兑斯（Euripides）悲剧《德罗夜兑斯》（Troiades）中，说赫克多尔（Hektor）夫妇与儿子的死别的两节，在古文学中，最为美妙。近来诺威伊孛然的《群鬼》（Gengangere），德国士兑曼（Sudemann）的戏剧《故乡》（Heimat），俄国都介涅夫（Turgenjev）的小说《父子》（Ottsy i deti）等，都很可以供我们的研究。至于郭巨埋儿、丁兰刻木那一类残忍迷信的行为，当然不应再行赞扬提倡。割股一事，尚是魔术与食人风俗的遗留，自然算不得道德，不必再叫他混入文学里，更不消说了。

照上文所说，我们应该提倡与排斥的文学，大致可以明白了。但关于古今中外这一件事上，还须追加一句说明，才可免了误会。我们对于主义相反的文学，并非如胡致堂或乾隆做史论，单依自己的成见，将古今人物排头骂倒。我们立论，应抱定“时代”这一个观念，又将批评与主张，分作两事。批评古人的著作，便认定他们的时代，给他一个正直的评价，相应的位置。至于宣传我们的主张，也认定我们的时代，不能与相反的意见通融让步，唯有排斥的一条方法。譬如原始时代，本来只有原始思想，行魔术食人肉，原是分所当然。所以关于这宗风俗的歌谣故事，我们还要拿来研究，增点见识。但如近代社会中，竟还有想实行魔术食人的人，那便只得将他捉住，送进精神病院去了。其次，对于中外这个问题，我们也只须抱定时代这一个观念，不必再划出什么别的界限。地理上历史上，原有种种不同，但世界交通便了，空气流通也快了，人类可望逐渐接近，同一时代的人，便可相并存在。单位是个我，总数是个人。不必自以为与众不同，道德第一，划出许多畛域。因为人总与人类相关，彼此一样，所以张三李四受苦，与彼得约翰受苦，要说与我无关，便一样无关；说与我相关，也一样相关。仔细说，便只为我与张三李四或彼得约翰虽姓名不同，籍贯不同，但同是人类之一，同具感觉性情。他以为苦的，在我也必以为苦。这苦会降在他身上，也未必不能降在我的身上。因为人类的运命是同一的，所以我要顾虑我的运命，便同时须顾虑人类共同的运命。所以我们只能说时代，不能分中外。我们偶有创作，自然偏于见闻较确的中国一方面，其余大多数都还须绍介译述外国的著作，扩大读者的精神，眼里看见了世界的人类，养成人的道德，实现人的生活。

一九一八年十二月七日

（原载于《新青年》第五卷第六号，一九一八年十二月）

平民的文学

平民文学这四个字，字面上极易误会，所以我们先得解说一回，然后再行介绍。

平民的文学正与贵族的文学相反。但这两样名词，也不可十分拘泥，我们说贵族的平民的，并非说这种文学是专做给贵族，或平民看，专讲贵族或平民的生活，或是贵族或平民自己做的。不过说文学的精神的区别，指他普遍与否，真挚与否的区别。

中国现在成了民国，大家都是公民。从前头上顶了一个什么皇帝，那时“率土之滨，莫非王臣”，大家便同是奴隶，向来没有贵族平民这名称阶级。虽然大奴隶对于小奴隶上等社会对于下等社会，大有高下，但根本上原是一样的东西。除却当时的境遇不同以外，思想趣味，毫无不同，所以在人物一方面上，分不出什么区别。

就形式上说，古文多是贵族的文学，白话多是平民的文学。但这也不尽如此。古文的著作，大抵偏于部分的，修饰的，享乐的，或游戏的，所以确有贵族文学的性质。至于白话这几种现象，似乎可以没有了。但文学上原有两种分类，白话固然适宜于“人生艺术派”的文学，也未尝不可做“纯艺术派”的文学。纯艺术派以造成纯粹艺术品为艺术唯一之目的，古文的雕章琢句，自然是最相近，但白话也未尝不可雕琢，造成一种部分的修饰的享乐的游戏的文学。那便是虽用白话也仍然是贵族的文学。譬如古铜铸的钟鼎，现在久已不适实用，只能尊重他是古物，收藏起来，我们日用的器具要用磁的盘碗了。但铜器现在固不适用，磁的也只作成盘碗的适用，倘如将可以做碗的磁，烧成了二三尺高的五彩花瓶，或做了一座纯白的观世音，那时，我们也只能将他同钟鼎一样珍重收藏，却不能同盘碗一样适用。因为他虽是一个艺术品，但是纯艺术品，不是我们所要求的人生的艺术品。

照此看来，文学的形式上，是不能定出区别，现在再从内容上说。内容的区别，又是如何？上文说过贵族文学形式上的缺点，是偏于部分的，修饰的，享乐的，或游戏的；这内容上的缺点，也正是如此。所以平民文学应该着重与贵族文学相反的地方，是内容充实，就是普遍与真挚两件事。第一，平民文学应以普通的文体，记普遍的思想与事实。我们不必记英雄豪杰的事业，才子佳人的幸福，只应记载世间普通男女的悲欢成败。因为英雄豪杰才子佳人，是世上不常见的人；普通男女是大多数，我们也便是其中的一人，所以其事更为普遍，也更为切己。我们不必讲偏重一面的畸形道德，只应讲说人间交互的实行道德。因为真的道德，一定普遍，决不偏枯。天下决无只有在甲应守，在乙不必守的奇怪道德。所以愚忠愚孝，自不消说，即使世间男人多所最喜欢说的殉节守贞，也是全不合理，不应提倡。世上既虽只有一律平等的人类，自然也有一种一律平等的人的道德。第二，平民文学应以真挚的文体，记真挚的思想与事实。既不坐在上面，自命为才子佳人，又不立在下风，颂扬英雄豪杰，只自认是人类中的一个单体，浑在人类中间，人类的事，便也是我的事。我们说及切己的事，那时心急口忙，只想表出我的真意实感，自然不暇顾及那些雕章琢句了。譬如对众表白意见，虽可略加努力，说得美妙动人，却总不至于谄成一支小曲，唱的十分好听，或编成一个笑话，说得哄堂大笑，却把演说的本意没却了。但既是文学作品，自然应有艺术的美。只须以真为主，美即在其中。这便是人生的艺术派的主张，与以美为主的纯艺术派所以有别。

平民文学的意义，照上文所说，大略已可明白，还有我所最怕被人误会的两件事，非加说明不可，——

第一，平民文学决不单是通俗文学。白话的平民文学比古文原是更为通俗，但并非单以通俗为唯一之目的。因为平民文学不是专做给平民看的，乃是研究平民生活——人的生活——的文学。他的目的，并非想将人类的思想趣味，竭力按下，同平民一样，乃是想将平民的生活提高，得到适当的一个地位。凡是先知或引路的人的话，本非全数的人尽能懂得，所以平民的文学，现在也不必个个“田夫野老”都可领会。近来有许多人反对白话，说这总非田夫野老所了解，不如仍用古文。现在请问，田夫野老大半不懂植物学的，倘说因为他们不能懂，便不如抛了高宾球三氏的植物学，去看《本草纲目》，能说是正当办法么？正因他们不懂，所以要费心力，去启发他。正同植物学应用在农业药物上一样，文学也须应用在人生上。倘若怕与他们现状不合，一味想迁就，那时植物学者只好照《本草纲目》讲点玉蜀黍性寒，何首乌性温给他们听，文人也只好编几一部《封鬼传》《八侠十义》《杀孙报》给他们看，还讲什么“我的”科学观文学观呢？

第二，平民文学决不是慈善主义的文学。在现在平民时代，所有的人都只应守着自立与互助两种道德，没有什么叫慈善。慈善这句话，乃是富贵人对贫贱人所说，正同皇帝的行仁政一样是一种极侮辱人类的话。平民文学所说，近在研究全体的人的生活，如何能够改进到正当的方向，决不是说施粥施棉衣的事。平民的文学者，见了一个乞丐，决不是单给他一个铜子，便安心走过；捉住了一个贼，也决不是单给他一元钞票放了，便安心睡下。他照常未必给一个铜子或一元钞票，但他有他心里的苦闷，来酬付他受苦或为非的同类的人。他所注意的，不单是这一人缺一个铜子或一元钞票的事，乃是对于他自己的，与共同的人类的运命。他们用一个铜子或用一元钞票，赎得心的苦闷的人，已经错了。他们用一个铜子或一元钞票，买得心的快乐的人，更是不足道了。伪善的慈善主义，根本里全藏着傲慢与私利，与平民文学的精神，绝对不能相容，所以也非排除不可。

在中国文学中，想得上文所说理想的平民文学，原极为难。因为中国所谓文学的东西，无一不是古文。被挤在文学外的章回小说几十种，虽是白话，却都含着游戏的夸张的分子，都够不上这资格。只有《红楼梦》要算最好，这书虽然被一班无聊文人学坏成了《玉梨魂》派的范本，但本来仍然是好。因为他能写出中国家庭中的喜剧悲剧，到了现在，情形依旧不改，所以耐人研究。在近时著作中，举不出什么东西，还只是希望将来的努力，能翻译或造作出几种有价值有生命的文学作品。

一九一八年十二月二十日

（原载于《每周评论》第五号，一九一九年一月）

思想革命

近年来文学革命的运动渐见功效，除了几个讲“纲常名教”的经学家，同做“鸳鸯瓦冷”的诗余家以外，颇有人认为正当，在杂志及报章上面，常常看见用白话做的文章，白话在社会上的势力，日见盛大，这是很可乐观的事。

但我想文学这事物本合文字与思想两者而成，表现思想的文字不良，固然足以阻碍文学的发达，若思想本质不良，徒有文字，也有什么用处呢？我们反对古文，大半原为他晦涩难解，养成国民笼统的心思，使得表现力与理解力都不发达，但别一方面，实又因为他内中的思想荒谬，于人有害的缘故。这宗儒道合成的不自然的思想，寄寓在古文中间，几千年来，根深蒂固，没有经过廓清，所以这荒谬的思想与晦涩和古文，几乎已融合为一，不能分离。我们随手翻开古文一看，大抵总有一种荒谬思想出现。便是现代的人做一篇古文，既然免不了用几个古典熟语，那种荒谬思想已经渗进了文字里面去了，自然也随处出现。譬如署年月，因为民国的名称不古，写作“春王正月”固然有宗社党气味，写作“已未孟春”，又像遗老。如今废去古文，将这表现荒谬思想的专用器具撤去，也是一种有效的办法。但他们心里的思想，恐怕终于不能一时变过，将来老瘾发时，仍旧胡说乱道的写了出来，不过从前是用古文，此刻用了白话罢了。话虽容易懂了，思想却仍然荒谬，仍然有害。好比“君师主义”的人，穿上洋服，挂上维新的招牌，难道就能说实行民主政治？这单变文字不变思想的改革，也怎能算是文学革命的完全胜利呢？

中国怀着荒谬思想的人，虽然平时发表他的荒谬思想，必用所谓古文，不用白话，但他们嘴里原是无一不说白话的。所以如白话通行，而荒谬思想不去，仍然未可乐观，因为他们用从前做过《圣谕广训直解》的办法，也可以用了支离的白话来讲古怪的纲常名教。他们还讲三纲，却叫做“三条索子”，说“老子是儿子的索子，丈夫是妻子的索子”，又或仍讲复辟，却叫做“皇帝回任”。我们岂能因他们所说是白话，比那四六调或桐城派的古文更加看重呢？譬如有一篇提倡“皇帝回任”的白话文，和一篇“非复辟”的古文并放在一处，我们说那边好呢？我见中国许多淫书都用白话，因此想到白话前途的危险。中国人如不真是“洗心革面”的改悔，将旧有的荒谬思想弃去，无论用古文或白话文，都说不出好东西来。就是改学了德文或世界语，也未尝不可以拿来做“黑幕”，讲忠孝节烈，发表他们的荒谬思想。倘若换汤不换药，单将白话换出古文，那便如上海书店的译《白话论语》，还不如不做的好。因为从前的荒谬思想，尚是寄寓在晦涩的古文中间，看了中毒的人，还是少数，若变成白话，便通行更广，流毒无穷了，所以我说，文学革命上，文字改革是第一步，思想改革是第二步，却比第一步更为重要。我们不可对于文字一方面过于乐观了，闲却了这一面的重大问题。

八年三月

（选自《谈虎集》，一九一九年三月）

祖先崇拜

远东各国都有祖先崇拜这一种风俗。现今野蛮民族多是如此，在欧洲古代也已有过。中国到了现在，还保存这部落时代的蛮风，实是奇怪。据我想，这事既于道理上不合，又于事实上有害，应该废去才是。

第一，祖先崇拜的原始的理由，当然是本于精灵信仰。原人思想，以为万物都有灵的，形体不过是暂时的住所。所以人死之后仍旧有鬼，存留于世上，饮食起居还同生前一样。这些资料须由子孙供给，否则便要触怒死鬼，发生灾祸，这是祖先崇拜的起源。现在科学昌明，早知道世上无鬼，这骗人的祭献礼拜当然可以不做了。这宗风俗，令人废时光，费钱财，很是有损，而且因为接香烟吃羹饭的迷信，许多男人往往借口于“不孝有三无后为大”的谬说，买妾蓄婢，败坏人伦，实在是不合人道的坏事。

第二，祖先崇拜的稍为高上的理由，是说“报本返始”，他们说：“你试思身从何来？父母生了你，乃是昊天罔极之恩，你哪可不报答他？”我想这理由不甚充足。父母生了儿子，在儿子并没有什么恩，在父母反是一笔债。我不信世上有一部经典，可以千百年来当人类的教训的，只有记载生物的生活现象的 Biology（生物学）才可供我们参考，定人类行为的标准。在自然律上面，的确是祖先为子孙而生存，并非子孙为祖先而生存的。所以父母生了子女，便是他们（父母）的义务开始的日子，直到子女成人才止。世俗一般称孝顺的儿子是还债的，但据我想，儿子无一不是讨债的，父母倒是还债——生他的债——的人。待到债务清了，本来已是“两讫”；但究竟是一体的关系，有天性之爱，互相联系住，所以发生一种终身的亲善的情谊。至于恩这一个字，实是无从说起，倘说真是体会自然的规律，要报生我者的恩，那便应该更加努力做人，使自己比父母更好，切实履行自己的义务——对于子女的债务——使子女比自己更好，才是正当办法。倘若一味崇拜祖先，想望做古人，自羲皇上溯盘古时代以至类人猿时代，这样的做人法，在自然律上，明明是倒行逆施，决不可许的了。

我最厌听许多人说，“我国开化最早”，“我祖先文明什么样”。开化的早，或古时有过一点文明，原是好的。但何必那样崇拜，仿佛人的一生事业，除恭维我祖先之外，别无一事似的。譬如我们走路，目的是在前进。过去的这几步，原是我们前进的始基，但总不必站住了，回过头去，指点着说好，反误了前进的正事。因为再走几步，还有更好的正在前头呢！有了古时的文化，才有现在的文化，有了祖先，才有我们。但倘如古时文化永远不变，祖先永远存在，那便不能有现在的文化和我们了。所以我们所感谢的，正因为古时的文化来了又去，祖先生了又死，能够留下现在的文化和我们——现在的文化，将来也是来了又去，我们也是生了又死，能够留下比现时更好的文化和比我们更好的人。

我们切不可崇拜祖先，也切不可望子孙崇拜我们。

尼采说：“你们不要爱祖先的国，应该爱你们子孙的国……你们应该将你们的子孙，来补救你们自己为祖先的子孙的不幸。你们应该这样救济一切的过去。”所以我们不可不废去祖先崇拜，改为自己崇拜——子孙崇拜。

八年三月

（选自《谈虎集》，一九一九年三月）

国粹与欧化

在《学衡》上的一篇文章里，梅光迪君说："实则模仿西人与模仿古人，其所模仿者不同，其为奴隶则一也。况彼等模仿西人，仅得糟粕，国人之模仿古人者，时多得其神髓乎。"我因此引起一种对于模仿与影响，国粹与欧化问题的感想。梅君以为模仿都是奴隶，但模仿而能得其神髓，也是可取的。我的意见则以为模仿都是奴隶，但影响却是可以的；国粹只是趣味的遗传，无所用其模仿，欧化是一种外缘，可以尽量的容受他的影响，当然不以模仿了事。

倘若国粹这一个字，不是单指那选学桐城的文章和纲常名教的思想，却包括国民性的全部，那么我所假定遗传这一个释名，觉得还没有什么不妥。我们主张尊重各人的个性，对于个性的综合的国民性自然一样尊重，而且很希望其在文艺上能够发展起来，造成有生命的国民文学。但是我们的尊重与希望无论怎样的深厚，也只能以听其自然长发为止，用不着多事的帮助，正如一颗小小的稻或麦的种子，里边原自含有长成一株稻或麦的能力，所需要的只是自然的养护，倘加以宋人的揠苗助长，便反不免要使他"则苗槁矣"了。我相信凡是受过教育的中国人，以不模仿什么人为唯一的条件，听凭他自发的用任何种的文字，写任何种的思想，他的结果仍是一篇"中国的"文艺作品，有他的特殊的个性与共通的国民性相并存在，虽然这上边可以有许多外来的影响。这样的国粹直沁进在我们的脑神经里，用不着保存，自然永久存在，也本不会消灭的；他只有一个敌人，便是"模仿"。模仿者成了人家的奴隶，只有主人的命令，更无自己的意志，于是国粹便跟了自性死了。好古家却以为保守国粹在于模仿古人，岂不是自相矛盾么？他们的错误，由于以选学桐城的文章、纲常名教的思想为国粹，因为这些都是一时的现象，不能永久的自然的附着于人心，所以要勉强的保存，便不得不以模仿为唯一的手段，奉模仿古人而能得其神髓者为文学正宗了。其实既然是模仿了，决不会再有“得其神髓”这一回事；创作的古人自有他的神髓，但模仿者的所得却只有皮毛，便是所谓糟粕。奴隶无论怎样的遵守主人的话，终于是一个奴隶而非主人；主人的神髓在于自主，而奴隶的本分在于服从，叫他怎样的去得呢？他想做主人，除了从不做奴隶入手以外，再没有别的方法了。

我们反对模仿古人，同时也就反对模仿西人；所反对的是一切的模仿，并不是有中外古今的区别与成见。模仿杜少陵或泰戈尔，模仿苏东坡或胡适之，都不是我们所赞成的，但是受他们的影响是可以的，也是有益的，这便是我对于欧化问题的态度。我们欢迎欧化是喜得有一种新空气，可以供我们的享用，造成新的活力，并不是注射到血管里去，就替代血液之用。向来有一种乡愿的调和说，主张中学为体西学为用，或者有人要疑我的反对模仿欢迎影响说和他有点相似，但其间有这一个差异：他们有一种国粹优胜的偏见，只在这条件之上才容纳若干无伤大体的改革，我却以遗传的国民性为素地，尽他本质上的可能的量去承受各方面的影响，使其融和沁透，合为一体，连续变化下去，造成一个永久而常新的国民性，正如人的遗传之逐代增入异分子而不失其根本的性格。譬如国语问题，在主张中学为体西学为用者的意见，大抵以废弃周秦古文而用今日之古文为最大的让步了；我的主张则就单音的汉字的本性上尽最大可能的限度，容纳“欧化”，增加他表现的力量，却也不强他所不能做到的事情。照这样看来，现在各派的国语改革运动都是在正轨上走着，或者还可以逼紧一步，只不必到“三株们的红们的牡丹花们”的地步：曲折语的语尾变化虽然是极便利，但在汉文的能力之外了。我们一面不赞成现代人的做骈文律诗，但也并不忽视国语中字义声音两重的对偶的可能性，觉得骈律的发达正是运命的必然，非全由于人为，所以国语文学的趋势虽然向着自由的发展，而这个自然的倾向也大可以利用，炼成音乐与色彩的言讯，只要不以词害意就好了。总之我觉得国粹欧化之争是无用的；人不能改变本性，也不能拒绝外缘，到底非大胆的是认两面不可。倘若偏执一面，以为彻底，有如两个学者，一说诗也有本能，一说要“取消本能多’，大家高论一番，聊以快意，其实有什么用呢?

（选自《自己的园地》，一九二二年二月）

贵族的与平民的

关于文艺上贵族的与平民的精神这个问题，已经有许多人讨论过，大都以为平民的最好，贵族的是全坏的。我自己以前也是这样想，现在却觉得有点怀疑。变动而相连续的文艺，是否可以这样截然的划分；或者拿来代表一时代的趋势，未尝不可，但是可以这样显然的判出优劣么？我想这不免有点不妥，因为我们离开了实际的社会问题，只就文艺上说，贵族的与平民的精神，都是人的表现，不能指定谁是谁非，正如规律的普遍的古典精神与自由的特殊的传奇精神，虽似相反而实并存，没有消灭的时候。

人家说近代文学是平民的，十九世纪以前的文学是贵族的，虽然也是事实，但未免有点皮相。在文艺不能维持生活的时代，固然只有那些贵族或中产阶级才能去弄文学，但是推上去到了古代，却见文艺的初期又是平民的了。我们看见史诗的歌咏神人英雄的事迹，容易误解以为“歌功颂德”，是贵族文学的滥觞，其实他正是平民的文学的真鼎呢。所以拿了社会阶级上的贵族与平民这两个称号，照着本义移用到文学上来，想划分两种阶级的作品，当然是不可能的事。即使如我先前在《平民的文学》一篇文里，用普遍与真挚两个条件，去做区分平民的与贵族的文学的标准，也觉得不很妥当。我觉得古代的贵族文学里并不缺乏真挚的作品，而真挚的作品便自有普遍的可能性，不论思想与形式的如何。我现在的意见，以为在文艺上可以假定有贵族的与平民的这两种精神，但只是对于人生的两样态度，是人类共通的，并不专属于某一阶级，虽然他的分布最初与经济状况有关，——这便是两个名称的来源。

平民的精神可以说是淑本好耳所说的求生意志，贵族的精神便是尼采所说的求胜意志了。前者是要求有限的平凡的存在，后者是要求无限的超越的发展；前者完全是入世的，后者却几乎有点出世的了。这些渺茫的话，我们倘引中国文学的例，略略比较，就可以得到具体的释解。中国汉晋六朝的诗歌，大家承认是贵族文学，元代的戏剧是平民文学。两者的差异，不仅在于一是用古文所写，一是用白话所写，也不在于一是士大夫所作，一是无名的人所作，乃是在于两者的人生观的不同。我们倘以历史的眼光看去，觉得这是国语文学发达的正轨，但是我们将这两者比较的读去，总觉得对于后者有一种漠然的不满足。这当然是因个人的气质而异，但我同我的朋友疑古君谈及，他也是这样感想。我们所不满足的，是这一代里平民文学的思想，大是现世的利禄的了，没有超越现代的精神；他们是认人生，只是太乐天了，就是对于现状太满意了。贵族阶级在社会上凭借了自己的特殊权利，世间一切可能的幸福都得享受，更没有什么歆羡与留恋，因此引起一种超越的追求，在诗歌上的隐逸神仙的思想即是这样精神的表现。至于平民，于人们应得的生活的悦乐还不能得到，他的理想自然是限于这可望而不可即的贵族生活，此外更没有别的希冀，所以在文学上表现出来的是那些功名妻妾的团圆思想了。我并不想因此来判分那两种精神的优劣，因为求生意志原是人性的，只是这一种意志不能包括人生的全体，却也是自明的事实。

我不相信某一时代的某一倾向可以做文艺上永久的模范，但我相信真正的文学发达的时代必须多少含有贵族的精神。求生意志固然是生活的根据，但如没有求胜意志叫人努力的去求“全而善美”的生活，则适应的生存容易是退化的而非进化的了。人们赞美文艺上的平民的精神，却竭力的反对旧剧，其实旧剧正是平民文学的极峰，只因他的缺点太显露了，所以遭大家的攻击。贵族的精神走进歧路，要变成威廉第二的态度，当然也应该注意。我想文艺当以平民的精神为基调，再加以贵族的洗礼，这才能够造成真正的人的文学。倘若把社会上一时的阶级争斗硬移到艺术上来，要实行劳农专政，他的结果一定与经济政治上的相反，是一种退化的现象，旧剧就是他的一个影子。从文艺上说来，最好的事是平民的贵族化，——凡人的超人化，因为凡人如不想化为超人，便要化为末人了。

（选自《自己的园地》，一九二二年二月）

关于命运

我近来很有点相信命运。那么难道我竟去请教某法师某星士，要他指点我的流年或终身的吉凶么？那也未必。这些要知道我自己都可以知道，因为知道自己应该无过于自己。我相信命运，所凭的不是吾家《易经》神课，却是人家的科学术数。我说命，这就是个人的先天的质地，今云遗传。我说运，是后天的影响，今云环境。二者相乘的结果就是数，这个字读如数学之数，并非虚无飘渺的话，是实实在在的一个数目，有如从甲乙两个已知数做出来的答案，虽曰未知数而实乃是定数也。要查这个定数须要一本对数表，这就是历史。好几年前我就劝人关门读史，觉得比读经还要紧还有用，因为经至多不过是一套准提咒罢了，史却是一座孽镜台，他能给我们照出前因后果来也。我自己读过一部《纲鉴易知录》，觉得得益匪浅，此外还有明季南北略和《明季稗史汇编》，这些也是必读之书，近时印行的《南明野史》可以加在上面，盖因现在情形很像明季也。

日本永井荷风著《江户艺术论》十章，其《浮世绘之鉴赏》第五节论日本与比利时美术的比较，有云：

“我反省我自己是什么呢，我非威耳哈伦（Verhaeren）似的比利时人而是日本人也，生来就和他们的运命及境遇迥异的东洋人也。恋爱的至情不必说了，凡对于异性之性欲的感觉悉视为最大的罪恶，我辈即奉戴着此法制者也。承受‘胜不过啼哭的小孩和地主’的教训的人类也，知道‘说话则唇寒’的国民也。使威耳哈伦感奋的那滴着鲜血的肥羊肉与芳醇的蒲桃酒与强壮的妇女的绘画，都于我有什么用呢。呜呼，我爱浮世绘。苦海十年为亲卖身的游女的绘姿使我泣。凭倚竹窗茫然看着流水的艺妓的姿态使我喜。卖宵夜面的纸灯寂寞地停留在河边的夜景使我醉。雨夜啼月的杜鹃，阵雨中散落的秋天木叶，落花飘风的钟声，途中日暮的山路的雪，凡是无常无告无望的，使人无端嗟叹此世只是一梦的，这样的一切东西，于我都是可亲，于我都是可怀。”又第三节中论江户时代木板画的悲哀的色彩云：

“这暗示出那样暗黑时代的恐怖与悲哀与疲劳，在这一点上我觉得正如闻娼妇啜泣的微声，深不能忘记那悲苦无告的色调。我与现社会相接触，常见强者之极其强暴而感到义愤的时候，想起这无告的色彩之美，因了潜存的哀诉的旋律而将暗黑的过去再现出来，我忽然了解东洋固有的专制的精神之为何，深悟空言正义之不免为愚了。希腊美术发生于以亚坡隆为神的国土，浮世绘则由与虫豸同样的平民之手制作于日光晒不到的小胡同的杂院里。现在虽云时代全已变革，要之只是外观罢了。若以合理的眼光一看破其外皮，则武断政治的精神与百年以前毫无所异。江户木板画之悲哀的色彩至今全无时间的间隔，深深沁入我们的胸底，常传亲密的私语者，盖非偶然也。”荷风写此文时在大正二年（一九一三）正月，已发如此慨叹，二十年后的今日不知更怎么说，近几年的政局正是明治维新的平反，“幕府”复活，不过是一阶级而非一家系的，岂非建久以来七百余年的征夷大将军的威力太大，六十年的尊王攘夷的努力丝毫不能动摇，反而自己没落了么？以上是日本的好例。

我们中国又如何呢？我说现今很像明末，虽然有些热心的文人学士听了要不高兴，其实是无可讳言的。我们且不谈那建夷，流寇，方镇，宦官以及饥荒等，只说八股和党社这两件事罢。清许善长著《碧声吟馆谈麈》卷四有论八股一则，中有云：

“功令以时文取士，不得不为时文。代圣贤立言，未始不是，然就题作文，各肖口吻，正如优孟衣冠，于此而欲征其品行，觇其经济，真隔膜矣。卢报经学士云，时文验其所学而非所以为学也，自是通论。至景范之言曰，秦坑儒不过四百，八股坑人极于天下后世，则深恶而痛疾之也。明末东林党祸惨酷尤烈，竟谓天子可欺，九庙可毁，神州可陆沉，而门户体面决不可失，终至于亡国败家而不悔，虽曰气运使然，究不知是何居心也。”明季士大夫结党以讲道学，结社以作八股，举世推重，却不知其于国家有何用处，如许氏说则其为害反是很大。明张岱的意见与许氏同，其《与李砚翁书》云：

“夫东林自顾泾阳讲学以来，以此名目祸我国家者八九十年，以其党升沉用占世数兴败，其党盛则为终南之捷径，其党败则为元祐之党碑，风波水火，龙战于野，其血玄黄，朋党之祸与国家相为终始。盖东林首事者实多君子，窜入者不无小人，拥戴者皆为小人，招来者亦有君子。……东林之中，其庸庸碌碌者不必置论，如贪婪强横之王图，奸险凶暴之李三才，闯贼首辅之项煜，上笺劝进之周钟，以至窜入东林，乃欲俱奉之以君子，则吾臂可断决不敢徇情也。东林之尤可丑者，时敏之降闯贼曰，吾东林时敏也，以冀大用。鲁王监国，蕞尔小朝廷，科道任孔当辈犹曰，非东林不可进用，则是东林二字直与蕞尔鲁国及汝偕亡者。”明朝的事归到明朝去，我们本来可以不管，可是天下事没有这样如意，有些痴颠恶疾都要遗传，而恶与癖似亦不在例外，我们毕竟是明朝人的子孙，这笔旧账未能一笔勾消也。——虽然我可以声明，自明正德时始迁祖起至于现今，吾家不曾在政治文学上有过什么作为，不过民族的老账我也不想赖，所以所有一切好坏事情仍然担负四百兆分之一。

我们现在且说写文章的。代圣贤立言，就题作文，各肖口吻，正如优孟衣冠，是八股时文的特色，现今有多少人不是这样的？功令以时文取士，岂非即文艺政策之一面，而又一面即是文章报国乎？读经是中国固有的老嗜好，却也并不与新人不相容，不读这一经也该读别一经的。近来听说有单骂人家读《庄子》《文选》的，这必有甚深奥义，假如不是对人非对事。这种事情说起来很长，好像是专找拿笔干的开玩笑，其实只是借来作个举一反三的例罢了。万物都逃不脱命运。我们在报纸上常看见枪毙毒犯的新闻，有些还高兴去附加一个照相的插图。毒贩之死于厚利是容易明了的，至于再吸犯便很难懂，他们何至于爱白面过于生命呢？第一，中国人大约特别有一种麻醉享受性，即俗云嗜好。第二，中国人富的闲得无聊，穷的苦得不堪，以麻醉消遣。有友好之劝酬，有贩卖之便利，以麻醉玩弄。卫生不良，多生病痛，医药不备，无法治疗，以麻醉玩弄。卫生不良，多生病痛，医药不备，无法治疗，以麻醉救急。如是乃上瘾，法宽则蔓延，法严则骈诛矣。此事为外国或别的殖民地所无，正以此种癖性与环境亦非别处所有耳。我说麻醉享受性，殊有杜撰生造之嫌，此正亦难免，但非全无根据，如古来的念咒画符读经惜字唱皮黄做八股叫口号贴标语皆是也，或以意，或以字画，或以声音，均是自己麻醉，而以药剂则是他力麻醉耳。考虑中国的现在与将来的人士必须要对于他这可怕的命运知道畏而不惧，不讳言，敢正视，处处努力要抓住它的尾巴而不为所缠绕住，才能获得明智，死生吉凶全能了知，然而此事大难，真真大难也。

我们没有这样本领的只好消极地努力，随时反省，不能减轻也总不要去增长累世的恶业，以水为鉴，不到政治文学坛上去跳旧式的戏，庶几下可对得起子孙，虽然对于祖先未免少不肖，然而如孟德斯鸠临终所言，吾力之微正如帝力之大，无论怎么挣扎不知究有何用？日本失名的一句小诗云：

虫呵虫呵，难道你叫着，“业”便会尽了么？

二十四年四月

（选自《苦雨随笔》，一九三五年十月）

死之默想

四世纪时希腊厌世诗人巴拉达思作有一首小诗道，

（Polla laleis，anthrope — Palladas）
"你太饶舌了，人呵，不久将睡在地下；
住口罢，你生存时且思索那死。"

这是很有意思的话。关于死的问题，我无事时也曾默想过，（但不坐在树下，大抵是在车上，）可是想不出什么来，——这或者因为我是个"乐天的诗人"的缘故吧。但其实我何尝一定崇拜死，有如曹慕管君，不过我不很能够感到死之神秘，所以不觉得有思索十日十夜之必要，于形而上的方面也就不能有所饶舌了。

窃察世人怕死的原因，自有种种不同，"以愚观之"可以定为三项，其一是怕死时的苦痛，其二是舍不得人世的快乐，其三是顾虑家族。苦痛比死还可怕，这是实在的事情。十多年前有一个远房的伯母，十分困苦，在十二月底想投河寻死，（我们乡间的河是经冬不冻的，）但是投了下去，她随即走了上来，说是因为水太冷了。有些人要笑她痴也未可知，但这却是真实的人情。倘若有人能够切实保证，诚如某生物学家所说，被猛兽咬死痒苏苏地很是愉快，我想一定有许多人裹粮入山去投身饲饿虎的了。可惜这一层不能担保，有些对于别项已无留恋的人因此也就不得不稍为踌躇了。

顾虑家族，大约是怕死的原因中之较小者，因为这还有救治的方法。将来如有一日，社会制度稍加改良，除施行善种的节制以外，大家不同老幼可以各尽所能，各取所需，凡平常衣食住，医药教育，均由公给，此上更好的享受再由个人自己的努力去取得，那么这种顾虑就可以不要，便是夜梦也一定平安得多了。不过我所说的原是空想，实现还不知在几十百千年之后，而且到底未必实现也说不定，那么也终是远水不救近火，没有什么用处。比较确实的办法还是设法发财，也可以救济这个忧虑。为得安闲的死而求发财，倒是很高雅的俗事，只是发财大不容易，不是我们都能做的事，况且天下之富人有了钱便反死不去，则此亦颇有危险也。

人世的快乐自然是很可贪恋的，但这似乎只在青年男女才深切的感到，像我们将近“不惑”的人，尝过了凡人的苦乐，此外别无想做皇帝的野心，也就不觉得还有舍不得的快乐。我现在的快乐只是想在闲时喝一杯清茶，看点新书，（虽然近来因为政府替我们储蓄，手头只有买茶的钱，）无论他是讲虫鸟的歌唱，或是记贤哲的思想，古今的刻绘，都足以使我感到人生的欣幸。然而朋友来谈天的时候，也就放下书卷，何况“无私神女”（Atropos）的命令呢？我们看路上许多乞丐，都已没有生人乐趣，却是苦苦的要活着，可见快乐未必是怕死的重大原因：或者舍不得人世的苦辛也足以叫人留恋这个尘世罢。讲到他们，实在已是了无牵挂，大可“来去自由”，实际却不能如此，倘若不是为了上边所说的原因，一定是因为怕河水比彻骨的北风更冷的缘故了。

对于“不死”的问题，又有什么意见呢？因为少年时当过五六年的水兵，头脑中多少受了唯物论的影响，总觉得造不起“不死”这个观念来，虽然我很喜欢听荒唐的神话。即使照神话故事所讲，那种长生不老的生活我也一点儿都不喜欢。住在冷冰冰的金门玉阶的屋里，吃着五香牛肉一类的麟肝凤脯，天天游手好闲，不在松树下着棋，便同金童玉女厮混，也不见得有什么趣味，况且永远如此，更是单调而且困倦了。又听人说，仙家的时间是与凡人不同的，诗云“山中方七日，世上已千年，”所以烂柯山下的六十年在棋边只是半个时辰耳，哪里会有日子太长之感呢？但是由我看来，仙人活了二百万岁也只抵得人间的四十春秋，这样浪费时间无裨实际的生活，殊不值得费尽了心机去求得他；倘若二百万年后劫波到来，就此溘然，将被五十岁的凡夫所笑。较好一点的还是那西方凤鸟（Phoenix）的办法，活上五百年，便尔蜕去，化为幼凤，这样的轮回倒很好玩的，——可惜他们是只此一家，别人不能仿作。大约我们还只好在这被容许的时光中，就这平凡的境地中，寻得些须的安闲悦乐，即是无上幸福；至于“死后，如何？”的问题，乃是神秘派诗人的领域，我们平凡人对于成仙做鬼都不关心，于此自然就没有什么兴趣了。

十三年十二月

（选自《雨天的书》，一九二四年十二月）

死　法

“人皆有死”，这句格言大约是确实的，因为我们没有见过不死的人，虽然在书本上曾经讲过有这些东西，或称仙人，或是“尸忒卢耳不卢格”（Strulbrug），这都没有多大关系。不过我们既然没有亲眼见过，北京学府中静坐道友又都剩下蒲团下山去了，不肯给予凡人以目击飞升的机会，截至本稿上板时止本人遂不能不暂且承认上述的那句格言，以死为生活之最末后的一部分，犹之乎恋爱是中间的一部分，——自然，这两者有时并在一处的也有，不过这仍然不会打破那个原则，假如我们不相信死后还有恋爱生活。总之，死既是各人都有分的，那么其法亦可得而谈谈了。

统计世间死法共有两大类，一曰“寿终正寝”，二曰“死于非命”。寿终的里面又可以分为三部。一是老熟，即俗云灯尽油干，大抵都是“喜丧”，因为这种终法非八九十岁的老太爷老太太莫办，而他们此时必已四世同堂，一家里拥上一两百个大大小小男男女女，实在有点住不开了，所以渠的出缺自然是很欢送的。二是猝毙，某一部机关发生故障，突然停止进行，正如钟表之断了发条，实在与磕破天灵盖没有多大差别，不过因为这是属于内科的，便是在外面看不出痕迹，故而也列入正寝之部了。三是病故，说起来似乎很是和善，实际多是那“秒生”（Bacteria）先生作的怪，用了种种凶恶的手段，谋害“蚁命”，快的一两天还算是慈悲，有些简直是长期的拷打，与“东厂”不相上下，那真是厉害极了。总算起来，一二都倒还没有什么，但是长寿非可幸求，希望心脏麻痹又与求仙之难无异，大多数人的运命还只是轮到病故。揆诸吾人避苦求乐之意实属大相径庭，所以欲得好的死法，我们不得不离开了寿终而求诸死于非命了。

非命的好处便是在于他的突然，前一刻钟明明是还活着的，后一刻钟就直挺地死掉了，即使有苦痛（我是不大相信）也只有这一刻，这是他的独门的好处。不过这也不能一概而论。十字架据说是罗马处置奴隶的刑具，把他钉在架子上，让他活活地饿死或倦死，约莫可以支撑过几天；茶毗是中世纪卫道的人对付异端的，不但当时烤得难过，随后还剩下些零星末屑，都觉得不很好。车边斤原是很爽利，是外国贵族的特权，也是中国好汉所欢迎的，但是孤零零的头像是一个西瓜，或是“柚子”，如一位友人在长沙所见，似乎不大雅观，因为一个人的身体太走了样了。吞金喝盐卤呢，都不免有点妇女子气，吃鸦片烟又太有损名誉了，被人叫做烟鬼，即使生前并不曾“与芙蓉城主结不解缘”。怀沙自沉，前有屈大夫，后有……，倒是颇有英气的，只恐怕泡得太久，却又不为鱼鳖所亲，像治咳嗽的“胖大海”似的，殊少风趣。吊死据说是很舒服，（注意：这只是据说，真假如何我不能保证，）有岛武郎与波多野秋子便是这样死的，有一个日本文人曾经半当真半取笑地主张，大家要自尽应当都用这个方法。可是据我看来也有很大的毛病。什么书上说有缢鬼降乩题诗云，目如鱼眼四时开，身若悬旌终日挂。（记不清了，待考；仿佛是这两句，实在太不高明，恐防是不第秀才做的。）又听说英国古时盗贼处刑，便让他挂在架上，有时风吹着骨节珊珊作响，（这些话自然也未可尽信，因为盗贼不会都是锁子骨，然而“听说”如此，我也不好一定硬反对，）虽然有点唐珊尼爵士（Lord Dunsany）小说的风味，总似乎过于怪异——过火一点。想来想去都不大好，于是乎最后想到枪毙。枪毙，这在现代文明里总可以算是最理想的死法了。他实在同丈八蛇矛嚓喇一下子是一样，不过更文明了，便是说更便利了，不必是张翼德也会使用，而且使用得那样地广和多！在身体上钻一个窟窿，把里面的机关搅坏一点，流出些蒲公英的白汁似的红水，这件事就完了：你看多么简单。简单就是安乐，这比什么病都好得多了。三月十八日中法大学生胡锡爵君在执政府被害，学校里开追悼会的时候，我送去一副对联，文曰：

什么世界，还讲爱国？
如此死法，抵得成仙！

这末一联实在是我衷心的颂辞。倘若说美中不足，便是弹子太大，掀去了一块皮肉，稍为触目，如能发明一种打鸟用的铁砂似的东西，穿过去好像是一支粗铜丝的痕，那就更美满了。我想这种发明大约不会很难很费时日，到得成功的时候，喝酸牛奶的梅契尼柯夫（Metchinikoff）医生所说的人的“死欲”一定也已发达，那么那时真可以说是“合之则双美”了。

我写这篇文章或者有点受了正冈子规的俳文《死后》的暗示，但这里边的话和意思都是我自己的。又上文所说有些是玩话，有些不是，合并声明。

十五年五月

（选自《泽泻集》，一九二六年五月）

娼女礼赞

这个题目，无论如何总想不好，原拟用古典文字写作Apologia pro Pornès，或以国际语写之，则为Apologia pro Prostituistino，但都觉得不很妥当，总得用汉文才好，因此只能采用这四个字。虽然礼赞应当是Enkomion而不是Apologia，但也没有法子了。民国十八年四月吉日，于北平。

贯华堂古本《水浒传》第五十回叙述白秀英在郓城县勾栏里说唱笑乐院本，参拜了四方，拍下一声界方，念出四句定场诗来：

新鸟啾啾旧鸟归，
老羊羸瘦小羊肥，
人生衣食真难事，
不及鸳鸯处处飞。

雷横听了喝声采。金圣叹批注很称赞道好，其实我们看了也的确觉得不坏。或有句云，世事无如吃饭难，此事从来远矣。试观天下之人，固有吃饱得不能再做事者，而多做事却仍缺饭吃的朋友，盖亦比比然也。尝读民国十年十月廿一日《觉悟》上所引德国人柯祖基（Kautzky）的话：

“资本家不但利用她们（女工）的无经验，给她们少得不够自己开销的工钱，而且对她们暗示，或者甚至明说，只有卖淫是补充收入的一个法子。在资本制度之下，卖淫成了社会的台柱子。”我想，资本家的意思是不错的。在资本制度之下，多给工资以致减少剩余价值，那是断乎不可，而她们之需要开销亦是实情；那么还有什么办法呢，除了设法补充？圣人有言，饮食男女，人之大欲存焉。世之人往往厄于贫贱，不能两全，自手至口，仅得活命，若有人为“煮粥”，则吃粥亦即有两张嘴，此穷汉之所以兴叹也。若夫卖淫，乃寓饮食于男女之中，犹有鱼而复得兼熊掌，岂非天地间仅有的良法美意，吾人欲不喝采叫好又安可得耶？

美国现代批评家里有一个姓们肯（Mencken）的人，他也以为卖淫是很好玩的。《妇人辩护论》第四十三节是讲花姑娘的，他说卖淫是这些女人所可做的最有意思的职业之一，普通娼妇大抵喜欢她的工作，决不肯去和女店员或女堂官调换位置。先生女士们觉得她是堕落了，其实这种生活要比工场好，来访的客也多比她的本身阶级为高。我们读西班牙伊巴涅支（Ibanez）的小说《侈华》，觉得这不是乱说的话。们肯又道：

“牺牲了贞操的女人，别的都是一样，比保持贞洁的女人却更有好的机会，可以得到确实的结婚。这在经济的下等阶级的妇女特别是如此。她们一同高等阶级的男子接近，——这在平时是不容易，有时几乎是不可能的，——便能以女性的希奇的能力逐渐收容那些阶级的风致趣味与意见。外宅的女子这样养成姿媚，有些最初是姿色之恶俗的交易，末了成了正式的结婚。这样的结婚数目在实际比表面上所发现者要大几倍，因为两边都常努力想隐藏他们的事实。”那么，这岂不是“终南捷径”，犹之绿林会党出身者就可以晋升将官，比较陆军大学生更是阔气百倍乎。

哈耳波伦（Heilborn）是德国的医学博士，著有一部《异性论》，第三篇是论女子的社会的位置之发达。在许多许多年的黑暗之后，到了希腊的雅典时代，才发现了一点光明，这乃是希腊名妓的兴起。这种女子在希腊称作赫泰拉（Hetaira），意思是说女友，大约是中国的鱼玄机薛涛一流的人物，有几个后来成了执政者的夫人。“因了她们的精炼优雅的举止，她们的颜色与姿媚，她们不但超越普通的那些外宅，而且还压倒希腊的主妇，因为主妇们缺少那优美的仪态，高等教育，与艺术的理解。而女友则有此优长，所以在短时期中使她们在公私生活上占有极大的势力。”哈耳波伦结论道：

“这样，欧洲妇女之精神的与艺术的教育因卖淫制度而始建立。赫泰拉的地位可以算是所谓妇女运动的起始。”这样说来，柯祖基的资本家真配得高兴，他们所提示的卖淫原来在文化史上有这样的意义。虽然这上边所说的光荣的营业乃是属于“非必要”的，独立的游女部类，与那徒弟制包工制的有点不同。们肯的话注解得好，“凡非必要的东西在世上常得尊重，有如宗教，时式服装，以及拉丁文法”，故非为糊口而是营业的卖淫自当有其尊严也。

总而言之，卖淫足以满足大欲，获得良缘，启发文化，实在是不可厚非的事业，若从别一方面看，她们似乎是给资本主义背了十字架，也可以说是为道受难，法国小说家路易非立（Louis Philippe）称她们为可怜的小圣女，虔敬得也有道理。老实说，资本主义是神人共祐，万打不倒的，而有些诗人空想家又以为非打倒资本主义则妇女问题不能根本解决。夫资本主义既有万年有道之长，所有的办法自然只有讴歌过去，拥护现在，然则卖淫之可得而礼赞也盖彰彰然矣。无论雷横的老母怎样骂为“千人骑万人压乱人入的贼母狗”，但在这个世界上，白玉乔所说的“歌舞吹弹普天下伏侍看官”总不失为最有效力最有价值的生活法。我想到书上有一句话道，“夫人，内掌柜，姨太太，校书等长短期的性的买卖，真是滔滔者天下皆是”，恐怕女同志们虽不赞成我的提示，也难提出抗议。我又记起友人传述劝卖男色的古歌，词虽粗鄙，亦有至理存焉，在现今什么都是买卖的世界，我们对于卖什么东西的能加以非难乎？日本歌人石川啄木不云乎：

“我所感到不便的，不仅是将一首歌写作一行这一件事情。但是我在现今能够如意的改革，可以如意的改革的，不过是这桌上的摆钟砚台墨水瓶的位置，以及歌的行款之类罢了。说起来，原是无可无不可的那些事情罢了。此外真是使我感到不便，感到苦痛的种种的东西，我岂不是连一个指头都不能触他一下么？不但如此，除却对了它们忍从屈服，继续的过那悲惨的二重生活以外，岂不是更没有别的生于此世的方法么？我自己也用了种种的话对于自己试为辩解，但是我的生活总是现在的家族制度，阶级制度，资本制度，知识买卖制度的牺牲。

（选自《看云集》，一九二九年十一月）

哑巴礼赞

俗语云，“哑巴吃黄连”，谓有苦说不出也。但又云，“黄连树下弹琴”，则苦中作乐，亦是常有的事，哑巴虽苦于说不出话，盖亦自有其乐，或者且在吾辈有嘴巴人之上，未可知也。

普通把哑巴当作残废之一，与一足或无目等视，这是很不公平的事。哑巴的嘴既没有残，也没有废，他只是不说话罢了。《说文》云，“瘖，不能言病也。”就是照许君所说，不能言是一种病，但这并不是一种要紧的病，于嘴的大体用处没有多大损伤。查嘴的用处大约是这几种，（一）吃饭，（二）接吻，（三）说话。哑巴的嘴原是好好的，既不是缺少舌尖，也并不是上下唇连成一片，那么他如要吃喝，无论番菜或是“华餐”，都可以尽量受用，决没有半点不便，所以哑巴于个人的荣卫上毫无障碍，这是可以断言的。至于接吻呢？既如上述可以自由饮啖的嘴，在这件工作当然也无问题，因为如荷兰威耳德（Van de Velde）医生在《圆满的结婚》第八章所说，接吻的种种大都以香味触三者为限，于声别无关系，可见哑巴不说话之绝不妨事了。归根结蒂，哑巴的所谓病还只是在“不能言”这一点上。据我看来，这实在也不失紧要。人类能言本来是多此一举，试看两间林林总总，一切有情，莫不自遂其生，各尽其性，何曾说一句话。古人云“猩猩能言，不离禽兽，鹦鹉能言，不离飞鸟。”可怜这些畜生，辛辛苦苦，学了几句人家的口头语，结果还是本来的鸟兽，多被圣人奚落一番，真是何苦来。从前四只眼睛的仓颉先生无中生有地造文字，害得好心的鬼哭了一夜，我怕最初类猿人里那一匹直着喉咙学说话的时候，说不定还着实引起了原始天尊的长叹了呢。

人生营营所为何事，“饮食男女，人之大欲存焉，”既于大欲无亏，别的事岂不是就可以随便了么？中国处世哲学里很重要的一条是，多一事不如少一事，如哑巴者，可以说是能够少一事的了。

语云，“病从口入，祸从口出。”说话不但于人无益，反而有害，即此可见。一说话，话中即含有臧否，即是危险，这个年头儿。人不能老说“我爱你”等甜美的话，——况且仔细检查，我爱你即含有我不爱他或不许他爱你等意思，也可以成为祸根，哲人见客寒暄，但云“今天天气……哈哈哈！”不再加说明，良有以也，盖天气虽无知，唯说其好坏终不甚妥，故以一笑了之。往读杨恽《报孙会宗书》，但记其“种一顷豆，落而为萁”等语，心窃好之，却不知杨公竟因此而腰斩，犹如湖南十五六岁的女学生们以读《落叶》（系郭沫若的，非徐志摩的《落叶》）而被枪决，同样地不可思议。然而这个世界就是这样不可思议的世界，其奈之何哉。几千年来受过这种经验的先民留下遗训曰，“明哲保身”。几十年来看惯这种情形的茶馆贴上标语曰，“莫谈国事”。吾家金人三缄其口，二千五百年来为世楷模，声闻弗替。若哑巴者岂非今之金人欤？

常人以能言为能，但亦有因装哑巴而得名者，并且上下古今这样的人并不很多，即此可知哑巴之难能可贵了。第一个就是那鼎鼎大名的息夫人。她以倾国倾城的容貌，做了两任王后，她替楚王生了两个儿子，可是没有对楚王说一句话。喜欢和死了的古代美人吊膀子的中国文人于是大做特做其诗，有的说她好，有的说她坏，各自发挥他们的臭美，然而息夫人的名声也就因此大起来了。老实说，这实是妇女生活的一场悲剧，不但是一时一地一人的事情，差不多就可以说是妇女全体的运命的象征。易卜生所作《玩偶之家》一剧中女主人公娜拉说，她想不到自己竟替漠不相识的男子生了两个子女，这正是息夫人的运命，其实也何尝不就是资本主义下的一切妇女的运命呢。还有一位不说话的，是汉末隐士姓焦名先的便是。吾乡金古良作《无双谱》，把这位隐士收在里面，还有一首赞题得好：

“孝然独处，绝口不语，默隐以终，笑杀狐鼠。”

并且据说“以此终身，至百余岁”，则是装了哑巴，既成高士之名，又享长寿之福，哑巴之可赞美盖彰彰然明矣。

世道衰微，人心不古，现今哑巴也居然装手势说起话来了。不过这在黑暗中还是不能用，不能说话。孔子曰，“邦无道，危行言逊。”哑巴其犹行古之道也欤。

十八年十一月十三日，北平

（选自《看云集》，一九二九年十一月）

麻醉礼赞

麻醉，这是人类所独有的文明。书上虽然说，斑鸠食桑椹则醉，或云，猫食薄荷则醉，但这都是偶然的事，好像是人错吃了笑菌，笑得个一塌胡涂，并不是成心去吃了好玩的。成心去找麻醉，是我们万物之灵的一种特色，假如没有这个，人之所以异于禽兽者几希了。

麻醉有种种的方法。在中国最普通的一种是抽大烟，西洋听说也有文人爱好这件东西，一位散文家的杰作便是烟盘旁边的回忆，另一诗人的一篇《忽不烈汗》的诗也是从芙蓉城的醉梦中得来的。中国人的抽大烟则是平民化的，并不为某一阶级所专享，大家一样地吱吱的抽吸，共享麻醉的洪福，是一件值得称扬的事。鸦片的趣味何在，我因为没有入过黑籍，不能知道，但总是麻酥酥地很有趣罢。我曾见一位烟户，穷得可以，真不愧为鹑衣百结，但头戴一顶瓜皮帽，前面顶边烧成一个大窟窿，乃是沉醉时把头屈下去在灯上烧去的，于此即可想见其陶然之状态了。近代传闻孙馨帅有一队烟兵，在烟瘾抽足的时候冲锋最为得力，则已失了麻醉的意义，至少在我以为总是不足为训的了。

中国古已有之的国粹的麻醉法，大约可以说是饮酒。刘伶的“死便埋我”，可以算是最彻底了，陶渊明的诗也总是三句不离酒，如云“拨置且莫念，一觞聊可挥，”又云，“天运苟如此，且进杯中物，”又云“中觞纵遥情，忘彼千载忧，且极今朝乐，明日非所求，”都是很好的例。酒，我是颇喜欢的，不过曾经声明过，殊不甚了解陶然之趣，只是乱喝一番罢了。但是在别人确有麻醉的力量，它能引人着胜地，就是所谓童话之国土。我有两个族叔，尤其是这样幸福的国土里的住民。有一回冬夜，他们沉醉归来，走过一乘吾乡所很多的石桥，哥哥刚一抬脚，棉鞋掉了，兄弟给他在地上乱摸，说道，“哥哥棉鞋有了。”用脚一踹，却又没有，哥哥道，“兄弟，棉鞋汪的一声又不见了！”原来这乃是一只黑小狗，被兄弟当作棉鞋捧了来了。我们听了或者要笑，但他们那时神圣的乐趣我辈外人哪里能知道呢？的确，黑狗当棉鞋的世界于我们真是太远了，我们将棉鞋当棉鞋，自己说是清醒，其实却是极大的不幸，何为可惜十二文钱，不买一提黄汤，灌得倒醉以入此乐土乎。

信仰与梦，恋爱与死，也都是上好的麻醉。能够相信宗教或主义，能够作梦，乃是不可多得的幸福的性质，不是人人所能获得。恋爱要算是最好了，无论何人都有此可能，而且犹如采补求道，一举两得，尤为可喜。不过此事至难，第一须有对手，不比别的只要一灯一盏即可过瘾，所以即使不说是奢侈，至少也总是一种费事的麻醉罢。至于失恋以至反目，事属寻常，正如酒徒呕吐，烟客脾泄，不足为病，所当从头承认者也。末后说到死。死这东西，有些人以为还好，有些人以为很坏，但如当作麻醉品去看时，这似乎倒也不坏。依壁鸠鲁说过，死不足怕，因为死与我辈没有关系，我们在时尚未有死，死来时我们已没有了。快乐派是相信原子说的，这种唯物的说法可以消除死的恐怖，但由我们看来，死又何尝不是一种快乐，麻醉得使我们没有，这样乐趣恐非醇酒妇人所可比拟的罢？所难者是怎样才能如此麻醉，快乐？这个我想是另一问题，不是我们现在所要谈论的了。

醉生梦死，这大约是人生最上的生活法罢？然而也有人不愿意这样。普通外科手术总用全身或局部的麻醉，唯偶有英雄独破此例，如关云长刮骨疗毒，为世人所佩服，固其宜也。盖世间所有唯辱与苦，茹苦忍辱，斯乃得度。画廊派哲人（Stoios）之勇于自杀，自成宗派，若彼得洛纽思（Petroneus）听歌饮酒，切脉以死，虽稍贵族的，故自可喜。达拉思·布耳巴（Taras Bulba）长子为敌所获，毒刑致死，临死曰，“父亲，你都看见么？”达拉思匿观众中大呼曰，“儿子，我都看见！”此则哥萨克之勇士，北方之强也。此等人对于人生细细尝味，如啜苦酒，一点都不含胡，其坚苦卓绝盖不可及，但是我们凡人也就无从追踪了。话又说了回来，我们的生活恐怕还是醉生梦死最好罢。——所苦者我只会喝几口酒，而又不能麻醉，还是清醒地都看见听见，又无力高声大喊，此乃是凡人之悲哀，实为无可如何者耳。

十八年十一月三十日

（选自《看云集》，一九二九年十一月）

汉文学的传统

这里所谓汉文学，平常说起来就是中国文学，但是我觉得用在这里中国文学未免意思太广阔，所以改用这个名称。中国文学应该包含中国人所有各样文学活动，而汉文学则限于用汉文所写的，这是我所想定的区别，虽然外国人的著作不算在内。中国人固以汉族为大宗，但其中也不少南蛮北狄的分子，此外又有满蒙回各族，而加在中国人这团体里，用汉文写作，便自然融合在一个大潮流之中，此即是汉文学之传统，至今没有什么变动。要讨论这问题不是容易事，非微力所能及，这里不过就想到的一两点略为陈述，聊贡其一得之愚耳。

这里第一点是思想。平常听人议论东方文化如何，中国国民性如何，总觉得可笑，说得好不过我田引水，否则是皂隶传话，尤不堪闻。若是拿专司破坏的飞机潜艇与大乘佛教相比，当然显得大不相同，但是查究科学文明的根源到了希腊，他自有其高深的文教，并不亚于中国，即在西洋也尚存有基督教，实在是东方的出品，所以东西的辩论只可作为政治宗教之争的资料，我们没有关系的人无须去理会他，至于国民性本来似乎有这东西，可是也极不容易把握得住。说得细微一点，衣食住方法不同于性格上便可有很大差别，如吃饭与吃面包，即有用筷子与用刀叉之异，同时也可以说是用毛笔与铁笔不同的原因，这在文化上自然就很有些特异的表现。但如说得远大一点，人性总是一样的，无论怎么特殊，难道真有好死恶生的民族么？抓住一种国民，说他有好些拂人之性的地方，不管主意是好或是坏，结果只是领了题目做文章的八股老调罢了，看穿了是不值一笑的。我说汉文学的传统中的思想，恐怕会被误会也是那赋得式的理论，所以岔开去讲了些闲话，其实我的意思是极平凡的，只想说明汉文学里所有的中国思想是一种常识的，实际的，姑称之曰人生主义，这实即古来的儒家思想。后世的儒教徒一面加重法家的成分，讲名教则专为强者保障权利，一面又接受佛教的影响，谈性理则走入玄学里去，两者合起来成为儒家衰微的缘因。但是我想原来当不是如此的。《孟子》卷四《离娄》下有一节云：

“禹稷当平世，三过其门而不入，孔子贤之。颜子当乱世，居于陋巷，一箪食，一瓢饮，人不堪其忧，颜子不改其乐，孔子贤之。孟子曰，禹稷颜回同道。禹思天下有溺者，由己溺之也，稷思天下有饥者，由己饥之也，是以如是其急也。禹稷颜子易地则皆然。今有同室之人斗者，救之，虽被发缨冠而救之，可也。乡邻有斗者，被发缨冠而往救之，则惑也，虽闭户可也。”末了的譬喻有点不合事理，但上面禹稷颜回并列，却很可见儒家的本色。我想他们最高的理想该是禹稷，但是儒家到底是懦弱的，这理想不知何时让给了墨者，另外排上了一个颜子，成为闭户亦可的态度，以平世乱世同室乡邻为解释，其实颜回虽居陋巷，也要问为邦等事，并不是怎么消极的。再说就是消极，只是觉得不能利人罢了，也不会如后世“酷儒莠书”那么至于损人吧。焦里堂著《易余籥录》卷十二有一则云：

“先君子尝曰，人生不过饮食男女，非饮食无以生，非男女无以生生。唯我欲生，人亦欲生，我欲生生，人亦欲生生，孟子好货好色之说尽之矣。不必屏去我之所生，我之所生生，但不可忘人之所生，人之所生生。循学《易》三十年，乃知先人此言圣人不易。”此真是粹然儒者之言，意思至浅近，却亦以是就极深远，是我所谓常识，故亦即真理也。

刘继庄著《广阳杂记》卷二云：“余观世之小人未有不好唱歌看戏者，此性天中之《诗》与《乐》也，未有不看小说听说书者，此性天中之《书》与《春秋》也，未有不信占卜祀鬼神者，此性天中之《易》与

《礼》也。圣人六经之教原本人情，而后之儒者乃不能因其势而利导之，百计禁止遏抑，务以成周之刍狗茅塞人心，是何异壅川使之不流，无怪其决裂溃败也。夫今之儒者之心为刍狗之所塞也久矣，而以天下大器使之为之，爰以图治，不亦难乎。”案《淮南子·泰族训》中云：

“民有好色之性，故有大婚之礼，有饮食之性，故有大飨之谊，有喜乐之性，故有钟鼓管弦之音，有悲哀之性，故有衰绖哭踊之节。故先王之制法也，因民之所好而为之节文者也。”古人亦已言之，刘君却是说得更有意思。由是可知先贤制礼定法全是为人，不但推己及人，还体贴人家的意思，故能通达人情物理，恕而且忠，此其所以为一贯之道欤。章太炎先生著《葑汉微言》中云：

“仲尼以一贯为道为学，贯之者何，只忠恕耳。诸言絜矩之道，言推己及人者，于恕则已尽矣。人食五谷，麋鹿食荐，即且甘带，鸱鸮嗜鼠，所好未必同也，虽同在人伦，所好高下亦有种种殊异，徒知絜矩，谓以人之所好与之，不知适以所恶与之，是非至忠焉能使人得职耶。尽忠恕者是唯庄生能之，所云齐物即忠恕两举者也。二程不悟，乃云佛法厌弃己身，而以头目脑髓与人，是以己所不欲施人也，诚如是者，鲁养爰居，必以太牢九韶耶？以法施人，恕之事也，以财及无畏施人，忠之事也。”用现在的话来说，恕是用主观，忠是用客观的，忠恕两举则人己皆尽，诚可称之曰圣，为儒家之理想矣。此种精神正是世界共通文化的基本分子，中国人分得一点，不能就独占了，以为了不得，但总之是差强人意的事，应该知道珍重的罢。我常自称是儒家，为朋友们所笑，实在我是佩服这种思想，平常而实在，看来毫不新奇，却有很大好处，正好比空气与水，我觉得这比较昔人所说布帛菽粟还要近似。中国人能保有此精神，自己固然也站得住，一面也就与世界共通文化血脉相通，有生存于世界上的坚强的根据，对于这事我倒是还有点乐观的，儒家思想既为我们所自有，有如树根深存于地下，即使暂时衰萎，也还可以生长起来，只要没有外面的妨害，或是迫压，或是助长。你说起儒家，中国是不会有什么迫压出现的，但是助长则难免，而其害处尤为重大，不可不知。我常想孔子的思想在中国是不会得绝的，因为孔子生于中国，中国人都与他同系统，容易发生同样的倾向，程度自然有深浅之不同，总之无疑是一路的。所以有些老辈的忧虑实是杞忧，我只怕的是儒教徒的起哄，前面说过的师爷化的酷儒与禅和子化的玄儒都起来，供着孔夫子的牌位大做其新运动，就是助长之一，结果是无益有损，至少苗则槁矣了。对于别国文化的研究也是同样，只要是自发的，无论怎么慢慢的，总是在前进，假如有了别的情形，或者表面上成了一种流行，实际反是僵化了，我想如要恢复到原来状态，估计最少须得五十年工夫。说到这里，我觉得上边好些不得要领的话现在可以结束起来了。汉文学里的思想我相信是一种儒家的人文主义（Humanism），在民间也未必没有，不过现在只就汉文的直接范围内说而已。这自然是很好的东西，希望他在现代也仍强健，成为文艺思想的主流，但是同时却并无一毫提倡的意思，因为我深知凡有助长于一切事物都是有害的。为人生的文学如被误解了，便会变为流氓的口气或是慈善老太太的态度，二者同样不成东西，可以为鉴。俞理初著《癸巳存稿》卷四有文题曰《女》，中引《庄子·天道篇》数语，读了很觉得喜欢，因查原书具抄于此云：

“昔者舜问于尧曰，天王之用心何如？尧曰，吾不敖无告，不废穷民，苦死者，嘉孺子而哀妇人，此吾所以用心已。”此与禹稷的意思正是一样，文人虽然比不得古圣先王，空言也是无补，但能如此用心，庶几无愧多少年读书作文耳。

还有第二点应当说，这便是文章。但是上边讲了些废话，弄得头重脚轻，这里只好不管，简单的说几句了事。汉文学是用汉字所写的，那么我们对于汉字不可不予以注意。中国话虽然说是单音，假如一直从头用了别的字母写了，自然也不成问题，现在既是写了汉字，我想恐怕没法更换，还是要利用下去。《尚书》实在太是古奥了，不知怎的觉得与后世文体很有距离，暂且搁在一边不表，再看《诗》与《易》，《左传》与《孟子》，便可见有两路写法，就是现在所谓选学与桐城这两派的先祖，我们各人尽可以有赞成不赞成，总之这都不是偶然的，用时式话说即是他自有其必然性也。从前我在《论八股文》的一篇小文里曾说，“汉字这东西与天下的一切文字不同，连日本朝鲜在内。他有所谓六书，所以有象形会意，有偏旁，有所谓四声，所以有平仄。从这里，必然地生出好些文章上的把戏。”这里除重对偶的骈体，讲腔调的古文外，还有许多雅俗不同的玩艺儿，例如对联，诗钟、灯谜，是雅的一面，急口令，笑话，以至拆字，要归到俗的一面去了，可是其生命同样的建立在汉字上，那是很明显的。我们自己可以不做或不会做诗钟之类，可是不能无视他的存在和势力，这会向不同的方面出来，用了不同的形式。近几年来大家改了写白话文，仿佛是变换了一个局面，其实还是用的汉字，仍旧变不到哪里去。而且变的一点里因革又不一定合宜。很值得一番注意。白话文运动可以说是反对“选学妖孽桐城谬种”而起来的，讲到结果则妖孽是走掉了，而谬种却依然流传着，不必多所拉扯，只看洋八股这名称，即是确证。盖白话文是散文中之最散体的，难以容得骈偶的辞或句，但腔调还是用得着，因了题目与著者的不同，可以把桐城派或八大家，《古文观止》或《东莱博议》应用上去，结果并没有比从前能够改好得多少。据我看来，这因革实在有点儿弄颠倒了。我以为我们现在写文章重要的还是努力减少那腔调病，与制艺策论愈远愈好，至于骈偶倒不妨设法利用，因为白话文的语汇少欠丰富，句法也易陷于单调，从汉字的特质上去找出一点妆饰性来，如能用得适合，或者能使营养不良的文章增点血色，亦未可知。不过这里的难问题是在于怎样应用，我自己还不能说出办法来，不知道敏感的新诗人关于此点有否注意过，可惜一时无从查问。但是我总自以为这意见是对的，假如能够将骈文的精华应用一点到白话文里去，我们一定可以写出比现在更好的文章来。我又恐怕这种意思近于阿芙蓉，虽然有治病的效力，乱吸了便中毒上瘾，不是玩耍的事。上边所说思想一层也并不是没有同样的危险。我近来常感到，天下最平常实在的事往往近于新奇，同时也容易有危险气味，芥川氏有言，危险思想者，欲将常识施诸实行之思想是也，岂不信哉。

廿九年三月廿七日

（选自《药堂杂文》，一九四〇年三月）

中国的思想问题

中国的思想问题，这是一个重大的问题，但是重大，却并不严重。本人平常对于一切事不轻易乐观，唯独对于中国的思想问题却颇为乐观，觉得在这里前途是很有希望的。中国近来思想界的确有点混乱，但这只是表面一时的现象，若是往远处深处看去，中国人的思想本来是很健全的，有这样的根本基础在那里，只要好好的培养下去，必能发生滋长，从这健全的思想上造成健全的国民出来。

这中国固有的思想是什么呢？有人以为中国向来缺少中心思想，苦心的想给他新定一个出来，这事很难，当然不能成功，据我想也是可不必的，因为中国的中心思想本来存在，差不多几千年来没有什么改变。简单的一句话说，这就是儒家思想。可是，这又不能说的太简单了，盖在没有儒这名称之前，此思想已经成立，而在士人已以八股为专业之后也还标榜儒名，单说儒家，难免淆混不清，所以这里须得再申明之云，此乃是以孔孟为代表，禹稷为模范的那儒家思想。举实例来说最易明了，《孟子》卷四《离娄下》云：

“禹稷当平世，三过其门而不入，孔子贤之。颜子当乱世，居于陋巷，一箪食，一瓢饮，人不堪其忧，颜子不改其乐，孔子贤之。孟子曰，禹稷颜回同道。禹思天下有溺者，由己溺之也，稷思天下有饥者，由己饥之也，是以如是其急也。禹稷颜子易地则皆然。”卷一《梁惠王上》云：

“五亩之宅，树之以桑，五十者可以衣帛矣。鸡豚狗彘之畜，无失其时，七十者可以食肉矣。百亩之田，勿夺其时，数口之家可以无饥矣。谨庠序之教，申之以孝悌之义，颁白者不负戴于道路矣。七十者衣帛食肉，黎民不饥不寒，然而不王者未之有也。”后者所说具体的事，所谓仁政者是也，前者是说仁人之用心，所以儒家的根本思想是仁，分别之为忠恕，而仍一以贯之，如人道主义的名称有误解，此或可称为人之道也。阮伯元在《论语论仁论》中云：

“《中庸篇》，仁者人也。郑康成注，读如相人偶之人。相人偶者谓人之偶之也，凡仁必于身所行者验之而始见，亦必有二人而仁乃见，若一人闭户斋居，瞑目静坐，虽有德理在心，终不得指为圣门所谓之仁矣。盖士庶人之仁见于宗族乡党，天子诸侯卿大夫之仁见于国家臣民，同一相人偶之道，是必人与人相偶而仁乃见也。”这里解说儒家的仁很是简单明了，所谓为仁直捷的说即是做人，仁即是把他人当做人看待，不但消极的己所不欲勿施于人，还要以己所欲施于人，那就是己欲立而立人，己欲达而达人，更进而以人之所欲施之于人，那更是由恕而至于忠了。章太炎先生在《菿汉微言》中云：

“仲尼以一贯为道为学，贯之者何，只忠恕耳。诸言絜矩之道，言推己及人者，于恕则已尽矣。人食五谷，麋鹿食荐，即且甘带，鸱鸮嗜鼠，所好未必同也，虽同在人伦，所好高下亦有种种殊异，徒知絜矩，谓以人之所好与之，不知适以所恶与之，是非至忠焉能使人得职耶。尽忠恕者是唯庄生能之，所云齐物即忠恕两举者也。二程不悟，乃云佛法厌弃己身，而以头目脑髓与人，是以己所不欲施人也，诚如是者，鲁养爰居，必以太牢九韶耶。以法施人，恕之事也，以财及无畏施人，忠之事也。”忠恕两尽，诚是为仁之极致，但是顶峰虽是高峻，其根础却也很是深广，自圣贤以至凡民，无不同具此心，各得应其分际而尽量施展，如阮君所言，士庶人之仁见于宗族乡党，天子诸侯卿大夫之仁见于国家臣民，有如海水中之盐味，自一勺以至于全大洋，量有多少而同是一味也。还有一点特别有意义的，我们说到仁仿佛是极高远的事，其实倒是极切实，也可以说是卑近的，因为他的根本原来只是人之生物的本能。焦理堂著《易余籥录》卷十二有一则云：

“先君子尝曰，人生不过饮食男女，非饮食无以生，非男女无以生生。唯我欲生，人亦欲生，我欲生生，人亦欲生生，孟子好货好色之说尽之矣。不必屏去我之所生，我之所生生，但不可忘人之所生，人之所生生。循学《易》三十年，乃知先人此言圣人不易。”案《礼记·礼运》篇云：

“饮食男女，人之大欲存焉，死亡贫苦，人之大恶存焉。”说的本是同样的道理，但经焦君发挥，意更明显。饮食以求个体之生存，男女以求种族之生存，这本是一切生物的本能，进化论者所谓求生意志，人也是生物，所以这本能自然也是有的。不过一般生物的求生是单纯的，只要能生存便不问手段，只要自己能生存，便不惜危害别个的生存，人则不然，他与生物同样的要求生存，但最初觉得单独不能达到目的，须与别个联络，互相扶助，才能好好的生存，随后又感到别人也与自己同样的有好恶，设法圆满的相处，前者是生存的方法，动物中也有能够做到的，后者乃是人所独有的生存道德，古人云人之所以异于禽兽者几希，盖即此也。此原始的生存的道德。即为仁的根苗，为人类所同具，但是人心不同各如其面，各民族心理的发展也就分歧，或由求生存而进于求永生以至无生，如犹太印度之趋向宗教，或由求生存而转为求权力，如罗马之建立帝国主义，都是显著的例，唯独中国固执着简单的现世主义，讲实际而又持中庸，所以只以共济即是现在说的烂熟了的共存共荣为目的，并没有什么神异高远的主张。从浅处说这是根据于生物的求生本能，但因此其根本也就够深了，再从高处说，使物我各得其所，是圣人之用心，却也是匹夫匹妇所能潜力，全然顺应物理人情，别无一点不自然的地方。

我说健全的思想便是这个缘故。这又是从人的本性里出来的，与用了人工从外边灌输进去的东西不同，所以读书明理的士人固然懂得更多，就是目不识一丁字，并未读过一句圣贤书的老百姓也都明了，待人接物自有礼法，无不合于圣贤之道，我说可以乐观，其原因即在于此。中国人民思想本于儒家，最高的代表自然是孔子，但是其理由并不是因为孔子创立儒家，殷殷传道，所以如此，无宁倒是翻过来说，因为孔子是我们中国人，所以他代表中国思想的极顶，即集大成也。国民思想是根苗，政治教化乃是阳光与水似的养料，这固然也重要，但根苗尤其要紧，因为属于先天的部分，或坏或好，不是外力所能容易变动的。中国幸而有此思想的好根苗，这是极可喜的事，在现今百事不容乐观的时代，只这一点我觉得可以乐观，可以积极的声明，中国的思想绝对没有问题。

不过乐观的话是说过了，这里边却并不是说现在或将来没有忧虑，没有危险。俗语说，有一利就有一弊。在中国思想上也正是如此。但这也是难怪的，民非水火不生活，而洪水与大火之祸害亦最烈，假如对付的不得法，往往即以养人者害人，中国国民思想我们觉得是很好的，不但过去时代相当的应付过来了，就是将来也正可以应付，因为世界无论怎么转变，人总是要做的，而做人之道也总还是求生存，这里与他人共存共荣也总是正当的办法吧。不过这说的是正面，当然还有其反面，而这反面乃是可忧虑的，中国人民生活的要求是很简单的，但也就很切迫，他希求生存，他的生存的道德不愿损人以利己，却也不能如圣人的损己以利人。别的宗教的国民会得梦想天国近了，为求永生而蹈汤火，中国人没有这样的信心，他不肯为了神或为了道而牺牲，但是他有时也会蹈汤火而不辞，假如他感觉生存无望的时候，所谓铤而走险，急将安择也。孟子说仁政以黎民不饥不寒为主，反面便是仰不足以事父母，俯不足以畜妻子，乐岁终身苦，凶年不免于死亡，则是丧乱之兆，此事极简单，故述孔子之言曰，道二，仁与不仁而已矣。仁的现象是安居乐业，结果是太平，不仁的现象是民不聊生，结果是乱。这里我们所忧虑的事，所说的危险，已经说明了，就是乱。我尝查考中国的史书，体察中国的思想，于是归纳的感到中国最可怕的是乱，而这乱都是人民求生意志的反动，并不由于什么主义或理论之所导引，乃是因为人民欲望之被阻碍或不能满足而然。我们只就近世而论，明末之张李，清季之洪杨，虽然读史者的批评各异，但同为一种动乱，其残毁的经过至今犹令谈者色变，论其原因也都由于民不聊生，此实足为殷鉴。中国人民平常爱好和平，有时似乎过于忍受，但是到了横决的时候，却又变了模样，将原来的思想态度完全抛在九霄云外，反对的发挥出野性来，可是这又怪谁来呢？俗语云，相骂无好言，相打无好拳。以不仁召不仁，不亦宜乎。现在我们重复的说，中国思想别无问题，重要的只是在防乱，而防乱则首在防造乱，此其责盖在政治而不在教化。再用孟子的话来说，我们的力量不能使七十者衣帛食肉，黎民不饥不寒，也总竭力要使得不至于仰不足以事父母，俯不足以畜妻子，乐岁终身苦，凶年不免于死亡。不去造成乱的机会与条件，这虽然消极的工作，但其功验要比肃正思想大得多，这虽然与西洋外国的理论未必合，但是从中国千百年的史书里得来的经验，至少在本国要更为适切相宜。过去的史书真是国家之至宝，在这本总账上国民的健康与疾病都一一记录着，看了流寇始末，知道这中了什么毒，但是想到王安石的新法反而病民，又觉得补药用的不得法也会致命的。古人以史书比作镜鉴，又或冠号曰资治，真是说的十分恰当。我们读史书，又以经子诗文均作史料，从这里直接去抽取结论，往往只是极平凡的一句话，却是极真实，真是国家的脉案和药方，比伟大的高调空论要好得多多。曾见《老学庵笔记》卷一有一则云：

“青城山上官道人北人也，巢居食松麨，年九十矣，人有谒之者，但粲然一笑耳，有所请问则托言病聩，一语不肯答。予尝见之于丈人观道院，忽自语养生曰，为国家致太平与长生不死皆非常人所能然，且当守国使不乱以待奇才之出，卫生使不夭以须异人之至，不乱不夭皆不待异术，惟谨而已。予大喜，从而叩之，则已复言聩矣。”这一节话我看了非常感服，上官道人虽是道士，不夭不乱之说却正合于儒家思想，是最小限度的政治主张，只可惜言之非艰，行之维艰耳。我尝叹息说，北宋南宋以至明的季世差不多都是成心在做乱与夭，这实在是件奇事，但是展转仔细一想，现在何尝不是如此，正如路易十四明知洪水在后面会来，却不设法为百姓留一线生机，俾得大家有生路，岂非天下之至愚乎。书房里读《古文析义》，杜牧之《阿房宫赋》末了云，秦人不暇自哀而后人哀之，后人哀之而不鉴之，亦使后人而复哀后人也，当时琅琅然诵之，以为声调至佳，及今思之，乃更觉得意味亦殊深长也。

上边所说，意思本亦简单，只是说得啰嗦了，现在且总括一下。我相信中国的思想是没有问题的，因为他有中心思想永久存在，这出于生物的本能，而止于人类的道德，所以是很紧固也很健全的。别的民族的最高理想有的是为君，有的是为神，中国则小人为一己以及宗族，君子为民，其实还是一物。这不是一部分一阶级所独有，乃是人人同具，只是广狭程度不同，这不是圣贤所发起，逐渐教化及于众人，乃是倒了过来，由众人而及于圣贤，更益提高推广的。因为这个缘故，中国思想并无什么问题，只须设法培养他，使他正当长发便好。但是又因为中国思想以国民生存为本，假如生存有了问题，思想也将发生动摇，会有乱的危险，此非理论主义之所引起，故亦非文字语言所能防遏。我这乐观与悲观的两面话恐怕有些人会不以为然，因为这与外国的道理多有不合。但是我相信自己的话是极确实诚实的，我也曾虚心的听过外国书中的道理，结果是止接受了一部分关于宇宙与生物的常识，若是中国的事，特别是思想生活等，我觉得还是本国人最能知道，或者知道的最正确。我不学爱国者那样专采英雄贤哲的言行做例子，但是观察一般民众，从他们的庸言庸行中找出我们中国人的人生观，持与英雄贤哲比较，根本上亦仍相通，再以历史中治乱之迹印证之，大旨亦无乖谬，故自信所说虽浅，其理颇正，识者当能辨之。陈旧之言，恐多不合时务，即此可见其才之拙，但于此亦或可知其意之诚也。

三十一年十一月十八日

（选自《药堂杂文》，一九四二年十一月）

道义之事功化

董仲舒有言曰："正其谊不谋其利，名其道不计其功。"这两句话看去颇有道理，假如用在学术研究上，这种为学问而学问的态度是极好的，可惜的事是中国不重学问，只拿去做说空话唱高调的招牌，这结果便很不大好。我曾说过，中国须有两大改革，一是伦理之自然化，二是道义之事功化。这第二点就是对于上说之纠正，其实这类意见前人也已说过，如黄式三《儆居集》中有《申董子功利说》云：

"董子之意若曰，事之有益无害者谊也，正其谊而谊外之利勿谋也，行之有功无过者道也，明其道而道外之功勿计也。"这里固然补救了一点过来，把谊与道去当作事与行看，原是很对，可是分出道义之内或之外的功利来，未免勉强，况且原文明说其利其功，其字即是道与义的整个，并不限定外的部分也。我想这还当干脆的改正，道义必须见诸事功，才有价值，所谓为治不在多言，在实行如何耳。这是儒家的要义，离开功利没有仁义，孟子对梁惠王说，王何必曰利，亦有仁义而已矣，但是后边具体的列举出来的是这么一节：

"五亩之宅，树之以桑，五十者可以衣帛矣。鸡豚狗彘之育，无失其时，七十者可以食肉矣。百亩之田，勿夺其时，数口之家可以无饥矣。谨庠序之教，申之以孝悌之义，颁白者不负戴于道路矣。七十者衣帛食肉，黎民不饥不寒，然而不王者未之有也。"阮伯元在《论语论仁论》中云：

"《中庸篇》，仁者人也。郑康成注，读如相人偶之人。春秋时孔门所谓仁也者，以此一人与彼一人相人偶，而尽其敬礼忠恕等事之谓也。

相人偶者，谓人之偶之也。凡仁必于身所行者验之而始见，亦必有二人而仁乃见，若一人闭户斋居，瞑目静坐，虽有德理在心，终不得指为圣门所谓之仁矣。盖士庶人之仁见于宗族乡党，天子诸侯卿大夫之仁见于国家臣民，同一相人偶之道，是必人与人相偶而仁乃见也。”我相信这是论仁的最精确的话，孟子所说的正即是诸侯之仁，此必须那样表现出来才算，若只是存在心里以至笔口之上，也都是无用。颜习斋讲学最重实行，《颜氏学记》引年谱记其告李塨谷语云：

“犹是事也，自圣人为之曰时宜，自后世豪杰为之曰权略。其实此权字即未可与权之权，度时势，称轻重，而不失其节是也。但圣人纯出乎天理而利因之，豪杰深察乎利害而理与焉。世儒等之诡诈之流，而推于圣道之外，使汉唐豪杰不得近圣人之光，此陈同甫所为扼腕也。”颜君生于明季，尚记得那班读书人有如狂犬，叫号挎噬，以至误国殃民，故推重立功在德与言之上，至欲进汉唐豪杰于圣人之列，其心甚可悲，吾辈生三百年后之今日，缗其遗编，犹不能无所感焉。明末清初还有一位傅青主，他与颜君同是伟大的北方之学者，其重视事功也仿佛相似。王晋荣编《仙儒外纪削繁》有一则云：

“外传云，或问长生久视之术，青主曰，大丈夫不能效力君父，长生久视，徒猪狗活耳。或谓先生精汉魏古诗赋。先生曰，此乃驴鸣狗吠，何益于国家。”此话似乎说得有点过激，其实却是很对的。所谓效力君父，用现在的话来说即是对于国家人民有所尽力，并不限于殉孝殉忠，我们可以用了颜习斋的话来做说明，《颜氏学记》引《性理书评》中有一节关于尹和靖祭其师程伊川文，习斋批语起首有云：

“吾读《甲申殉难录》，至愧无半策匡时难云云，未尝不泣下也，至览和靖祭伊川，不背其师有之，有益于世则未二语，为生民怆惶久之。”这几句话看似寻常，却极是沉痛深刻，我们不加注解，只引别一个人的话来做证明，这是近人洪允祥的《醉余偶笔》的一则，其文曰：

“《甲申殉难录》某公诗曰，愧无半策匡时难，只有一死报君恩。天醉曰，没中用人死亦不济事。然则怕死者是欤？天醉曰，要他勿怕死是要他拼命做事，不是要他一死便了事。”这里说的直捷痛快，意思已是十分明白了。我所说的道义之事功化，大抵也就是这个意思，要以道义为宗旨，去求到功利上的实现，以名誉生命为资材，去博得国家人民的福利，此为知识阶级最高之任务。此外如闭目静坐，高谈性理，或扬眉吐气，空说道德者，固全不足取，即握管著述，思以文字留赠后人，作启蒙发聩之用，其用心虽佳，抑亦不急之务，与傅君所谓驴鸣狗吠相去一间耳。

上边所根据的意见可以说是一种革命思想，在庸众看来，似乎有点离经叛道，或是外圣无法，其实这本来还是出于圣与经，一向被封建的尘土与垃圾所盖住了，到近来才清理出来，大家看得有点陌生，所以觉得不顺眼，在我说来倒是中国的旧思想，可以算是老牌的正宗呢。中国的思想本有为民与为君两派，一直并存着，为民的思想可以孟子所说的话为代表，即《尽心章》的有名的那一节：

“民为贵，社稷次之，君为轻。”为君的思想可以三纲为代表，据《礼记正义》在《乐记疏》中引《礼纬·含文嘉》云：

“三纲谓君为臣纲，父为子纲，夫为妻纲矣。”在孔子的话里原本是君君臣臣，父父子子，其关系是相对的，这里则一变而为绝对的了，这其间经过秦皇汉帝的威福，思想的恶化是不可免的事，就只是化得太甚而已。这不但建立了神圣的君权，也把父与夫提起来与君相并，于是臣民与子女与妻都落在奴隶的地位，不只是事实上如此，尤其是道德思想上确定了根基，二千年也翻不过身来，就是在现今民国三十四年实在还是那么样。不过究竟是民国了，民间也常有要求民主化的呼声，从五四以来已有多年，可是结果不大有什么，因为从外国来的影响根源不深，嚷过一场之后，不能生出上文所云革命的思想，反而不久礼教的潜势力活动起来，以前反对封建思想的勇士也变了相，逐渐现出太史公和都老爷的态度来，假借清议，利用名教，以立门户，争意气，与明季清末的文人没有多大不同。这种情形是要不得的。现在须得有一种真正的思想革命，从中国本身出发，清算封建思想，同时与世界趋势相应，建起民主思想来的那么一种运动。上边所说的道义之事功化本是小问题，但根底还是在那里，必须把中国思想重新估价，首先勾消君臣主奴的伦理观念，改立民立的国家人民的关系，再将礼教名分等旧意义加以修正，这才可以通行，我说傅洪二君的意见是革命的即是如此，他说没中用人死亦不济事，话似平常，却很含有危险，有如拔刀刺敌，若不成功，便将被只有一死报君恩者所杀矣。中国这派革命思想势力不旺盛，但来源也颇远，孟子不必说了，王充在东汉虚妄迷信盛行的时代，以怀疑的精神作《论衡》，虽然对于伦理道德不曾说及，而那种偶像破坏的精神与力量却是极大，给思想界开了一个透气的孔，这可以算是第一个思想革命家。中间隔了千余年，到明末出了一位李贽通称李卓吾，写了一部《藏书》，以平等自由的眼光，评论古来史上的人物，对于君臣夫妇两纲加以小打击，如说武则天卓文君冯道都很不错，可说是近代很难得的明达见解，可是他被御史参奏惑乱人心，严拿治罪，死在监狱内，王仲任也被后世守正之士斥不孝，却是这已在千百年之后了。第三个是清代的俞正燮，他有好些文章都是替女人说话，幸而没有遇到什么灾难。上下千八百年，总算出了三位大人物，我们中国亦足以自豪了。因此我们不自量也想继续的做下去，近若干年来有些人在微弱的呼叫便是为此，在民国而且正在要求民主化的现在，这些言论主张大概是没甚妨碍的了，只是空言无补，所以我们希望不但心口相应，更要言行一致，说得具体一点，便是他的思想言论须得兑现，即应当在行事上表现出来，士庶人如有仁心，这必须见于宗族乡党才行，否则何与于人，何益于国家，仍不免将为傅青主所诃也。

要想这样办很有点不大容易吧。关于仁还不成问题，反正这是好事，大小量力做些个，也就行了，若是有些改正的意见本来是革命的，世间不但未承认而且还以为狂诞悖戾，说说尚且不可，何况要去实做。这怎么好呢？英国蔼理斯的《感想录》第二卷里有一则，我曾经译出，加上题目曰《女子的羞耻》，收在《永日集》里，觉得很有意思，今再录于此，其文云：

> “一九一八年二月九日。在我的一本著书里我曾记载一件事，据说意大利有一个女人，当房屋失火的时候，情愿死在火里，不肯裸体跑出来，丢了她的羞耻。在我力量所及之内，我常设法想埋炸弹于这女人所住的世界下面，使得他们一起毁掉。今天我从报上见到记事，有一只运兵船在地中海中了鱼雷，虽然离岸不远却立刻沉没了。一个看护妇还在甲板上。她动手脱去衣服，对旁边的人们说道，大哥们不要见怪，我须得去救小子们的命。她在水里游来游去，救起了好些的人。这个女人是属于我们的世界的。我有时遇到同样的女性的，优美而大胆的女人，她们做过同样勇敢的事，或者更为勇敢因为更复杂地困难，我常觉得我的心在她们前面像一只香炉似的摆着，发出爱和崇拜之永久的香烟。
>
> “我梦想一个世界，在那里女人的精神是比火更强的烈焰，在那里羞耻化为勇气而仍还是羞耻，在那里女人仍异于男子与我所欲毁灭的并无不同，在那里女人具有自己显示之美，如古代传说所讲的那样动人，但在那里富于为人类服务而牺牲自己的热情，远超出于旧世界之上。自从我有所梦以来，我便在梦想这世界。”

这一节话说的真好，原作者虽是外国人，却能写出中国古代哲人也即是现代有思想的人所说的话，在我这是一种启发，勇敢与新的羞耻，为人类服务而牺牲自己，这些词句我未曾想到，却正是极用得着在这文章里，所以我如今赶紧利用了来补足说，这里所主张的是新的羞耻，以仁存心，明智的想，勇敢的做，地中海岸的看护妇是为榜样，是即道义之事功化也。蔼理斯写这篇《感想录》的时候正是民国八年春天，是五四运动的前夜，所谓新文化运动正极活泼，可是不曾有这样明快的主张，后来反而倒退下去，文艺新潮只剩了一股浑水，与封建思想的残渣没甚分别了。现在的中国还须得从头来一个新文化运动，这回须得实地做去，应该看那看护妇的样，如果为得救小子们的命，便当不客气的脱衣光膀子，即使大哥们要见怪也顾不得，至多只能对他们说句抱歉而已。

说到大哥们的见怪，此是一件大事，不是可以看轻的。这些大哥们都是守正之士，或称正人君子，也就是上文所云太史公都老爷之流，虽然是生在民国，受过民主的新教育，可是其精神是道地的正统的，不是邹鲁而是洛闽的正统。他们如看见小子们落在河里，胸中或者也有恻隐之心，却不见得会出手去捞，若是另一位娘儿们在他们面前脱光了衣服要撺下水去，这个情景是他们所决不能许可或忍耐的。凭了道德名教风化，或是更新式而有力量的名义，非加以制裁不可，至少，这女人的名誉与品格总不算是完全破坏的了。说大哥们不惜小子的性命也未免有点冤枉，他只是不能忍受别人在他们面前不守旧的羞耻，所以动起肝火来，而这在封建思想的那一纲上的确也有不对，其动怒正与正统相合，这是无可疑的。他们的人数很多，威势也很不少，凡是封建思想与制度的余孽都是一起，所以要反抗或无视他们须有勇敢，其次是理性。我们要知道这种守正全只是利己。中国过去都是专制时代，经文人们的尽力做到君权高于一切，曰臣罪当诛，天王圣明，曰君叫臣死，不得不死，父叫子亡，不得不亡，在那时候饶命要紧，明哲保身，或独善其身，自然也是无怪的，但总之不能算是好，也不能说是利己或为我。黄式三《为我兼爱说》中云，无禄于朝，遂视天下之尘沉鱼烂，即为我矣。在君主时代，这尚且不可，至少在于知识阶级，何况现今已是民国，还在《新青年》《新潮》乱嚷一起，有过新文化什么等等运动之后。现今的正人君子，在国土沦陷的期间，处世的方法不一，重要的还是或借祖宗亲戚之余荫，住洋楼，打麻将以遣日，或作交易生意，买空卖空，得利以度日。独善其身，在个人也就罢了，但如傅青主言何益于国家，以土车夫粪夫之工作与之相比，且将超出十百倍，此语虽似新奇，若令老百姓评较之，当不以为拟于不伦也。这样凭理性看去，其价值不过如此，若是叫天醉居士说来，没中用人活着亦不济事。从前读宋人笔记，说南宋初北方大饥，至于人相食，有山东登莱义民浮海南行，至临安犹持有人肉干为粮云，这段记事看了最初觉得恶心，后来又有点好笑，记得石天基的《笑得好》中有一则笑话，说孝子医父病，在门外乞丐的股上割了一块肉，还告诉他割股行孝不要乱嚷。此乃是自然的好安排，假如觉得恶心而不即转移，则真的就要呕吐出来了也。

上边的文章写的枝枝节节，不是一气写成的。近时正在看明季野史，看东厂的太监的威胁以及读书人的颂扬奔走，有时手不能释卷，往往把时间耽误了。但是终于寻些闲空工夫，将这杂文拼凑成功，结束起来，这可以叫做《梦想之二》，因我在前年写过一篇《梦想之一》，略谈伦理之自然化这问题，所以这可以算是第二篇。我很运气，有英国的老学者替我做枪手，有那则《感想录》做挡箭牌在那里，当可减少守正之士的好些攻击，因为这是外国人的话，虽然他在本国也还不是什么正统。蔼理斯说这话时是中华民八，我自己不安分的发议论也在民国七八年起头，想起来至今还无甚改变，可谓顽固，至少也是不识时务矣。有时候努力学识时务，也省悟道，这何必呢，于自己毫无利益的。然而事实上总是改不来。偶看佛经，见上面痛斥贪嗔痴，也警觉道，这可不是痴么？

仔细一想的确是的，嗔也不是没有，不过还不多，痴则是无可抵赖的了。在《温陵外纪》中引有余永宁著《李卓吾先生告文》云：

“先生古之为己者也。为己之极，急于为人，为人之极，至于无己。则先生今者之为人之极者也。”案这几句话说得很好。凡是以思想问题受迫害的人大抵都如此，他岂真有惑世诬民的目的，只是自有所得，不忍独秘，思以利他，终乃至于虽损己而无怨。我们再来看傅青主，据戴廷栻给他做的《石道人传》中说，青主能预知事物，盖近于宿命通，下云：“道人犹自谓闻道而苦于情重，岂真于情有未忘者耶，吾乌足以知之。”这两位老先生尚且不免，吾辈凡人自然更不必说了。廿七年冬曾写下几首打油诗，其一云：

“禹迹寺前春草生，沈园遗迹欠分明，偶然拄杖桥头望，流水斜阳太有情。”有友人见而和之，下联云：“斜阳流水干卿事，信是人间太有情。”哀怜劝戒之意如见，我也很知感谢，但是没有办法。要看得深一点，那地中海沉船上的看护妇何尝不是痴。假如依照中国守正的规则，她既能够游水，只须静静的偷偷的溜下水去，渡到岸上去就得了，还管那小子们则甚，淹死还不是活该么。这在生物之生活原则上并没有错，但只能算是禽兽之道罢了，禽兽只有本能，没有情或痴。人知道己之外有人，而己亦在人中，乃有种种烦恼，有情有痴，不管是好是坏，总之是人所以异于禽兽者，我辈不能不感到珍重。佛教呵斥贪嗔痴，其实他自己何曾能独免，众生无边誓愿度的大愿正是极大的痴情，我们如能学得千百分之一正是光荣，虽然同时也是烦恼。这样想来也就觉得心平气和，不必徒然嗔怒，反正于事实无补，搁笔卷纸，收束此文，但第三次引起傅青主的话来，则又未免觉得怅然耳。

民国乙酉，十一月七日，北平

（选自《知堂乙酉文编》，一九四五年十一月）

北大的支路

我是民国六年四月到北大来的，如今已是前后十四年了。本月十七日是北大三二周年纪念，承同学们不弃叫我写文章，我回想过去十三年的事情，对于今后的北大不禁有几句话想说，虽然这原是老生常谈，自然都是陈旧的话。

有人说北大的光荣，也有人说北大并没有什么光荣，这些暂且不管，总之我觉得北大是有独特的价值的。这是什么呢，我一时也说不很清楚，只可以说他走着他自己的路，他不做人家所做的而做人家所不做的事。我觉得这是北大之所以为北大的地方，这假如不能说是他唯一的正路，我也可以让步说是重要的一条支路。

蔡孑民先生曾说，“读书不忘救国，救国不忘读书”，那么读书总也是一半的事情吧？北大对于救国事业做到怎样，这个我们且不谈，但只就读书来讲，他的趋向总可以说是不错的。北大的学风仿佛有点迂阔似的，有些明其道不计其功的气概，肯冒点险却并不想获益，这在从前的文学革命五四运动上面都可看出，而民六以来计划沟通文理，注重学理的研究，开辟学术的领土，尤其表示得明白。别方面的事我不大清楚，只就文科一方面来说，北大的添设德法俄日各文学系，创办研究所，实在是很有意义，值得注意的事。有好些事情随后看来并不觉得什么希奇，但在发起的当时却很不容易，很需要些明智与勇敢，例如十多年前在大家只知道尊重英文的时代加添德法文，只承认诗赋策论是国文学的时代讲授词曲，——我还记得有上海的大报曾经痛骂过北大，固为是讲元曲的缘故，可是后来各大学都有这一课了，骂的人也就不再骂，大约是渐渐看惯了吧。最近在好些停顿之后朝鲜蒙古满洲语都开了班，这在我也觉得是一件重大事件，中国的学术界很有点儿广田自荒的现象，尤其是东洋历史语言一方面荒得可以，北大的职务在去种熟田之外还得在荒地上来下一锸，来不问收获但问耕耘的干一下，这在北大旧有的计画上是适合的，在现时的情形上更是必要，我希望北大的这种精神能够继续发挥下去。

我平常觉得中国的学人对于几方面的文化应该相当地注意，自然更应该有人去特别地研究。这是希腊，印度，亚剌伯与日本。近年来大家喜欢谈什么东方文化与西方文化，我不知两者是不是根本上有这么些差异，也不知道西方文化是不是用简单的三两句话就包括得下的，但我总以为只根据英美一两国现状而立论的未免有点笼统，普通称为文明之源的希腊我想似乎不能不予以一瞥，况且他的文学哲学自有独特的价值，据臆见说来他的思想更有与中国很相接近的地方，总是值得萤雪十载去钻研他的，我可以担保。印度因佛教的缘故与中国关系密切，不待烦言，亚剌伯的文艺学术自有成就，古来即和中国接触，又固国民内有一部分回族的关系，他的文化已经不能算是外国的东西，更不容把他闲却了。日本有小希腊之称，他的特色确有些与希腊相似，其与中国文化上之关系更仿佛罗马，很能把先进国的文化拿去保存或同化而光大之，所以中国治“国学”的人可以去从日本得到不少的资料与参考。从文学史上来看，日本从奈良到德川时代这千二百余年受的是中国影响，处处可以看出痕迹，明治维新以后，与中国近来的新文学相同，受了西洋的影响比较起来步骤几乎一致，不过日本这回成为先进，中国老是追着，有时还有意无意地模拟贩卖，这都给予我们很好的对照与反省。以上这些说明当然说得不很得要领，我只表明我的一种私见与奢望，觉得这些方面值得注意，希望中国学术界慢慢地来着手，这自然是大学研究院的职务，现在在北大言北大，我就不能不把这希望放在北大——国立北京大学及研究院——的身上了。

我重复地说，北大该走他自己的路，去做人家所不做的而不做人家所做的事。北大的学风宁可迂阔一点，不要太漂亮，太聪明。过去一二年来北平教育界的事情真是多得很，多得很，我有点不好列举，总之是政客式的反覆的打倒拥护之类，侥幸北大还没有做，将来自然也希望没有，不过这只是消极的一面，此外还有积极的工作，要奋勇前去开辟大荒，着手于独特的研究，这个以前北大做了一点点了，以后仍须继续努力。我并不怀抱着什么北大优越主义，我只觉得北大有他自己的精神应该保持，不当去模仿别人，学别的大学的样子罢了。

“读书不忘救国，救国不忘读书”，那么救国也是一半的事情吧。这两个一半不知道究竟是哪一个是主，或者革命是重要一点亦未可知？我姑且假定，救国，革命是北大的干路吧，读书就算作支路也未始不可以，所以便加上题目叫作《北大的支路》云。

民国十九年十二月十一日，于北平

（选自《苦竹杂记》，一九三〇年十二月）

北大感旧录（选录）

今天听说胡适之于二月二十四日在台湾去世了，这样便成为我的感旧录的材料，因为这感旧录中是照例不收生存的人的，他的一生的言行，到今日盖棺论定，自然会有结论出来，我这里只就个人间的交涉记述一二，作为谈话资料而已。我与他有过卖稿的交涉一总共是三回，都是翻译。头两回是《现代小说译丛》和《日本现代小说集》，时在一九二一年左右，是我在《新青年》和《小说月报》登载过的译文，鲁迅其时也特地翻译了几篇，凑成每册十万字，收在商务印书馆的世界丛书里，稿费每千字五元，当时要算是最高的价格了。在一年前曾经托蔡校长写信，介绍给书店的《黄蔷薇》，也还只是二元一千字，虽然说是文言不行时，但早晚时价不同也可以想见了。第三回是一册《希腊拟曲》，这是我在那时的唯一希腊译品，一总只有四万字，把稿子卖给文化基金董事会的编译委员会，得到了十元一千字的报酬，实在是我所得的最高的价了。我在序文的末了说道：

“这几篇译文虽只是戋戋戋小册，实在也是我的很严重的工作。我平常也曾翻译些文章过，但是没有像这回费力费时光，在这中间我时时发生恐慌，深有‘黄胖揉年糕，出力不讨好’之惧，如没有适之先生的激励，十之七八是中途搁了笔了，现今总算译完了，这是很可喜的，在我个人使这三十年来的岔路不完全白走，固然自己觉得喜欢，而原作更是值得介绍，虽然只是太少。谛阿克列多斯有一句话道，一点点的礼物捎着大大的人情。乡曲俗语云，千里送鹅毛，物轻人意重。姑且引来作为解嘲。”

关于这册译稿还有这么一个插话，交稿之前我预先同适之说明，这中间有些违碍词句，要求保留，即如第六篇拟曲《昵谈》里有“角先生”这一个字，是翻译原文抱朋这字的意义，虽然唐译芯刍尼律中有树胶生支的名称，但似乎不及角先生三字的通俗。适之笑着答应了，所以它就这样的印刷着，可是注文里在那“角”字右边加上了一直线，成了人名符号，这似乎有点可笑，——其实这角字或者是说明角所制的吧。最后的一回，不是和他直接交涉，乃是由编译会的秘书关滇桐代理的，在一九三七至三八年这一年里，我翻译了一部亚波罗陀洛斯的《希腊神话》，到一九三八年编译会搬到香港去，这事就告结束，我那神话的译稿也带了去不知下落了。

一九三八年的下半年，因为编译会的工作已经结束，我就在燕京大学托郭绍虞君找了一点功课，每周四小时，学校里因为旧人的关系特加照顾，给我一个“客座教授”的尊号，算是专任，月给一百元报酬，比一般的讲师表示优待。其时适之远在英国，远远的寄了一封信来，乃是一首白话诗，其词云：

臧晖先生昨夜作一个梦，
梦见苦雨庵中吃茶的老僧，
忽然放下茶盅出门去，
飘然一杖天南行。
天南万里岂不大辛苦？
只为智者识得重与轻。
梦醒我自披衣开窗坐，

谁知我此时一点相思情。

一九三八,八,四 伦敦

我接到了这封信后，也做了一首白话诗回答他，因为听说就要往美国去，所以寄到华盛顿的中国使馆转交胡安定先生，这乃是他的临时的别号。诗有十六行，其词云：

老僧假装好吃苦茶，
实在的情形还是苦雨，
近来屋漏地上又浸水，
结果只好改号苦住。
晚间拼好蒲团想睡觉，
忽然接到一封远方的信，
海天万里八行诗，
多谢藏晖居士的问讯。
我谢谢你很厚的情意，
可惜我行脚却不能做到；
并不是出了家特地忙，
因为庵里住的好些老小。
我还只能关门敲木鱼念经，
出门托钵募化些米面，——
老僧始终是个老僧，
希望将来见得居士的面。

廿七年九月廿一日，知堂作苦住庵吟，略仿藏晖体，却寄居士美洲。

十月八日旧中秋，阴雨如晦中录存。

侥幸这两首诗的抄本都还存在，而且同时找到了另一首诗，乃是适之的手笔，署年月日廿八，十二，十三，臧晖。诗四句分四行写，今改写作两行，其词云：

两张照片诗三首，今日开封一惘然。
无人认得胡安定，扔在空箱过一年。

诗里所说的事全然不清楚了，只是那寄给胡安定的信搁在那里，经过很多的时候方才收到，这是我所接到的他的最后的一封信。及一九四八年冬，北京解放，适之仓皇飞往南京，未几转往上海，那时我也在上海，便托王古鲁君代为致意，劝其留住国内，虽未能见听，但在我却是一片诚意，聊以报其昔日寄诗之情，今日王古鲁也早已长逝，更无人知道此事了。

末了还得加上一节，《希腊拟曲》的稿费四百元，于我却有了极大的好处，即是用了这买得一块坟地，在西郊的板井村，只有二亩的地面，因为原来有三间瓦屋在后面，所以花了三百六十元买来，但是后来因为没有人住，所以倒塌了，新种的柏树过了三十多年，已经成林了。那里葬着我们的次女若子，侄儿丰二，最后还有先母鲁老太太，也安息在那里，那地方至今还好好的存在，便是我的力气总算不是白花了，这是我所觉得深可庆幸的事情。

（选自《知堂回想录》，香港三育图书文具公司出版，一九七〇年五月）

伟大的捕风

我最喜欢读《旧约》里的《传道书》。传道者劈头就说，“虚空的虚空”，接着又说道，“已有的事后必再有，已行的事后必再行。日光之下并无新事。”这都是使我很喜欢读的地方。

中国人平常有两种口号，一种是人心不古，一种是无论什么东西都说古已有之。我们读拉瓦尔（Lawall）的《药学四千年史》，其中说及世界现存的埃及古文书，有一卷是基督前二千二百五十年的写本，（照中国算来大约是舜王爷登基的初年！）里边大发牢骚，说人心变坏，不及古时候的好云云，可见此乃是古今中外共通的意见，恐怕那天雨粟时夜哭的鬼的意思也是如此罢。不过这在我无从判断，所以只好不赞一词，而对于古已有之说则颇有同感，虽然如说潜艇即古之螺舟，轮船即隋炀帝之龙舟等类，也实在不敢恭维。我想，今有的事古必已有，说的未必对，若云已行之事后必再行，这似乎是无可疑的了。

世上的人都相信鬼，这就证明我所说的不错。普通鬼有两类。一是死鬼，即有人所谓幽灵也，人死之后所化，又可投生为人，轮回不息。二是活鬼，实在应称僵尸，从坟墓里再走到人间，《聊斋》里有好些他的故事。此二者以前都已知道，新近又有人发现一种，即梭罗古勃所说的“小鬼”，俗称当云遗传神君，比别的更是可怕了。易卜生在《群鬼》这本剧中，曾借了阿尔文夫人的口说道，“我觉得我们都是鬼。不但父母传下来的东西在我们身体里活着，并且各种陈旧的思想信仰这一类的东西也都存留在里面。虽然不是真正的活着，但是埋伏在内也是一样。我们永远不要想脱身。有时候我拿起张报纸来看，我眼里好像看见有许多鬼在两行字的夹缝中间爬着。世界上一定到处都有鬼。他们的数目就像沙粒一样的数不清楚。”（潘家洵先生的译文）我们参照法国吕滂（Le Bon）的《民族发展之心理》，觉得这小鬼的存在是万无可疑，古人有什么守护天使，三尸神等话头，如照古已有之学说，这岂不就是一则很有趣味的笔记材料么？

无缘无故疑心同行的人是活鬼，或相信自己心里有小鬼，这不但是迷信之尤，简直是很有发疯的意思了。然而没有法子。只要稍能反省的朋友，对于世事略加省察，便会明白，现代中国上下的言行，都一行一行地写在二十四史的鬼账簿上面。画符，念咒，这岂不是上古的巫师，蛮荒的“药师”的勾当？但是他的生命实在是天壤无穷，在无论哪一时代，还不是一样地在青年老年，公子女公子，诸色人等的口上指上乎？即如我胡乱写这篇东西，也何尝不是一种鬼画符之变相？只此一例足矣！

已有的事后必再有，已行的事后必再行，此人生之所以为虚空的虚空也欤？传道者之厌世盖无足怪。他说：“我又专心察明智慧狂妄与愚昧，乃知这也是捕风，因为多有智慧就多有愁烦，加增智识就加增忧伤。”话虽如此，对于虚空的唯一的办法其实还只有虚空之追迹，而对于狂妄与愚昧之察明乃是这虚无的世间第一有趣味的事，在这里我不得不和传道者的意见分歧了。勃阑特思（Brandes）批评弗罗倍尔（Flaubert）说他的性格是用两种分子合成，“对于愚蠢的火烈般的憎恶，和对于艺术的无限的爱。这个憎恶，与凡有的憎恶一例，对于憎恶者感到一种不可抗的牵引。各种形式的愚蠢，如愚行迷信自大不宽容都磁力似的吸引他，感发他。他不得不一件件的把他们描写出来。”我听说从前张献忠举行殿试，试得一位状元，十分宠爱，不到三天忽然又把他“收拾”了，说是因为实在“太心爱这小子”的缘故，就是平常人看见可爱的小孩或女人，也恨不得一口水吞下肚去，那么倒过来说，憎恶之极反而喜欢，原是可以，殆正如金圣叹说，留得三四癞疮，时呼热汤关门澡之，亦是不亦快哉之一也。

察明同类之狂妄与愚昧，与思索个人的老死病苦，一样是伟大的事业，积极的人可以当一种重大的工作，在消极的也不失为一种有趣的消遣。虚空尽由他虚空，知道他是虚空，而又偏去追迹，去察明，那么这是很有意义的，这实在可以当得起说是伟大的捕风。法儒巴思加耳（Pascal）在他的《感想录》上曾经说过：

“人只是一根芦苇，世上最脆弱的东西，但他是一根会思想的芦苇。这不必是世间武装起来，才能毁坏他。只须一阵风，一滴水，便足以弄死他了。但即使宇宙害了他，人总比他的加害者还要高贵，因为他知道他是将要死了，知道宇宙的优胜，宇宙却一点不知道这些。”

十八年五月十三日写于北平

（选自《看云集》，一九三二年十月）